读史早知今日事

段 炼 著

九州出版社 JIUZHOUPRESS | 全国百佳图书出版单位

图书在版编目（CIP）数据

读史早知今日事 / 段炼著. -- 北京 ：九州出版社，
2015.5

ISBN 978-7-5108-3702-9

Ⅰ．①读… Ⅱ．①段… Ⅲ．①中国历史－文集 Ⅳ.
①K207-53

中国版本图书馆CIP数据核字(2015)第101169号

读史早知今日事

作　　者	段 炼 著
出版发行	九州出版社
出 版 人	黄宪华
责任编辑	李黎明
封面设计	薛 宇
地　　址	北京市西城区阜外大街甲 35 号（100037）
发行电话	(010)68992190/3/5/6
网　　址	www.jiuzhoupress.com
电子信箱	jiuzhou@jiuzhoupress.com
印　　刷	三河市东方印刷有限公司
开　　本	880 毫米 ×1230 毫米　32 开
印　　张	9.5
字　　数	200 千字
版　　次	2015 年 7 月第 1 版
印　　次	2015 年 7 月第 1 次印刷
书　　号	ISBN 978-7-5108-3702-9
定　　价	45.00 元

内容简介

从胡适、陈寅恪、钱钟书谈到马克斯·韦伯、托马斯·曼和《圣经》翻译，中国与世界的碰撞交融，让历史转捩点上的旧影新知，成为贯穿这本读书随笔饶有兴味的主题。游走于故国与异邦，作者重寻东西方经典的曲折脉络与知识分子的彷徨心路。思考慧心独具、引人入胜，文字典雅流畅、妙趣天成。一卷在手，足以让读者穿越时空，领略人文天地的博雅气象。

作者简介

段炼，湖南省长沙市人。华东师范大学历史学博士，美国加州大学洛杉矶校区（UCLA）联合培养博士生，台湾"中央研究院"近代史研究所博士后研究员。研究方向为中国现代思想文化史与知识分子。现任教于湖南师范大学历史文化学院。著有《"世俗时代"的意义探询——五四启蒙思想中的新道德观研究》；另有书评、随笔若干，发表于《读书》《博览群书》《二十一世纪》《东方早报·上海书评》等刊物，首次结集为《读史早知今日事》。

目　录

第三辑

自　序

　　1936 年，陈寅恪在《吴氏园海棠（其二）》当中写道：
"读史早知今日事，看花犹是去年人。"作者似乎深喜此语，
两年之后的《残春》略作更易，再度援用："读史早知今日事，
对花还忆去年人。"陈氏出身世家，壮年游学欧美，大陆政权
鼎革之后，迁居岭南。终其一生，都在 20 世纪家国变迁的信
与疑、冷与热之间沉浮转徙。"读史早知"的是世事，"对花
还忆"的却是人情。难怪《残春》以"袖手沉吟待天意，可
堪空白五分头"作结。那是老一代读书人的困惑。

　　今天，世界的节奏已经不大容许现代人在感世伤怀之际
袖手沉吟。电子时代的阅读体验，也逐渐摆脱高文大册的羁
绊，化身为商场职场的成功津梁与大众传媒的心灵鸡汤。虽
然如此，有感于物欲汹涌带来的人文荒芜，美国思想史家本
杰明·史华慈（Benjamin I. Schwartz，1916–1999）的临终诘
问，仍有如暮鼓晨钟——当"世界不再令人着迷"，甚嚣尘上
的物质消费主义，能否在千禧年当中，实现对人生苦难的"末
世救赎"？这是新一代读书人的自省。

有困惑，也有自省，读书人在知人论世的迷津渡口，或许才不会怀忧丧志。这本小书所收数十篇读书杂录和遣兴之作，也大多是对"今日事"的关切与对"去年人"的追怀。信马由缰和借题发挥时而有之，世事洞明与人情练达则未敢企及。"城头已吹新岁角，窗前犹点旧年灯"。感谢友人李黎明的慷慨接纳与精心护持，让这些新旧不一的长短文字，得以结集问世。

第一辑

本辑触摸晚清民初的思想、心态与读书人的笑声泪影。在时代的微言大义与知识分子的进退之间，众声喧哗的历史显得真实而又迷惘。

曾纪泽：
"一知半解"学英文

1864 年，户部尚书董恂应英吉利使臣威妥玛之邀，将后者所译美国诗人朗费罗（Longfellow）的诗歌《人生颂》，修订成一首古意盎然的七言古诗。据钱钟书先生在《七缀集》中的考证，这也是第一首汉语翻译的英文诗歌。有趣的是，虽然任职"佛林敖非司"（foreign office，总理衙门）并曾出使多国，董恂却一度误认为朗费罗是"欧罗巴人"。大概在董恂的心目之中，全世界能说英语的国家，只有位于"欧罗巴"的"英吉利"了。

这也难怪，以当时美国的国际地位，的确远不及老欧洲那样如日中天。同治年间，奕䜣在奏疏里还特别强调，美国人说的话与英国人说的话"大略相同"。可见，他也不确定二者其实为一。到了光绪年间出版的《英字指南》当中，甚至专辟一节，名叫《英国语与美国语无异》。以今人后来居上的优越感观之，士大夫的认知确实浅薄可笑。然而，在"普天之下，莫非王土"的视野下，普通读书人对于英语的疏离，其实也相当"理直气壮"。汪康年曾经在笔记中记录下两则趣事："通商初，万尚书青藜云：'天下那（哪）有如许国度！

想来只是两三国，今日称"英吉利"，明日又称"意大利"，后日又称"瑞典"，以欺中国而已！'又满人某曰：'西人语多不实。即如英、吉、利，应是三国；现在只有英国来，吉国、利国从未来过。'"

就在士大夫争论"英吉利"到底是一个国家还是三个国家的时候，同文馆和方言学堂也在京师、上海、广州和内地陆续开张。这些学习外语的专门学校，却命名为"同文馆"、"广方言馆"，倒也颇有意趣。当时的英文教材不忘在序言当中强调，学习"西国语言"是为了实现"书同文、行同伦"，以远播儒家声教，而非自我矮化。早期的英语教材尚无音标注音，只能以同音汉字代替。1855 年出版的《华英通语》中，编著者注 few 为"非夫"，同时又在两个汉字下面注明"合"字，表明二字要合读（拼读）；又如，注 fat 为"咈特"，而"特"字小写，表明轻读。对于这一点，细心的曾纪泽特别留心："昔吴子登太史口不能作西音，列西字而以华音译读，是为奇法，其记悟亦属异禀，非人人所能学也。"

有意思的是，由于近代中国人接触英语，往往随着通商口岸的开放而逐步推广，因此，所谓"华音译读"也大都采用"因地制宜"的方式。这让借助各地方言作为读音标注的英语读本，在那一时期如百花齐放。唐廷枢是广东人，因此他编注的《英语集全》采用粤语标音；常州人杨勋编注的《英字指南》，自然就以吴语记音。中式英语里的粤腔和吴调，也因此应运而生。今人熟知的"鸦片"（opium）和"沙发"（sofa），正是这两种"翻译腔"的代表。后来以编写《模范英语入门》闻名的藏书家周越然，回忆自己幼年（1890 年代）

偷听英语课，听到老师将"good morning"（早上好）读成"各得骂人"，不禁大吃一惊："西人既要相互祝福，何故又'各得骂人'？"由此想来，香港电影《狮王争霸》当中，黄飞鸿、十三姨及一班新老人士，以"爱老虎油"（I love you）彼此寒暄的滑稽场面，恐非向壁虚构。

在不中不西、亦中亦西的语境当中，士大夫对于英语的复杂心态也历历可见。翁同龢在日记中写道："诣总理衙门，群公皆集。未初，各国来拜年。余避西壁，遥望中席，约有廿余人，曾侯与作夷语，啁啾不已。"曾侯正是晚清外交名臣曾纪泽，时人称他"于英、法二国语言皆能通晓"。而对于不通英语的翁同龢而言，"夷语"确实也像鸟语一般啁啾难听。讲又不能讲，听又听不懂，翁同龢只能一边知趣地退避西壁，一边不甘心地引颈遥望。其实，教过曾纪泽英语的同文馆总教习、美国人丁韪良回忆，曾纪泽的口语"流利而不合文法"。曾氏也坦承："余能西音，然在湘苦无师友，取英人字典钻研逾年，事倍功半。又年齿渐长，自憾难记而健忘，一知半解，无可进矣。"他佩服李鸿章的儿子李经方，学习英语"甫期年已能通会，再加精进，必可涉览西书新报之属"。

曾纪泽的真实感受，想必是士大夫初学英语的普遍困境。而郭嵩焘出使英国不到一个月，即断定"此间富强之基与其政教精实严密"，但"文章礼乐不逮中华远甚"，或许仍旧代表读书人对于中西文化的褒贬态度。难怪到了1931年，前辈诗人陈衍得知钱钟书的专业是外国文学，还要大发感叹："文学何必向外去学，咱们中国文学不就很好么！"不过，就在曾纪泽"将昔日所译《英话正音》抹去华字"，以检测自己英语"记忆之功"的时候，李鸿章开始为格致书院出题，询问学生"能详溯西方格致学之源流欤"。随后，湖南人谭延闿在日记里发愿，"此后字课、英文当与盘马并为三"。末代皇帝溥仪也在外国老师庄士敦的指导下，苦练英文书法。在山雨欲来的 20 世纪前夜，"啁啾不已"的"夷语"，给近代中国带来了"伯理玺天德"（president, 总统）、"烟士披里纯"（inspiration, 灵感）和"勃兰地"（brandy, 白兰地酒），也掀起了改变读书人知识、思想和心灵世界的激荡风雷。

陈寅恪：
"何必旧"与"何必新"的湖南维新

由卞僧慧编纂、卞学洛整理的四十五万字《陈寅恪先生年谱长编（初稿）》（北京：中华书局，2010 年。以下简称《年谱长编》，引用只注页码），系清华大学国学研究院四大导师年谱长编系列之一种。全书共分八卷。卷一系"世谱"，详述江州义门陈氏家族；卷二从谱主陈寅恪出生（1890 年）至其赴美留学前夕（1918 年）；卷三始于陈氏留美（1919 年）至与唐篔结婚（1928 年）；卷四自梁启超病逝陈氏送其入殓（1929 年）至抗战爆发之后随清华大学迁至长沙（1937 年）；卷五自陈氏一家经香港转赴西南联大（1938 年）至国共内战之际离开北平（1948 年）；卷六自陈氏抵广州岭南大学（1949 年）至中共中央在京召开"关于知识分子问题"会议（1956 年）。卷七自"整风运动"（1957 年）至陈氏夫妇逝世（1969 年）。卷八系"后谱"，搜集与陈氏相关之人事及学术动态（1970 至 2003 年）。另外，《年谱长编》尚有"附录"两组：一组为陈氏当年开课笔记三种；一组为卞僧慧所撰关于陈氏为学为人的旧作五篇。

作为习见史料之一种，就体例而言，年谱大多以谱主一生时序为脉络，巨细靡遗地搜集散见于文集、书信、日记、报刊以及他人忆述的相关材料，力图为谱主提供一份详实完整的人生记录。因此，年谱的价值首在编纂者对于新旧史料"竭泽而渔"的发掘整合与数据铺排的精确细致。文字的生动有趣与论述的自出机杼，反而是其余事。就此而论，《年谱长编》搜罗材料洋洋大观，其内容足称丰赡。部分新增的史料片断，读来亲切有味，实为广受学界推重的蒋天枢撰《陈寅恪先生编年事辑》的有益扩充。

比如，陈寅恪自幼嗜学，博览群书，然"犹未能自信"。据卞僧慧记述，1936年前后，陈先生上课时曾言，当年（时日不详）"尝取清康熙、乾隆两朝词科试题自验。康熙朝题全能完成，乾隆朝题于《天地五六之中合赋》则为之搁笔"。称"命题之微，亦通于政事"（页55）。《年谱长编》另收入卞僧慧回忆一则，1931年"九一八"与1937年七七事变之间，国内一度掀起所谓"读书运动"，报端刊登文章开列书目者颇有其人。"有一次先生谓：'于《太上感应篇》、《封神榜》、《近思录》三书，能透彻了解，亦可谓对中国文化有了了解。'"（页257）。又如，《年谱长编》转引"国家主义派"代表人物李璜晚年回忆，称1922年曾与陈寅恪、曾琦、宗白华、俞大维等人在德国晤谈。陈氏"酒酣耳热，顿露激昂。我亲见之，不似象牙塔中人"。故李璜感叹，近年纪念陈氏大抵集中于其学问，"而甚少提及其对国家民族爱护之深与其本于理性，而明辨是非善恶之切"（页79）。另外，《年谱长编》征引戴家祥致蒋天枢（秉南）长信甚详，廓清1927年清华大学延聘章太炎任国学研究院导师一事未果，实非后人所传因章氏本人拒绝，而是清华校长严鹤龄表示"有困难"，故"校部始终没有同意"（页104）。陈寅恪也曾告诉戴家祥："有人不同意［延聘章太炎］。太炎不像静安先生，脾气不好，人家有点怕他。"（页103）戴家祥致蒋天枢信中，亦回忆当日有人祝贺陈寅恪任清华国学研究院教授，陈氏回以一联"训蒙不足，养老有余"，从中可见先生的风趣与彼时的心情。据戴家祥解释，上联是指教同学初学梵文的困难程度，下联是指陈氏自感还处在年富力强的有为时期（页101）。《年谱长编》中此类忆述，皆如吉光片羽，弥足珍贵，谱主的风采亦随之跃然纸上。

如论者所言，《年谱长编》亦偶有缺漏且尚存"悬案"未解，比如，中共建政之后，陈氏"不宗奉马列主义，并不学习政治"等要求，既已为周恩来首肯，何以最终仍旧未能北上任职。此外，少数史实自蒋天枢撰《陈寅恪先生编年事辑》出版之后已有补正，然而《年谱长编》未能采纳。比如，1926年陈寅恪自欧洲归国的具体日期，《年谱长编》引《吴宓日记》1925年11月9日记载陈寅恪来函，谓"十二月十八日由马赛起程"（页91），故《年谱长编》于1926年条下径称"自欧洲归国"，似有未安。盖陈氏自德国柏林离开欧洲前往法国马赛，当在1925年更早时刻。且《吴宓日记》1925年11月30日记载"陈寅恪来函，归期展缓"，亦未被《年谱长编》收入。又据陈寅恪长女陈流求致《年谱长编》编纂者函，认定"是年［1926年］，先生自欧洲经海道归国"，"时间未详"（页91），实则已有论者据罗家伦1926年1月5日致其女友张维桢书信初步考订，大致系陈氏因"归期展缓"，在欧洲逗留到1926年1月返国（从马赛登船），2月抵沪。另外，

《年谱长编》较之过往记录颇有扩充，然与谱主无直接关联之史料亦不免羼入，如汤用彤、钱穆、俞平伯、梁漱溟谈熊十力事（页 111-112），吴宓与毛彦文之恋爱纠葛（页 164-166）、季羡林论胡适（页 248）、龙云之拥共声明（页 258）等，似嫌离题。然而，小疵不掩大醇，《年谱长编》足资关切陈寅恪及其时代的研究者与爱好者参考研思。

陈寅恪出生于长沙通泰街周氏蜕园，童年时代曾在长沙又一村巡抚衙门小住。其父祖辈正是湖南维新时期运筹帷幄、立意革故鼎新的风云人物。从时务学堂到戊戌政变，晚清湖南成为"三千年未有之变局"的大舞台。然而，维新运动是"帝党"与"后党"的宫廷博弈，还是"革命派"与"保守派"的激烈厮杀，抑或是一场"不彻底"的"阶级斗争"？时代不同，评述迥异。除当事人（如梁启超）相关忆述作为史料佐证之外，过往研究者对于戊戌湖南的社会历史也多有瞩目，成果蔚为大观。如费正清、刘广京主编之《剑桥中国晚清史》(*The Cambridge History of China*) 当中，思想史家张灏所撰"思想的变化和维新运动，1890—1898"一章，即辟专节论述"湖南的维新运动"。又如日本学者小野川秀美在其《晚清政治思想研究》一书中，对于"戊戌变法与湖南省"，亦有专章细致讨论。另如张朋园、周锡瑞（Joseph W. Esherick）、王尔敏、黄彰健、汪荣祖、汤志钧、茅海建、罗志田等中外学者，针对戊戌前后湖南变局的内外动因，皆有研究，足以启人心智。

《年谱长编》收录陈寅恪祖父陈宝箴、父亲陈三立以及陈寅恪少年时期史料堪称详实，读者正可借此一探戊戌前后湖南社会新旧交错的思想脉动，重新回望百年前发生于湖南长沙的历史迷局。如谱主所言："整理史料，随人观玩，史之能事已毕；文章之或今或古，或马或班，皆不必计也。"（页113）就本文主题而论，《年谱长编》引人入胜之处，端在于其中呈现的戊戌前后湖南史事，实非后世班马所轻率裁断且为往日教科书中习见的"新旧之争"，反而是"新旧之间"的人事纠葛和紧张心态。无论从时序更替抑或阶层互动而言，新中有旧、旧中有新，此刻为旧、彼时翻新的断裂与连续，使得湖南维新运动在短短数年间，"新"与"旧"相互拉锯，成为当时互相界定的一对变量——"新派"未必全然趋新，"旧派"也不一定极端守旧。彼时自上而下的多方力量，更是审时度势，试图借助变革的"顶层设计"与细节掌控，争夺维新运动合法性论述的主导权。19世纪末期，在湖南这方舞台之上，新旧之间的权势消长与重心转移，折射出戊戌前后时局的错综复杂与知识分子心态的敏感微妙。今日读者展阅《年谱长编》之时，或许可以稍稍摆脱后见之明，关注往昔论断不曾注意的"灯下黑影"。

一、"旧派"的新：《时务报》"不可不看"

据过往学界研究，19世纪末期湖南维新运动的兴起，一方面与中国在甲午海战中溃败于日本的刺激直接相关，另一方面也与19世纪后半期中国社会的两大变化密切相连。其一是1860年代以来，因对抗叛乱与发展洋务，督抚权力的不断扩张；其二是随着同时期地方士绅政治地位的提升，他们对于社会事务的积极参与。同时，湖广总督张之洞对于维新大

⊙ 1940 年，陈寅恪一家合影。

业的开放包容、启蒙人士具体操盘湖南内政，多重力量集中发酵，成就维新之初湖南政府与士绅集体"趋新"的"共同事业"——此亦可理解湖南的宝善成制造公司、轮船公司与时务学堂，为何皆由同一批人发起。

以时任岳麓书院山长王先谦（字益梧）为例，在当时新派与后来的主流历史叙述中，他与版本学家叶德辉被笼统视为同属"诋訾新政"的旧派代表。然而，湖南变法初起时，王先谦反而是极力主张学生阅读维新报刊的人物。光绪二十二年（1896年）12月前后，作为维新重镇之一的时务学堂，即由王先谦申请成立并即刻获得陈宝箴的批准。1897年正月，上海《时务报》刊有《岳麓院长王益梧祭酒购〈时务报〉发给诸生公阅手谕》，对于《时务报》揄扬有加："查近今上海刻有《时务报》，议论精审，体裁整饬，并随时恭录谕旨暨奏疏，西报尤切要者。洵足开广见闻，启发志意，为目前不可不看之书。"（页38-39）时务学堂提调熊希龄注意到，彼时延聘梁启超主讲时务学堂，亦得到从省会政界到地方士绅一致"赞成"与"称美"。当年10月，梁启超初到长沙，"宾客盈门，款待优渥，学堂公宴"。而且，"王益梧师、张雨珊并谓须特加热闹，议于曾忠襄祠张宴唱戏，晋请各绅以陪之，其礼貌可谓周矣。"

连请人唱戏、设宴作陪这样的细节都已考虑妥当，维新初期时，新旧人物之间的敌对情绪，显然不及后来历史叙述那样刻意夸张。之后情势发展，假设真如《时报》创办人狄楚青后来回忆的那样，"王先谦、叶德辉辈，乃以课本为叛逆之据，谓时务学堂为革命造反之巢窟"，以至于"新旧之争起于湘而波动于京师"。那么，反观变法初起，梁启超礼数周全地将"学规课程应读何书，应习何学"定下条目，"送交各官、各绅，互相传观，群以为可行"，则堪称耐人寻味的前后对照。而在当时"以为可行"的人群当中，或许就有主张"特加热闹"欢迎梁启超，并陪他一起饮宴看戏的王先谦。

其实，当时新派人士也认为，戊戌前夕湖南维新氛围并不算坏。这与事后追忆中湖南"顽固守旧"的印象其实颇有距离。清末文学家范当世在为陈宝箴撰写的《故湖南巡抚义宁陈公墓志铭》中，虽然着意刻画"顽者"对于陈宝箴的诽谤和政变后"中立者"的转向，但也强调，陈氏在湖南主持变法时，"湘之人兴起者太半，其顽者一二，中立审势者裁二三而已"（页9）。而对于湖南维新的失败，在梁启超的回忆当中，却被其归结为"湘中一二老宿，睹而大哗，群起掎之"。既然"顽者"（旧派）不过寥寥一二，而且对于维新之举一度释放善意，为何戊戌年湖南变法的情势，最终发展到连"中立审势者"都"群起掎之"的程度？其中新旧交错的历史细节，实在值得后人再思。

二、"新派"的旧："康党"、"旧派"与"谁氏党"

与旧派面目"既新且旧"相对，当日立意维新的新派想法却未必一体全新。与旧派人士喜迎梁启超入湘的态度相映成趣，新派最初略嫌保守的心态同样值得揣摩。据小野川秀美的研究，维新代表之一、湖南学政江标治下的校经书院所办《湘学报》最初不涉经学，实有意回避"于时事有裨"然

"言之未免过激"的"素王改制之说"。变法初起，江标虽与康有为一样，力主透过经书吸纳西学（"复古周礼，更新西学"）。但是，江标标榜周官即"周礼"，与康有为断定"周礼"为伪书的态度显然不同。而到了张之洞严词斥责《湘报》上易鼐的激烈文字之时，在维新派内部，黄遵宪亦认为易鼐的态度，确实"足以惊世骇俗而宜戒之"。不过，随着湖南维新的激进化转变，无论江标还是徐仁铸、唐才常，当日湖南维新人士的学术态度，大体都从主张调和汉宋、今古折中、"中体西用"的稳健态度，转向由康有为首倡、梁启超在时务学堂竭力鼓吹的今文经学。

彼时湖南巡抚陈宝箴亦因力荐后来成为"戊戌六君子"的杨锐、刘光第，"人遂汹汹，目公以康党"（页8）。维新人士之一、南学会会长皮锡瑞在日记中记载，当日学正张百熙保荐二人，首为康有为，次即陈三立。由此可知，在当时人眼中，就"力主变革"而言，陈氏父子与康有为实可同样划为趋新人物。"康党"一语作为刻画新派人物的关键词频频出现，其实是值得注意的时代现象。然而，被世人"目为康党"的陈宝箴，却不认为自己属于"康党"，反而着力划清界限，其背后的心态则又值得揣摩。据为陈宝箴撰写墓志铭的范当世所述，当光绪召见康有为之时，陈宝箴上疏"言其短长，推其疵弊"，甚至力主"毁其所著书曰《孔子改制考》者"，这样的言行大概和后人心目中的旧派，已经相去不远。后来，"湖南既设时务学堂，其官绅并缘《时务报》推梁启超为主讲而公［陈宝箴］从之"。细玩文字，陈氏对于新政"从之"的态度，似乎反而不及当地官绅来得积极主动。"及《湘报》与学堂所论有瑕疵"，陈氏"遏其渐，剖析而更张之"。"遏其渐"三字既生动刻画陈宝箴对于过分激进的维新主张的制约，也曲折表明当时湖南维新阵营并非铁板一块。实际上，由于社会角色与立场的差异，在同样趋新的思想光谱上，陈宝箴与康有为、梁启超，与谭嗣同、唐才常，与易鼐、樊锥诸人，仍有着深浅不一的颜色。范当世说得明快："吾未见其为谁氏党也。"（页8）

范当世在陈宝箴墓志铭中的表态，或许有事后刻意回护陈氏的意图，但至少从"目公以康党"和"吾未见其为谁氏党"两造之间，时人心目中的新派形象及评价，差异确实颇大。戊戌变法过去将近半个世纪之后，陈寅恪在写于1945年的《读吴其昌撰梁启超传书后》中，郑重强调"戊戌当时言变法者"源头有二，未可混为一论。源头一是康有为以今文经学入手，通过"公羊三世说"，"附会孔子改制以言变法"；源头二则是历验世务欲借镜西国以变神州旧法者"。同样是主张变法，陈氏一系的思想显然源自后者。所以，当陈宝箴、陈三立看到朱一新在《无邪堂答问》中驳斥康有为的《公羊春秋》，"深以为然"。实际上，陈寅恪亦借此表明心迹："余少喜临川新法之新，而老同涑水迂叟之迂"。他后来也数次强调自己"思想囿于咸丰同治之世，议论近乎湘乡南皮之间"。这一"夫子自道"明显更靠近张之洞"中体西用"式渐进调适的变革主张，而有意在和康有为"孔子改制"式的激进路线一别苗头。

不过，陈寅恪的上述看法也多少不免"后见之明"。实际上，当时人对于陈宝箴式的"新派"的看法，远不止"两源"分流，反而呈现"多源"汇流的局面——有人视为"康党"，有人看不出是"谁氏党",甚至还有人将陈宝箴目为"旧派"。范当世回忆,"许公不言维新者,方裁缺欲归,公诒书督劝甚挚。许公曰:'岂须我耶?'余曰:'不然,此公义相取,陈公何必旧,公又何必新耶?'"(页8)当"公义"作为"变法维新"的代名词,意味着"变革"理念已成为当日影响士人的一大思潮。而"公义相取"之下的"何必旧"与"何必新"的依违两可,则最能看出当时新旧翻覆的时代特征。知父莫若子,难怪同为湖南维新运动中心人物的陈三立如此评价其父陈宝箴:"府君独知时变所当为而已,不复较执为新旧,尤无所谓新党旧党之见。"(页12)

三、"新派"分野:"才气可爱,意气可忧"

其实,后来的主流历史论述对于维新人士的赞誉和变法事业的美好想象,也在一定程度上遮蔽和简化了戊戌年间丰富多元的士人心态。从《年谱长编》里陈宝箴父子与新旧人物的交往细节之中,实可一探戊戌维新不同时期新派分野与新旧之间的复杂关系。

当年,黄遵宪向陈宝箴推荐康有为前来时务学堂主讲时,陈三立随即表示,曾读过梁启超的文章,"其所论说似胜于其师,不如舍康而聘梁",陈宝箴允之。结合陈寅恪后来对于维新变法"二源说",颇可再思当时维新人物对于康梁师徒的不同看法,以及知识群体乃至士人个性对于维新思想的外缘影响。后来成为语言文字学家的杨树达,当年正在时务学堂读书。在其所著《积微翁回忆录》中写道,当日第一班考入四十人，后来鼎鼎有名的蔡锷高中第二名，成为梁启超的受业弟子。有趣的是，当事人陈三立在若干年后与梁启超共话戊戌之时，对蔡锷考取时务学堂的印象却并不见佳："年十四，文不通，已斥。余因其稚特录之。"（页13）高中第二名者竟是"文不通"，则时务学堂当日学生水平或许不宜高估。而对于同为新派的谭嗣同，周善培在《旧雨鸿爪》中曾回忆，陈宝箴认为谭嗣同"才不能胜气"，称其"才气可爱、意气可忧"。陈宝箴要周善培见到谭嗣同之时，劝他"作大事的人气要静"（页42）。周善培进京前夕，陈宝箴托他捎话给刘光第，表示刘氏"沉着稳重"、"希望很大"，而谭嗣同"希望很大，忧虑也很多"（页43）。从《年谱长编》所载这类时人描述的琐碎细节之中，今人或许能看到康有为、梁启超、蔡锷、谭嗣同乃至湖南维新运动更加多元的面向。

另一方面，1890年代湖南的维新运动，也并非维新派只手擎天、单兵突进。新派和旧派，特别是和满人亲贵如荣禄之间的密切互动，同样不容忽视。陈寅恪在《戊戌政变与先祖先君之关系》一文中，明确谈到荣禄对其父祖辈的推重。也正因为"南皮与荣禄本无交谊，而先祖与荣禄的关系，则不相同也"，所以"先祖之意，欲通过荣禄，劝引那拉后亦赞成改革，故推夙行西制而为那拉后所喜之张南皮入军机"（页43）。陈宝箴当日此举，可谓寄意遥深。实际上，观察此一时期历史需要注意的是，在维新运动相当长的时段里，帝后之间并不完全是保守与维新的关系。一般被视为"保守"的慈禧派系当中，李鸿章、荣禄诸人的维新理念与实际动员能力，其水平不在帝党代表翁同龢等人之下。且双方的激烈对峙，当是进入 1898 年之后的事情。《年谱长编》记载，戊戌政变之后，陈宝箴父子"止于革职永不叙用之薄惩，实由荣禄及王元和［卞僧慧按：王元和为王仁和即王文韶］碰头乞请所致也"（页 44）。可见，戊戌维新之际，新旧之间错综复杂的公私关联和满汉互动，实非后人"新旧之争"、"满汉之争"等简单断语所能概括，而是包含了新旧之间不同政治力量，在现实利益与国家远景之下彼此角力也彼此妥协的多重内容。

四、"遗民"之争："忠于清，不必如郑孝胥；赞成民国，不必如谭延闿。"

1898 年 9 月，戊戌政变爆发，湖南乃至全国的变法维新亦随之转入低潮。之后的情形，如鲁迅在《中国小说史略》中所言："戊戌变政既不成，越二年即庚子岁而有义和团之变，群乃知政府不足与图治，顿有掊击之意矣。"然而，直到进入民国，围绕当日维新派的余音仍袅袅不绝，但论辩焦点则由"康党"转而变成"遗民"。史学家吴宗慈为陈三立撰写传略，称陈氏"出处大节"，是"自守为子为臣之本分"，认为陈氏"在清末季，韬晦不出，与辛亥革命后之作遗民，其志趣节操，乃一贯而行者"（页 15）。况且，"梨洲、炎武、船山诸贤，皆遗民也。虽古今情事不同，此名词似亦不违其志者"（页 17）。然而，植物学家胡先骕读罢，认为吴宗慈所谓"甘隐沦为遗民以终老"（页 16）一说，违背了陈三立的本意。在胡先骕看来，陈三立之所以不愿在民国政府出任要职，其实出于对民初南北政局"紊乱窳败"的痛心疾首，"与一般之所谓遗民者有异，且亦非甘于效忠清室者"（页 17）。

仅仅十余年过去，昔日力主变法的新派人物，竟已被后人视为"遗民"——19、20 世纪之交中国社会的激变程度，可谓巨大。而当时人眼中对于"遗民"的理解，彷徨于新旧之间，其思想断续则更值得玩味。吴宗慈回复胡先骕所言，"在今日似难用理想而演绎其事实"（页 17），其实不妨视为吴、胡二人各执一端的理据。民国代清，实为"数千年未有之变局"的重大后果。以今日眼光来看，辛亥前后士人心目中的政治"理想"与国家"现实"，较之顾炎武、黄宗羲、王船山所处明清易代之际，内容其实已经大变。然而，陈三立式的"老人爱国，出于衷诚"（页 17，吴宗慈语），则意味着无论身处帝制还是共和，传统读书人对国家权威的认同，仍有着抽象意义上一以贯之的价值。清代的普世王权业已崩溃，而新生民国"紊乱窳败"却又不容乐观，两者的深层内涵都指向文化理想中的权威失堕。现实虽然是一旧一新，但新旧之间其实质却具有同构性——所谓"情事不同"，却"不违其志"。因此，《年谱长编》中陈三立的态度，虽出于意料之外，其实正在情理之中，反而更见戊戌一代士人的个性："忠于清，不必如郑孝胥；赞成民国，更不必如谭延闿。"（页 15）陈三立不满国民政府要员，故连同儿子陈登恪与谭氏女儿的婚姻也一并否定。然而，他又直斥郑孝胥"非忠于清，直以清裔为傀儡，而自图功利"（页 17），进而相信"关民国事，听儿辈为之"（页 16）。可以说，陈氏的言行，有传统中国易代之际"遗民"的内容，又确非"遗民"二字的旧义所能涵盖，反而呈现更加耐人寻味的深意。

五、结语

晚清中国士绅阶层与政治权力的二元结构，一方面基于国家的现实危机与实际利益，连手催生维新思想与变革行动，但另一方面，传统意识形态与价值观念的影响，也让那一时期的湖南地方士绅，倾向于压制开明官员与知识分子的地方自治倾向与激烈言行。1898 年初，当陈宝箴不得不奏请焚毁《孔子改制考》，湖南维新陷入低潮。然而，此时京城变法反而在新的外缘刺激之下进入高潮，实出乎当事人意表。可见，在一激变时代里，改革的时机把握与力度拿捏，并非易事。《年谱长编》以史料汇编的方式，勾勒出谱主陈寅恪的人生履迹，以及陈氏一生中透射出的 19、20 世纪风云变幻。全书关切焦点虽然只是"一人一事"，实则透过纷纭史料足以让后世读者"知人论世"。

回到本文议题，无论"戊戌"、"辛亥"，还是之后的国民革命和共产运动，实非后人想象与意图裁剪之下形成的思想"单向道"，而是亮点与盲区并存，前进与后退交织。平心静气读史阅世，方能真切体味，变革时代的人与事往往有着西人所谓"dominated by none, but shaped by all"（不由任何人、事、物单独决定，而是被多元因素共同形塑）的复杂进程。正是这些多元互动的声音此起彼伏、相互辩论，近代中国的历史才一次又一次地呈现峰回路转、柳暗花明的面貌。

杨度：
对内皆文明，对外皆野蛮

    在张爱玲的自传体小说《小团圆》当中，主角盛九莉曾经抱怨道："不喜欢现代史，现代史偏偏打上门来。""不喜欢"源于文化优越而产生的自负，而"偏偏"一词则又意味着不得不接受的那份屈辱。强烈的情感落差当中，连接着因西力东渐"打上门来"，却又无力还手的一段痛史。那种复杂心绪与敏锐感知，较之当日士大夫笔下三千年未有之变局的熟语，或许更为真切。通商口岸与不平等条约，带来了小女人的叹息和大时代的新陈代谢，也让门里的读书人重新打量门外的世界。

    对于晚清士人而言，糅合了地理观念与政治认知的外部世界，其实不完全是陌生的概念。但或许直到鸦片战争爆发，当道光皇帝盘问英吉利到回疆有无旱路可通，与俄罗斯是否接壤的时候，传统的天下观念才由战争打开缺口，裂变为对于万国的新鲜体验。梁启超回忆，十八岁那年（1891 年）经过上海，从坊间购得《瀛寰志略》读之，始知有五大洲各国。作为晚清以来广泛传播的新学之一，地理知识也从沿海向内陆逐步扩张，在读书人心头划下深浅不一的痕迹。1908 年，在江西萍乡读小学的张国焘，除了确信地球不是平的，而是球形的，还知道圣人不仅出在东方，也出在西方。四年后的1912年，毛泽东在湖南省立图书馆自修时，才第一次看到世界地图，于是怀着很大的兴趣研究了它。他惊奇地发现，在这张巨大的地图上，中国只是偏居一隅，长沙不过一个小点，而自己的老家韶山，竟然根本就找不到。

湘籍历史学者陈旭麓考证，在1858年签订的《中英天津条约》当中，"洋"开始取代"夷"，出现在正式文本当中。较之古代中国以东夷、西戎、南蛮、北狄称呼周边族群，洋字的客观表述，已让鄙薄之意大为淡化。或许可以说，从那时起，至少在政治外交场合，晚清中国开始尝试与万国平等对话。然而，同一时段里，战争胜利者打上门来的世界步步进逼，反衬晚清中国像多米诺骨牌一样，在外来的这个世界面前节节败退。钱钟书为钟叔河编订的《走向世界》丛书叙论集所作序言，最为精妙："中国'走向世界'，事实上也是'世界''走向'中国；咱们开门出去也由于外面有人敲门，撞门，甚至破门或跳窗进来。"如果说，从夷到洋的退让，还只是放低身段、委曲求全的话，到了晚清士人也不得不承认，西方诸国为文明，而自己为野蛮之时，世界带给读书人的观念震荡，已经相当剧烈。

因此，在中国走向世界的呼求背后，其实是自身旁落于外部世界的现实。难怪钱钟书说："'走向世界'？那还用说！难道能够不'走向'它而走出它吗？哪怕你不情不愿，两脚仿佛拖着铁镣和铁球，你也只好走向这世界，因为你绝没有办法走出这世界，即使两脚生了翅膀。"晚清读书人破天荒地

⊙ 杨度注意到，当时世界诸国"对于内则皆文明，对于外则皆野蛮"。

以千年这一长时段，描述门外世界天翻地覆的巨变，的确独具眼光。既然世界无法回避，中国如何在世界这一尺度下自我修正，以期被世界所接受，也就变得迫在眉睫。当时一种极端的看法甚至认为，中国人在人种上不如西方，未来只有与西方人士合种通教，方能转弱为强，融入世界。1902 年，梁启超兴奋地宣称，20 世纪将是两大文明结婚之时代，彼西方美人必能为我家育宁馨儿，以亢我宗。易鼐也在《湘学报》上，极力宣扬通过黄白合种提升国民素质：如以黄白种人互为雌雄，则生子必硕大而强健文秀而聪颖。与此相对，伴随义和团运动而起的彻底排外，则代表了另一种对于世界的极端看法。周作人曾回忆："我最早是尊王攘夷的思想"，"它表示是赞成义和拳的'灭洋'的，就是主张排外，这坏的方面是'沙文主义'，但也有好的方面，便是民族革命与反帝国主义的，但它又怀疑乃是'顽民'，恐他的'扶清'不真实，则又是保皇思想了。这两重的思想实在胡（糊）涂得很。"中西新旧之间，同一时空中不同读书人心中的那个世界的形象，竟然如此纷繁多歧，确实远超后人想象。

不过，正如蒋梦麟所看到的，如来佛是骑着白象到中国的，耶稣基督却是骑在炮弹上飞过来的，所以，中国人虽然极力走向世界，但对于这一目标是否美好，仍旧心存疑虑。湖南湘潭人杨度也注意到，当时世界诸国"对于内则皆文明，对于外则皆野蛮"。其实，这并非杨度的个人观感。游学欧洲的王韬早前就说过："西人在其国中，无不谦恭和蔼诚实谨愿，循循然奉公守法；及一至中土，即翻然改其所为，竟有前后如出两人者。其周旋晋接也，无不傲慢侈肆；其颐指气使之概，殊令人不可向迩。……彼一味驾驭中国之人，惟势力可行耳，否则不吾畏也。"章太炎也斥责这些始创自由平等于己国之人，即实施最不自由平等于他国之人。因此，杨度索性主张，中国也不妨向野蛮看齐，来实现并立于野蛮世界的目标。

可是，支配野蛮世界的既然是弱肉强食的逻辑，那么，这样的世界，注定是一个铁血横行道义沦丧、只认成败不讲是非、崇尚蛮力漠视文明的丛林世界。这真是中国人渴望走向的世界吗？1914 年，在美国康奈尔大学留学的胡适，在日记中写道："世界主义者，爱国主义柔之以人道主义者也。"在胡适看来，世界固然由万国铸就，但是，为了"我之国须陵（凌）驾他人之国，我之种须陵（凌）驾他人之种"，无视"国中人与人之间所谓道德、法律、公理、是非、慈爱、和平"的行动，背离了文明的普世价值，既是狭隘的国家主义，也是世界之大患。而真正的爱国者，必然相信万国之上有人类，强权之上有公理。青年胡适将古老中国比拟为"睡美人"，而不取拿破仑眼中"醒时，世界应为震悚"的睡狮，也正是相信"东方文明古国，他日有所贡献于世界，当在文物风教，而不在武力"。胡适作《睡美人歌》过去百年，在 20 世纪大潮中载沉载浮的中国，已经发出"同一个世界，同一个梦想"的咏叹。回望百年以来，由打上门来的现代史所引发的中国对于世界的想象、体验与言说，读书人或许别有一番滋味在心头。

宋教仁：
一百年前的择业与改行

据说，三个苹果推动了人类文明。第一个是《圣经》当中，亚当和夏娃在伊甸园中吃下的那个苹果。第二个是砸在物理学家牛顿的头顶，让他悟出万有引力定律的那个苹果。第三个则是当下风靡世界的 iphone 与 ipad 上的那个苹果。对于胡适来说，小苹果也改变了这位 20 世纪大人物的命运。1910 年，胡适留学美国，最初进入康奈尔大学农学院学农。因为实在分不清楚数百种苹果的种类，他转攻哲学，终成一代大家。有趣的是，改换专业的癖好似乎也有家族遗传。胡适的儿子胡祖望后来也到康奈尔大学读工程，毕业之后却转做经济。而胡祖望之子胡复，同样毕业于康奈尔大学。和祖父、父亲一样，主修音乐的胡复，后来竟弄起了电脑。胡祖望笑说：康奈尔大学教他们祖孙三人勇于改行，而且"改了之后，还有饭吃"。

从胡适一家三代勇于改行当中，颇能一窥中国社会新旧过渡的痕迹。上千年来，围绕儒家经典的义理、考据和辞章之学，几乎是读书人的全部专业。然而，晚清以降，西力叩关。中学的知识传统与思想资源，显然已无法适应三千年未有之变局，亟须在西学参照下逐步变革。鲁迅回忆，虽然"那时读书应试是正路，所谓学洋务，社会上便以为是一种走投无路的人，只得将灵魂卖给鬼子，要加倍的奚落而且排斥"。不过，十七岁的他"也顾不得这些事"。当他进入南京江南水师学堂，才知道世上还有"所谓格致，算学，地理，历史，绘图和体操"，"而且从译出的历史上，又知道了日本维新是大半发端于西方医学的事实"。

从老一辈对于西学的鄙视，到青年人"顾不得"的冲动，专业知识分科带给读书人的，或许更多还是迷惘与焦虑。1898年，张之洞在《劝学篇》当中，提出掀动一时的"中学为体，西学为用。然而，这一在后人眼中看似保守"的论断背后，其实暗示"中学"在西潮冲击之下，已经日渐"无用"。而另一方面，"西学为用"的节节推进，却又必然导致"中学"最终无法"为体"。在回环往复的历史演进当中，"保守"可能导致的激进后果，其实远超时人与后人的想象。果然，随着科举废除，儒家知识的危机全面爆发。然而，取而代之的声光电化之学，大多又源自欧美日本，最初只能在通商口岸和大中城市里学到。相较三家村学究也能传授的子曰诗云，西学的学习成本也大为提高，耕读之家实在难以承受——胡祖望所谓"改了之后，还有饭吃"，或许只是后起之秀的乐观。

因此，对于大多数读书人而言，科举废除与新学传播，带来的不仅是中西知识的分野，还有城乡的落差和社会阶层的断裂。几乎与胡适负笈美国同时，十六岁的毛泽东从韶山来到湘乡、长沙。他先后报考警察学堂、肥皂学校、法政学堂、商业学堂等专业技术学校，"那里不那么注重经书，西方'新学'教得比较多，教学方法也很激进"。然而，毛泽东此前的军饷每月才七元，这些学校的报名费平均一次就要一元。更让毛泽东感到讨厌的是，城市里的大多数专业知识，都用英语讲授，而学校也没有英语教师。不懂英文的乡村学生，短时间内很难长进，只能在起跑线上败下阵来，改走它途。

西潮冲击带来了朝野上下知识关注点的转移，也让读书人在转型的阵痛之中，重新思考自我、国家与世界的关系。1905年，二十三岁的宋教仁就以留学以何学科为好为题，在日记中写道："吾此身愿为华盛顿、拿破仑、玛志尼、加尼波的乎？则政治、军事不可不学也；吾此身愿为俾士麦、加富尔乎？则政治、外交不可不学也；吾此身愿为纳尔逊、东乡平八郎乎？则海军不可不学也；吾此身愿为铁道大王、矿山大王乎？则实业不可不学也；吾此身愿为达尔文、牛董、马可尼乎？则科学不可不学也；吾此身愿为卢梭、福禄特尔、福泽谕吉乎？则文学、哲学不可不学也。"一连串排比句当中，军事、外交、海军、实业，都是此前四书五经里闻所未闻的专业名称。更值得注意的是，宋教仁心目中此身愿为的知识精英与时代偶像，也绝非读书人耳熟能详的孔孟程朱，而是达尔文、俾斯麦、卢梭这些过去名不见经传的泰西人物。当窗外那个天不变，道亦不变的世界开始失落，难怪宋教仁呼吁读书人但以学问将就志愿，不以志愿将就学问，在新的知识格局之中成就新的自我。

宋教仁此语，或许正是胡适那一代人勇于改行的前奏。然而，面对知识潮汛汹涌奔腾，如何依一己之志愿择善而从，对于新旧之间的读书人而言，其实并非易事。而救亡图存的时代主题所衍生的科技救国、实业救国、文学救国之梦，也让专业的选择，透射出个人情境与时代脉动的交光互影。常年在甲板上奔跑的英国海军学院学生严复，回国后科场蹭蹬、宦海失意，又沾染鸦片烟瘾。既然"不能与人竞进热场，乃为冷淡生活"，他转而翻译西书，后来以此名世。当年一有闲空，就吃伤饼、花生米、辣椒，看《天演论》的鲁迅，趴在日本医学院的榻榻米上，精心绘制血管解剖图。然而，一张日俄战争幻灯片的强烈刺激，让他从此弃医从文，试图以文艺改造国民。1943年，女大学生齐邦媛考入武汉大学，最初准备读哲学系。朱光潜先生却劝她改读外文系："武大偏僻，没有老师，哲学系的课开不出来。我已由国文老师处看到你的作文，你太多愁善感，似乎没有钻研哲学的慧根。中文系的课你可以旁听，也可以一生自修。但外文系的课程必须有老师带领，加上好的英文基础才可以入门。你如果转入外文系，我可以作你的导师，有问题可以随时问我"。半个多世纪过去，齐邦媛在回忆录《巨流河》中写道："这最后一句话，至今萦绕我心头。"

据说，牛顿当年坐在下面冥思苦想的那株苹果树，早已被人砍倒，切成小块作为纪念品卖给游客。其实，往下掉的东西何止苹果，看到苹果下落的又何止牛顿一人？万有引力定律的发现，无非是牛顿依一己之志愿在专业领域钻之弥深的结果。当专业化日渐成为现代人安身立命之本，三个苹果推动人类文明之说，或许并非笑谈。而经意与不经意之间的勇于改行，却常常带来个人的生命转折，也见证着时代的因缘际会。

鲁迅：
"革命"三调

　　与鲁迅"亦敌亦友"的林语堂曾评价："德国诗人海涅语人曰：我死时，棺中放一剑，勿放笔。是足以语鲁迅。"伴随着 20 世纪中国的动荡历程，革命的理念与实践，几乎占据了鲁迅生命的最后十年（1927—1936）。同时，在革命的狂飙席卷之下，文学、政治乃至国民性所呈现的复杂样貌，也引发了鲁迅对于这一理念多歧性的深刻反思。较之竹内好的《近代的超克》、李欧梵的《铁屋中的呐喊：鲁迅研究》、汪晖的《反抗绝望：鲁迅及其文学世界》等研究经典，Gloria Davies 的 *Lu Xun's Revolution: Writing in a Time of Violence* 一书，聚焦于鲁迅写作生涯的最后时光，将其作品放置在知识分子生存情境与革命年代的历史脉络当中，力图通过他与同时代人物的对话及论辩，凸显革命氛围与人物心态的交光互影。在这本"一部分是传记，一部分是历史，一部分是文学分析"的著述当中，鲁迅的作品以及作品中或隐或现的政治张力，折射出现代中国思想的巨大冲突。借助文学与政治之间这一系列冲突，作者尝试让我们明了，在鲁迅的眼中，20 世纪的中国革命究竟具有何种内涵？而在鲁迅身后，他的思想遗产又是如何重塑中国人对于革命的理解与认知？

本书第一章描述鲁迅作为见证者，对于1920年代革命话语权威性确立的观察与省思。一方面，诚如孙中山当日所言，再造共和是"革故鼎新"的事业，也是从事"大破坏大建设"的"改造"事业。因此，在新旧交替的时代里，革命更多意味着以激进转化的巨大力量，带来思想的解放以及新事物的创制。另一方面，尽管在行动与理念上，20世纪的"革命"因党派纷争、主义林立和立场的歧异，始终存在着激烈交锋与相互角逐，但"革命"的正当性已然凸显，并在历史的合力之下，导向人们对于革命后美好社会的憧憬与想象。在鲁迅眼中，从新文化运动时期的"文学革命"到20年代伴随北伐而起的"革命文学"，革命带来的是自我意识的重新焕发与改造社会的力量充分涌流。本书在此比较了鲁迅对于孙中山的建党建国话语以及1927年广州的革命宣传的态度差异，亦强调鲁迅与后来成为共产主义理论家的成仿吾、郭沫若、冯乃超之间的区别。作者指出，与马克思和弗洛伊德不同，鲁迅从来没有建立（也无意建立）自身的哲学系统和理论论述。然而，他的著述中那些修辞手法和论辩样式彼此混合，形成了具有持续性的批判探寻——而这一探寻正是被"成为人意味着什么"这一问题所引导。因此，鲁迅才说："'革命'是并不稀奇的，惟其有了它，社会才会改革，人类才会进步，能从原虫到人类，从野蛮到文明，就因为没有一刻不在革命。"又说，"革命"不应该像一般人理解的那样是"非常可怕的事"，其实"革命是并非教人死，而是教人活的"。换言之，在鲁迅的价值期待中，1920年代的国民革命，不仅需要呼唤民国政治秩序的脱胎换骨，更重要的是应当包含人的价值的推陈出新。从更广义上说，鲁迅最后十年写作生涯的开端，既包含了与新文化运动之间既断裂又连续的关系，亦开启了他对于革命的内容与形式日渐丰富的理解。

然而，当北伐宣传在革命话语中酝酿成型，昔日的文学革命遂演变为革命的工具。1920年代末期这一重要的观念转变，引起鲁迅对于革命的不安。饶有意味的是，鲁迅一度欢呼国民革命，但在社会实践（特别是文学实践）过程中，对于以革命正当性为前提的革命宣传与革命话语的泛滥，却保持警觉。革命伊始，鲁迅尚期待透过革命的社会运动，培养一种立足平等的平民主义写作，从而使社会大众能借助革命，发出自己的声音。然而，随着革命如火如荼的发展，意识形态下的革命，控制了中国的知识阶层，也左右着作家们的创作。创造社的郭沫若就宣称，革命文学时代的创作必须遵循三原则：革命是历史发展的动力；阶级斗争是社会演进的原则；被压迫者对压迫者的反抗将取得最终的胜利。在1927年末，鲁迅评论那些革命作家对于铁与血的赞美，已经将文学变为了粗粝的重复啰嗦："打、打、打！杀、杀、杀！造反、造反、造反！"他视这些人创造的革命文学，是在国共两党意识形态的旗帜下，文学艺术创造力的极大衰退。至少，作为必须与革命领导者的观点高度同一的语言要求，革命的党化原则与鲁迅批判的严肃性之间不可共量（incommensurable）。

革命破坏的是支配与被支配、统治与被统治的既定权力关系，但革命往往再一次强化了权力关系——很难说这是历史的吊诡，抑或是人性的吊诡。在鲁迅的最后十年间，伴随着"清党运动"与国民政府政权的稳定，权力关系的固化逐渐渗透到社会的各个层面。对于鲁迅的写作经历与文学生涯而言，这样的固化，除开1920年代革命宣传话语的宰制之外，还有30年代上海知识分子群体的价值对立及其本人在垂暮之年卷入的左翼作家内部的权力争斗。本书第二、三、四章着重讨论1928年之后，随着蒋介石南京国民政府的成立，鲁迅在上海这一中国知识中心与文化场域的文学活动。当他的同时代人日渐热衷于"选边站"，赞成或反对"革命文学"的时候，鲁迅以日渐激烈的方式，批评上海那些从激进政治中汲汲谋利的作家与出版家。他甚至将上海"革命文学"的特征概括为革命时代里激进的时尚。不过，在市场驱动和商业刺激下，仰赖印刷品的普及、市民阶层的扩张以及租界的政治庇护，1930年代的上海一度成为左翼文人的天堂，实非偶然——鲁迅本人亦是经济实力与社会声望的重要获益者之一。作者的重点仍在描述鲁迅及其批评者之间的指摘论辩，笔触集中在他与创造社、新月社及太阳社之间的争论。在作者看来，鲁迅对新月社不遗余力的攻击，原因在于后者的白话文写作偏转到精英的趣味，而非大众的立场。实际上，鲁迅与新月社特别是梁实秋之间的论辩，仅仅如本书作者所言，归结为文学趣味的不同，似嫌不够。其近因，当是"女师大风潮"与"三一八事件"之后，鲁迅与陈西滢、徐志摩等"现代评论派"的交恶，而其远因，实可追溯到五四后期《新青年》阵营在迎拒马克思主义议题上的最终分裂。

　　本书将鲁迅生命中最后十年称为"左倾十年"，但对于这一倾向何以出现，作者着墨不多。实际上，基于人道主义与个性主义的立场，以平等秩序解构专制政治的权力关系，仍是鲁迅此刻乐于亲近挑战威权政治的中国共产党，钟情于其倡导的左翼文艺的主因。而在性情气质、趣味爱好上与瞿秋白、冯雪峰等中共文艺工作者的彼此投缘，以及对于苏俄共产主义革命前景的想象，对他晚年"向左转"的助力，亦不可谓不小。鲁迅将"无产阶级的革命的文艺运动"，视为中国"唯一的文艺运动"，恰恰在于他认为"中国已经毫无其他文艺"。而"属于统治阶级的所谓'文艺家'早已腐烂到连所谓'为艺术而艺术'以至'颓废'的作品也不能生产"，最能看出鲁迅彼时心中"继续革命"的意图。事实上，正如散见于本书诸多篇章中关于白话文的探讨所揭示的那样，鲁迅之所以毕生极力以白话文挑战文言文，在其晚年更是以左翼作家的身份，捍卫白话文作为平民语言为普罗大众发声的权力，其背后正是对知识精英垄断文化、固化权势结构的有力抗拒。作者此处论述视野开阔：鲁迅对于代表国民党官方立场的"民族主义文艺"的不屑，同时反对苏汶等关于"第三种人"的立论，也清晰衬托出共产党势力在近代中国权势版图上的兴起。

　　然而，不平等的权力关系，即使在以平等为诉求的共产主义者内部同样存在。这让鲁迅晚年的"向左转"当中，亦有欲迎还拒的犹疑与思索。因此，即以文学界而言，"革命"一词所包含的复杂色彩，在30年代左翼的思想光谱当中，其实不易区隔。反观历史，鲁迅在1920年代末期与创造社成员就"革命文学"议题的论战，实可看做这一时期左翼作家联盟内部缠斗的先声和预演。作者指出，1930年代，当中国共产党借助革命和主义话语，引发作家内部新旧营垒的冲突，将文艺工作整合到自身政策之中，这让鲁迅深感不安。作为共产党主导下的"左联"的领军人物，鲁迅越来越多地表达对于马克思主义意识形态盲目追随者的不满。这些人包括中共上海文化工作委员会领导人周扬、阳翰笙、田汉、夏衍，亦即鼎鼎有名的"四条汉子"。在鲁迅临终前爆发的"国防文学"与"民族革命战争的大众文学"两个口号之间的论争，实质上仍是左联内部领导权力之争。直到鲁迅临终前，病榻上的他依然在信件中，表达对于党的某些教条主义理论家的愤怒。在左联内部意气难平和权谋算计的漩涡之中，一贯以反抗权力体制形象示人的鲁迅，竟不幸无法置身事外。本书的描述提示今日的读者，对于鲁迅晚年"左倾十年"的内心冲动以及当日"革命"的历史语境，应有更为细腻的体察与认知。

鲁迅经历的"革命"（辛亥、五四、北伐与抗日）、鲁迅眼中的"革命"与鲁迅身后成为"革命圣人"，共同构建起过往共产党历史叙述中的"鲁迅三调"（亦可称"革命三调"）。他的形象身姿、思想模式与话语形态，亦成为重要的革命遗产。无疑，鲁迅在近代中国历史上享有的令人敬畏的声望，很大程度上是毛泽东支持的结果。正是在 1940 年代中共的整风运动以及延安文艺座谈会上，鲁迅的形象开始朝向一个"革命典范"转型。这一革命典范可能包含的内容，本书作者并未详细阐述。大致来说，应该涉及对马克思主义的热情接纳（理论革命）、面对普罗大众的写作主张（文学革命）、不妥协地挑战权势特别是国民政府的党国体制（政治革命）以及代表殖民地被压迫与被侮辱者的反抗（身份革命）。而毛泽东支持鲁迅的思想进入自己的政治视野，恰恰也因为在这一时期，被视为马克思主义中国化的"毛泽东思想"开始成型。

诚如本书作者所言，尽管鲁迅并非共产主义者，然而，在他死后数十年间，他的思想遗产充分帮助中国共产党击败国民党，并肃清其在中国大陆的残余影响。1949年之后，伴随更多鲁迅语汇进入毛泽东的格言和标语，鲁迅形象的力量在中国达到顶峰。另一方面，透过作者的描述，呈现在本书中的鲁迅是"一个精力充沛的反专制主义者，亦是一个充满同情心的人道主义者"。因此，他确信革命的必要性，但又投入相当多的精力去谴责革命释放出的残暴力量。可以看到，在人性预设方面，鲁迅较之毛的看法更为幽暗，其中更有佛教、基督教与乃师章太炎"俱分进化论"的思想汇流。因此，他并不完全相信善终究可以战胜恶，而倾向于接受社会演进过程当中，道德的善与恶、生计的苦与乐，彼此交织、此消彼长甚或齐头并进的看法。而在历史观念上，鲁迅更多地秉持一种"悲观主义认识论"的态度，相信"惟黑暗与虚无乃是实有，却偏要向这些作绝望的抗战"。竹内好对鲁迅的论断堪称精辟："他几乎不怀疑人是要被解放的，不怀疑人终究是会解放的，但他却关闭了通往解放的道路，把所有的解放都当做幻想。"

正如本书标题所言，"鲁迅的革命"究其本质是自己对自己的革命，革命时代的写作亦是一场"一个人的战争"。而这一革命的起点，则是他对于一切制度化权力的不安以及对于权力化身的憎恶。本书亦描绘，在中国大陆改革开放三十年之后的今天，中国人似乎已经进入一个"告别革命"的年代。然而，通俗作家对于鲁迅的嘲弄与攻击、年轻网民对于鲁迅语式的戏仿、鲁迅作品在中小学语文教科书中的去留，仍能引发媒体与学界的聚讼纷纭，在在可见鲁迅文学及思想遗产的复杂性与延续性——这既是鲁迅的宿命亦是 20 世纪革命的宿命，同时也深深形塑着今日读者对于历史与未来的看法。

胡适：
"反对留学"的留学生

　　1926 年 7 月 29 日，国民政府委员、湖南人谭延闿在家中召开了一次"小孩会议"，询问子女们各自的志向。在日记里，他留下一段有趣的记录："今各言所志，大抵皆欲出洋留学，不得不多数认可也。"当晚清最早一批留美幼童，盘着辫子，心存忐忑地远赴异邦之时，他们大概无法想象，到了民国初年，出洋留学竟然成为小朋友们的共同愿望。难怪，时任江苏省省长的王瑚甚至断言："我是孔子的同乡。我敢相信，孔子若是生在今天，他也要学英文，穿西装，到美国留学。"王省长略带戏谑的语气，透露出随着科举废除与帝制崩溃，经典权威和圣人形象在中国日渐失堕。孩子们出洋留学的热望，也让身为父亲的谭延闿颇有感触。那天晚上，他邀集"诸女环坐说旧事，为之慨然"。

　　从儿女们"大抵皆欲出洋留学"的渴盼，到谭延闿心目中"不得不认可"的踌躇，夹杂着的正是读书人"为之慨然"的一声长叹。更有意味的是，在年轻人"学英文，穿西装，到美国留学"的愿景之外，"留学者，国之大耻也"的低音，也开始在中国留学生群体当中持续发声，一反潮流地塑造着人们对于留学的想象。1912年，入读康奈尔大学不过两年的胡适，挥毫写下《非留学篇》一文，称"留学者，吾国之大耻也"。胡适是对美国文化和生活方式倾慕甚久，也受惠甚深的人物。在美国留学的七年，正是他一生中思想和志向的定型时期。然而，晚清中国所遭遇的一连串屈辱性挫败，以及不得不一落而为西方"弟子国"的历史，却让胡适的心中隐痛犹存。从"吾国之大耻"的愤激之中，不难看到身为留学生的胡适，对于西方主宰的世界格局的彷徨心态：出洋留学，究竟会让中国向上提升，还是向下沉沦？

其实，胡适心目中理想的留学状态，是要让"后来学子可不必留学，而可收留学之效"，即"留学当以不留学为目的"。借用他的比喻，留学是"过渡之舟楫"而非"敲门之砖"，是"救急之计"而非"久远之图"。在胡适看来，要实现此一目标，"当以输入新思想为己国造新文明为目的"。其中"新文明"一语，在胡适当日的文字中反复提及，显见在胡适的理解中，中华文明确实已旧，急需更新。而"造文明"的目的是"己国"，而非世界和"他国"，则又可见胡适"反求诸文明"的视野，虽然面向国际，但立场仍旧是中国本位。因此，对于留学，他的态度颇为明确："令吾国古文明，得新生机而益发扬光大，为神州造一新旧混合之新文明，此过渡时代人物之天职也。"胡适一向善于"觇国"，对世界潮流的感知最为敏锐。加之长期怀着"他日为国人导师之预备"的"作圣"心态，因此，他极力主张"留学生不独有求学之责，亦有观风问政之责"——而"求学"、"观风"与"问政"，正是胡适眼中海外留学生"造文明"的必要训练。

然而，在当日的留学生之中，像胡适这样欲做"导师"者恐怕极少。相比之下，"不在为祖国造新文明，而在一己之利禄衣食；志不在久远，而在于速成"之辈显然更多。为了早早捞取一纸文凭，这些人"既抵此邦，首问何校易于插班，何校易于毕业。既入校，则首询何科为最易，教师中何人为最宽。然后入最易之校，择最宽之教师，读最易之课。迟则四年，早则二三年，而一纸羊皮之纸，已安然入手，俨然大学毕业生矣"。这种"欲速成"且"隘陋"的想法与做法，自然也最为胡适瞧不起。当时国门乍开，国人也昧于时势。留学生在海外不过取得"问学之初级"的本科学位，回国后竟"尊之如帝天"。实际上，此类留学生对于西方"高深之学问，都未窥堂奥"，更不必说"升堂入室"了。过渡时代最需要"肩负天职"的读书人尚且如此，神州"再造文明"的梦想恐怕真会遥遥无期。二十一岁的青年胡适在美国校园中所痛心疾首的"留学者，国之大耻"，其实又何尝不是当日中国的"民之大耻"？

　　对于留学同样怀有"羞耻"之心的留学生，还有当日在哈佛大学读书的吴宓和陈寅恪。1919 年 6 月 30 日，《吴宓日记》中所载的一段陈、吴二人关于留学生的日常对谈，最能一窥陈氏"心中之耻"："学德不如人，此实吾之大耻；娶妻不如人，又何耻之有？娶妻仅生涯中之一事，小之又小者耳。轻描淡写，得便了之可也。不志于学志之大，而兢兢求得美妻，是谓愚谬。今之留学生，其立言行事，皆动失其平者也。"娶妻是否真是人生一桩"小事"，或许言人人殊。不过，在陈寅恪所秉持的传统道德尺度之中，"娶妻"的形而下价值，显然不及形而上的"学德"与"学志"。陈氏此语，或有针对好友吴宓当日感情状态委婉建言的意图，但"不志于学志之大，而兢兢求得美妻"的态度，却多少意味着传统的安身立命之本，在留学生心目当中已日渐淡漠。

吴宓则注意到，当时东西方的价值观念彼此牵连，其实都已呈失衡之态："昔日之淡泊修养之功夫，不可复见。众惟求当前之快乐，纵欲而不计道理。"享乐主义和功利主义甚嚣尘上，使得"解放"、"自由"等等美好言辞，在"快乐"的招引下畅行无阻。中国对于欧美的"恶俗缺点，吸收尤速"。吴宓举流行小说为例："读英文十八世纪之小说，则殊类《儿女英雄传》《儒林外史》等。近三十年，Zola（左拉）之流派盛行，无非工女被污、病院生产等事；而吾国亦有《黑幕》《女学生》等书迭出。感召之灵，固如是哉！"所以，陈寅恪说："今人误谓中国过重虚理，专谋以功利机械之事输入，而不图精神之救药，势必至人欲横流、道义沦丧，即求其输诚爱国，且不能得。"

功利与物欲作为与儒家人文精神截然相悖的价值取向，不但扭曲留学生的人生观，也戕害学术自身的价值。这也是陈、吴二人乃至当日白璧德的中国门生心目中共同的"留学之耻"。这在留学生选择专业的态度上，表现最为明显。当时，留学生转而"皆学工程实业"，"希慕富贵，不肯用力学问"。而在陈寅恪看来，"救国经世，必以精神学问（谓形而上之学）为根基，乃吾国留学生不知研究，且鄙弃之。不自伤其愚陋，皆由偏重实用积习未改之故"。陈氏批评留学生立身行事"皆失其平"，此语最堪玩味。儒家伦理讲究"位育之道"，而留学生作为读书人中的精英群体，更应深通此理，率先垂范。但在现实生活当中，却正是他们率先"失其平"，这又如何能让社会见贤思齐？在陈寅恪看来，就个人而言，这是人格上的"愚谬"，但到了"吾留学生中，十之七八，在此所学，盖惟欺世盗名，纵欲攫财之本领而已"，则势必演化为中国文明的危机。

因此，"修德而安命"的努力已是迫在眉睫。当日哈佛大学的留学生汤用彤，曾与陈、吴二人多次谈及自己将来的志向，乃是"反求诸己"，"专以提倡道德，扶持社会为旨呼号"。这位未来的哲学家竭力提倡开设学社，社员实行"完全之道德"，以期为世人树立模范，"使知躬行道德未尽无用，且终致最后之成功"。当时正在美国留学、攻读教育学硕士的陈鹤琴，"以道德之修养、品行之砥砺，为同学中最要之事"，发起成立"日日警钟"的小组。"各择古人格言名训，可资警戒服膺而尤足砭同学之时病者，日书一纸，于每晨悬青年会通告牌中，以期同学见之触目惊心，不无小补"。

陈寅恪与吴宓赴美留学时间晚于胡适，在政治文化立场上与后者也有较大差异。陈、吴二人的留学言说及其对儒家道德的阐扬，其想象中的标靶，未尝没有当日胡适、陈独秀等人在国内所发起的"新文化运动"。不过，两派人物对于留学的态度，虽有"反求诸己"与"反求诸文明"的差异，但在中国本位意识上却又殊途同归、互为表里。这也提示今人对于当时留学生关于"留学"与"非留学"的态度，以及由此折射的"中国与世界"的观念，仍需细致考察。

1924年，赵元任商请陈寅恪继任其哈佛燕京学社之职，陈氏回信说："我不想再到哈佛。我对美国留恋的只是波士顿中国饭馆醉香楼的龙虾。"笑谈之中的自负之态历历可见。五年后的1929年，当陈寅恪为北大学院己巳级史学系毕业生赠言，语气反转激烈："群趋东邻受国史，神州士夫羞欲死。田巴鲁连两无成，要待诸君洗斯耻。"中国学生竟然需要借助留学异国（特别是日本）来学习本国历史，确实令读书人羞愧至死。而"群趋"一语，则又表明当日学术研究的重心确实落在"东邻"，故对"神州士夫"才有如此吸引力。由此反观陈氏五年前的笑谈，自负之中其实隐藏着"不得不为之"的苦涩。其实，陈寅恪的态度相当明确，"一洗斯耻"有赖中国文明独立"再造"。因此，陈氏才说，"吾大学之职责，在求本国学术之独立，此今日之公论也"。这与胡适"以国内大学为根本，而以留学为造大学教师之计；以大学为鹄，以留学为矢"并无二致。陈寅恪的学生卞僧慧记得，陈先生视"中国学术独立"为"吾民族精神上生死一大事"。然而，1931年陈氏在《吾国学术之现状及清华之职责》中所言，"盖今世治学以世界为范围，重在知彼，绝非闭门造车之比"，则意味"独立非孤立，故先生重在知彼"。可见，"反求诸己"的背后，陈寅恪清晰前瞻"东洲邻国以三十年来学术锐进之故，其关于吾国历史之著作，非复国人所能追步"，更可见其博大视野。

五四前后，中国思想界的一大变化在于，既重视"个人的自作主宰"，又关切中国在世界文明中的位置。"小己"与"大群"的沟通思考，在留学生的思想脉动中最能一窥端倪。陈寅恪等人基于儒家文化价值上的"反求诸己"，终极目标仍在"世界文明"这一大群之上。胡适在《非留学篇》中反复言及为故国"造文明",试图将留学作为"新文明之媒,新文明之母"。而"反求诸文明"的目标,其实也有赖于深谙本国文化之人在"再造"文明中具体落实。所以,他直斥"今留学界之大病,在于数典忘祖"。"一入他国,目眩于其物质文明之进步,则惊叹颠倒,以为吾国视此真有天堂地狱之别"。这种入主出奴的态度,使得"留学生不讲习祖国文字,不知祖国学术文明",重实业而鄙视"祖国之文字学术"。因此,所谓"造文明"不过是以己之昏昏,而欲使人昭昭:"今之不能汉文之留学生;既不能以国文教授,又不能以国语著书,则其所学,虽极高深精微,于莽莽国人,有何益乎?其影响所及,终不能出于一课堂之外也。"

在这一点上,胡适和陈、吴二人的态度几乎无异。因此,胡适主张"慎选留学",不通国学、文学、史学和外国语者,都不得出洋,因"国文,所以为他日介绍文明之利器也;所籍文学,欲令知吾国古文明之一斑也;史学,欲令知祖国历史之光荣也。皆所以兴起其爱国之心也"。他立意"造文明",却仍主张留学生"反求诸己":"周知我之精神与他人之精神果何在,又须知人与我相异之处果何在,然后可以取他人所长,补我所不足,折中新旧,贯通东西,以成一新中国之新文明。"可见,对于"留学之耻",胡适与陈、吴二人有着共同的忧虑,那就是中华文化丧失的"国耻"。若任其发展到"欲举吾国数千年之礼教文字风节俗尚,一扫而空之,以为不如是不足以言改革也"的地步,则广派留学生的负面效应,只会导致中国文化陷入全面破坏,从此国人既无"自尊心",更遑论"输入文明"了。

在 19 世纪末至 20 世纪初的"过渡时代"里，如何借助"留学"重拾衰亡中国的自信力与话语权，"反求诸己"与"反求诸文明"提供了"理一分殊"的方案。陈寅恪、吴宓等人通过对于儒家人文传统的关切，试图以"反求诸己"的内在取向，矫正因功利主义与理性主义带来的思想偏枯。胡适则相信，如果留学行动既无法让留学者本人实现自我完善，又让参与到世界文明中的中国文化蒙羞，则这样的留学之举堪称"大耻"。胡适将中国文明善意地比拟为"睡美人"，而不取拿破仑眼中的"睡狮"之意，也正是怀着对本国文化的温情与敬意，描绘出中国复兴"反求诸文明"的必由之路。一个"混合新旧"的中国"新文明"的诞生，绝不会像以铁血宰制世界的西方文明那样霸道蛮横，而是充满东方式的友善与包容。中国既是"中国之中国"，同样也是"世界之中国"，逐渐成为晚清到五四知识分子的自觉意识。"留学当以不留学为目的"的态度，看似突兀，却贯通了貌似对立、实则相容的留学方案，展示了当时留学生新旧激荡的"天下"情怀，也在未来的日子里，左右着他们对于 20 世纪中国的种种想象。

蒋介石：
日记里"胡说"与"狐仙"

转眼间，"我的朋友"胡适之（1891—1962）已经去世半个世纪了。胡适一生最为风光也最引人议论之处，或许在于身为学人而格外热衷政治。虽然他不止一次声称，自己对政治的关切乃是"没有兴趣的兴趣"，也曾发誓"二十年不谈政治"。不过，少年时代即享大名的胡适，"出山"的愿望和乐趣实在太大。从留美期间苦练演讲、撰写时评，到中年之后出任大使、折冲樽俎，胡适在学、政两界之间长袖善舞，实为难得。

曾经为胡适写作《口述自传》的历史学家唐德刚说，胡适好比玻璃缸里的金鱼，每一次摇头摆尾，都被旁观者看得清清楚楚。然而，看得清楚却不等于看得明白。毕竟"出山不比在山清"，胡适在政治上虽然进退裕如、引人注目，但背后甘苦则多不为外人知。其中，以胡适与蒋介石的交往最有意味。从1927年蒋宋婚礼上与蒋介石首次见面，到1962年胡适在中研院会议上去世，两人相交达三十五年。根据新闻照片和公开文献，胡蒋相见，谈笑风生，似乎毫无芥蒂。然而，对照《胡适日记》与最近由斯坦福大学胡佛研究所公布的《蒋介石日记》，彼此的感受却相当歧异。

1932 年，两人在武汉第一次见面。胡适日记详细记录谈话内容，看得出，他信心满满地准备了满腹诤言，"预备与他（蒋介石）谈一点根本问题"。没想到，当天蒋介石约见的并非胡适一人。自始至终，两人都没有单独谈话的机会。这让胡适"有点生气"，抱怨"不知他为何要我来"，失望之情溢于言表。而蒋介石在当天日记中，对这次会谈着墨不多。除了"其人似易交也"的记录外，完全没有感受到胡适"有点生气"。这类截然不同的反应，在两人日记中记载甚多。而两人最直接的一次"交火"，在 1958 年胡适担任中研院院长的就职典礼之上。当时，蒋介石盛赞胡适的"能力"与"品德"，并号召中研院"复兴民族文化"，"配合当局"实现政治使命。然而，胡适却起身公开反对："我们所做的工作还是在学术上，我们要提倡学术。"胡适的直言赢得学界尊重，而蒋介石居然也能够当面容忍，一时传为美谈。不过，蒋介石回去后，在当天的日记里指责胡适"狂妄荒谬至此，真是一大狂人"。这件事使蒋介石"终日抑郁"，到第二天仍不能"彻底消除"，服用安眠药之后方才入睡。

　　显然，不管参政还是议政，胡适更希望通过自己学界影响力，扮演政府"诤友"的角色。因此，他重视的是书生意气的直言与政治人物的雅量。他反复引用范仲淹名句"宁鸣而死，不默而生"，即表此意。不过，在蒋介石眼里，他则期待这位学界领袖成为自己的"诤臣"，所以更看重胡适的忠诚与认同。因此，二人虽有共识，但彼此定位不同，期待也不一样，结局自然可想而知。1953 年，胡适曾向蒋介石"说了一些忠言逆耳的话，他居然容受了"，似乎印象不错。但在蒋介石的日记里，却责怪胡适"高调"。从两人的交往史来看，蒋氏欣赏胡适"有时亦有正义感与爱国心"，但也批评胡适"太褊狭自私，且崇拜西风，而自卑其固有文化，故仍不脱除中国书生与政客之旧习也"。有意思的是，虽然在蒋氏看来，胡适所言是"真正'胡说'，本不足道"，不过，他也相信，"胡说"对政府"亦有其裨益，故仍予以容忍，其人格等于野兽（之狂吠）"。所以，在多次或明或暗的冲突中，蒋氏一方面公开礼遇、赞美胡适，一方面也在日记当中，指责胡适是"无耻政客，自抬身份，莫名其妙，不知他人对之如何讨厌也"，甚至直斥胡适"为一最无品格之文化买办，无以名之，只可名之曰'狐仙'"。

终其一生，胡蒋二人只能是若即若离、藕断丝连。1962年，胡适猝逝。蒋介石亲笔题写"智德兼隆"四个大字，镌刻于胡适墓冢之上，可谓备极哀荣。对于胡适一生定论，最耐人寻味的，也莫过于蒋氏那副白话挽联："新文化中旧道德的楷模，旧伦理中新思想的师表。"根据蒋介石日记，他在散步"途中得挽适之联语，自认公平无私"。又说，"对胡氏并未过奖，更无深贬之意也"。不偏不倚，可谓深得中庸之道，不知胡适能否接受这份迟到的"公平"？

江冬秀：
"此人是哪位妖怪？"

　　1938 年 8 月，胡适的妻子江冬秀怒气冲冲地给胡适写了一封信："我算算有一个半月没有写信给你了。我有一件很不高兴的事。我这两个月来，那（拿）不起笔来，不过你是知道我的皮（脾）气，放不下话的。我这次里（理）信件，里面有几封信，上面写的人名是美的先生，此人是哪位妖怪？"胡适恭敬地回信说："谢谢你劝我的话。我可以对你说，那位徐小姐，我两年多只写过一封规劝他的信。你可以放心，我自问不做十分对不住你的事。"

　　这里所说的"徐小姐"，正是当时在上海与胡适热恋的、曾经的北大女生徐芳，而"美的先生"，则是这位未来的女诗人对昔日老师胡适的昵称。粗通文墨的江冬秀，虽然凭借着作为妻子的灵敏嗅觉，闻出了一丝字里行间"妖怪"的气味，不过，哈佛大学历史学博士江勇振在《星星、月亮、太阳——胡适的情感世界》一书中的细致考证，则足以让历史的死水再起微澜：胡适这颗如日中天的"太阳"旁边，居然一直环绕着好几颗像徐芳那样的"月亮"和"星星"——其中既有留学时代的美国女友韦莲司，也包括婚礼上的伴娘曹诚英，甚至还有徐志摩的妻子陆小曼、杜威的第二任夫人罗慰慈等人。在这个让人眼花缭乱甚至瞠目结舌的情感世界里，"我的朋友胡适之"还是那个公认的"新文化中旧道德的楷模"（蒋介石语）吗？

曾经为胡适作过口述自传的唐德刚说，胡适好比玻璃缸里的金鱼，每一次的摇头摆尾，都被观众看得清清楚楚。实际上，唐德刚这句话只说对了一半。在中国近代史上的知名人物当中，胡适大概既是一个最愿意对外公开个人隐私，同时又是一个最严守个人私密的人。这一性格特征，源自于渴望"不朽"的胡博士对自己社会地位和历史名望的高度重视。这也为他的感情生活划出了两个世界。借用胡适留学期间在康奈尔大学演讲中的话来说，一个是"基于名分（duty-made）"的传统婚姻，一个则属于"自造（self-made）"的浪漫爱情。

在世人眼里，胡适与江冬秀颇不相配，但因为胡适屈从母命，导致这段婚姻"痛苦不堪"，他自己也最终成为了"礼教的牺牲品"。其实，且不论这一说法中无视江冬秀地位的性别偏执，单就胡适对于传统婚制的态度而言，也远没有世人想象的这样极端。在康奈尔大学读书时，胡适就在演讲和日记中写道，由于中国人的婚事由父母做主，"女子不必自己向择偶市场求炫卖，亦不必求工媚人悦人之术"，因此，其优点就在于能"顾全女子之廉耻名节，不令以婚姻之事自累"。这一态度的背后，固然有着当年留学生挥之不去的"中国情怀"的影子，但胡适特别看重中国婚制里"合乎理性（rationality）"的一面，却大致符合那一代读书人对于传统婚姻价值的基本关切。因为"中国式结婚"所牵涉的远不只是个人，而是整个家族的兴衰成败。所以，胡适曾用"gentleman"一词来形容男性的自我观，那就是对于把终生幸福托付给他们的女子负起责任的一种道义承担。"昨夜灯前絮语，全不管天上月圆月缺。/今宵别后，便觉得这窗前明月，/格外清圆，格外亲切！/你该笑我，饱尝了作客情怀，别离滋味，还逃不了这个时节！"《新婚杂诗》表现出的甜蜜与缠绵和胡适与江冬秀的"画眉之乐"，无疑是《星星、月亮、太阳》一书中最出人意表、却又自在情理之中的章节。直到晚年，胡适仍风趣地自称是"怕太太"协会的成员，鹣鲽深情溢于言表。还是唐德刚在《胡适杂忆》里看得透："有几个人能体会到，他是中国传统农业社会里，'三从四德'的婚姻制度中，最后的一位'福人'？！"

胡适与江冬秀之间，有着不足为外人道的亲密关系，但对于媒妁之言的婚姻，胡适也必定存在若有所失的怅惘。尽管名分已定，对于江冬秀与自己在学术思想乃至感情体认上的落差，胡适显然无法完全释怀。从日记和家书中可以看到，从最初订婚到归国结婚，胡适一直处于挣扎与矛盾之中。毕竟，胡适那一代知识分子是浪漫主义的一代，用梁实秋的话来说，就是"处处要求扩张，要求解放，要求自由。到这时候，情感就如同铁笼里的猛虎一般，不但把礼教的桎梏重重的打破，把监视情感的理性也扑倒了"。胡适可以在基于名分建立起来的婚姻关系下，做"沉默的大多数"，但他深深感受到，"理性"只能锁定一对服从家庭义务的配偶，却无法孕育一双心灵投契的知己。这为胡适感情生活中另一个心灵世界的形成预留了空间。江勇振认为，胡适在"公"与"私"的

⊙ 胡适与江冬秀。

领域同样遵循着理性、秩序的原则，并以此来解释胡适的情感生活，其实并不确切。在这个"自造"的浪漫世界里，主导胡适的恰恰是浪漫而非名分，是情感而非理性。他所以愿意接受，甚至刻意寻找属于他的那些"星星"与"月亮"，其中原因无须深求，仍是余英时所说的"寻找心灵的慰藉"——他对于韦莲司、徐芳如此，对于罗慰慈、哈德门，也都可作如是观。

晚清民初的这群读书人，是中国历史上真正"两脚踏东西文化，一身处新旧之间"的一代。这种一只脚陷在泥淖里，一只脚却踩到祥云上的奇特姿态，在胡适和他的同时代人的情感世界里，留下了神情各异的印迹。在个人感情方面，胡适不是《学衡》派的吴宓，那种老夫子在日记里连篇累牍倾诉单恋的压抑，他大概可以理解，却无法承受；对于郁达夫、徐志摩式的诗酒风流，胡适也只有遥远的羡慕——以他的社会地位，怎么可能放下身段，去做"康河柔波里的一条水草"呢？或许，在身边的友人里，鲁迅的情感状态与胡适庶几近之。可是，从温文尔雅的胡博士内心深处，似乎又很难找到"反抗绝望"的强大意志力量。说来说去，胡适心中两个情感世界的交集，就在于他那格外看重的"身前身后名"。这让他格外爱惜羽毛，格外吝于表达，也让他在两个世界之间的徘徊，既跃跃欲试又犹疑踌躇。可以看到，胡适的天空里曾经滑过那样多的"月亮"和"星星"，但在他卷帙浩繁的日记和书信里，却很难读到缠绵相思的字句。他偶尔留下关于感情的记录，也要借助缩写、代号来故布疑阵，障人眼目。可以肯定，胡适有"吻着媚眼"的心思，却没有"跳出这轨道"

的胆量。与胡适"深情五十年"的韦莲司后来在信中的话，无疑点中了我们的男主角在感情上的那处死穴："在一个小领域里（即婚姻与爱情），我觉得你有点言行不一。你的做法并不是出自于高尚的道德情操，而根本来说是由于胆怯，或者毋宁说是圆通战胜了感情。"

与胡博士那矜持与闪躲的姿态截然不同的，反而是那些"星星"和"月亮"在书信中洋溢出的爱、恋、痴、嗔，以及情缘已尽之后的挣扎与痛苦。江勇振在全书的《序曲》中所言不虚，尽管在常人眼里，从江冬秀到哈德门，不过是环绕着胡适这颗"太阳"的配角，但在胡适的感情世界里，这些敢于付出、勇于示爱的女性，无疑才是赋予全书无数爱情故事以血肉、情韵与色彩的主角。可以说，当年的胡适正是凭借个人魅力，开启了他感情生活中的两个世界。在这里，他和那些"月亮"与"星星"，交换着智性的愉悦（韦莲司、曹诚英、徐芳）、名分的认同（江冬秀），或是爱欲的满足（罗慰慈、哈德门）。然而，在一个男性主导的社会与时代里，当她们意识到自己爱上的，是一个"两鬓疏疏白发，担不了相思新债"（胡适致徐芳）的人，魅力之光背后那"胆怯"与"圆通"的阴影，覆盖了她们对爱的憧憬，并且成为彼此生命中无法承受的轻与重。如今，胡适去世已经半个世纪，"锦瑟无端五十弦，一弦一柱思华年"，翻读那些因档案解密而重见天日的两地书，凝视着封面上胡博士"威尔逊式的微笑"和少女们的青春面庞，今天的读者除了感慨"性格即命运"的古训之外，或许也不得不相信，人生往往是遗憾的总和。

张申府：
在五四时代找"女朋友"

"我是我自己的，他们谁也没有干涉我的权利！"这是鲁迅的小说《伤逝》当中，女主角子君面对旧式婚姻所发出的"中国好声音"。这位热恋中的少女如果健在，当她看到今天的女孩在聚光灯下或荧光屏上的尽情挥洒，又会发出何种感喟？从"父母之命，媒妁之言"到周末之夜的电视相亲节目，倏忽百年过去。回首子君们生活的 20 世纪初期，层出不穷却又变动不居的"新政体"、"新学界"与"新道德"，不但引爆了王朝革命的炮火，也打开了未来两性平权的闸门。

后来成为政治学者的萨孟武还记得，那一时期"一切都开始转变，在这转变期之中，一切又要求解放"。到了五四，"最先实现解放的，却是妇女的足，由缠足解放为天足"。难怪徐志摩的第一任夫人张幼仪，曾以《小脚与西服》为口述自传命名，借助这对颇具性别象征的符号，凸显新旧夫妻的矛盾纠葛。不过，即便在五四时期颇得"家庭革命"风气之先的成都，小脚解放也并非后人想象的那样轻松自如。家住四川的郭沫若的大哥与父亲之间的一次家庭冲突，足以一窥当日两代人在女性认知上的扞格难通：

"大哥问我是喜欢大脚还是喜欢小脚。我说：'我自然喜欢大脚了。'他满高兴的不免提高了一段声音来说：'好的，你很文明。大脚是文明，小脚是野蛮。''混账东西！'突然一声怒骂从父亲的床上爆发了出来。'你这东西才文明啦，你把你的祖先八代都骂成蛮子去了！'这真是晴天里的一声霹雳。大哥是出乎意外，我也是出乎意外的。我看见那快满三十岁的大哥哭了起来。父亲并不是怎样顽固的父亲，但是时代终竟是两个时代。"

用"文明"与"野蛮"来评价"大脚"与"小脚"，或许意味晚清引入中国的文明论和进化论，基本成为五四一代娴熟运用的价值尺度。然而，父亲的怒斥、大哥的痛哭和"我"的惊愕，却同样拼贴出一幅言有尽而意无穷的画面。虽然时代已经是"两个时代"，父亲也并不"顽固"，但现实却仍是在同一屋檐之下，新旧两代性别认知的纠结与不安。不过，较之男性，五四时期接受新知的部分女性，已经开始标新立异地展示性别的自主与自觉。1919 年，未来的女作家庐隐考入北京女子高等师范国文系。据她追忆："在我们每星期五晚上的讲演会上，有一个同学，竟大胆的讲恋爱自由……当她站在讲台上，把她的讲题写在黑板上时，有些人竟惊得吐舌头，而我却暗暗的佩服她，后来她讲了许多理论上的恋爱自由，又提出许多西洋的事实来证明。大家有窃窃私议的，有脸上露出鄙夷的表示的，也有的竟发出咄咄的怪声。而那位同学呢，雪白的脸上，涨起了红潮，她是在咬牙忍受群众的压迫呢。散会后，我独去安慰她，同情她，而且鼓励她勇敢前进，这样一来，我也被众人认为（是）新人物。"

在 20 世纪初期新旧交汇的时代氛围当中，女性角色与社会地位的转变，也在不同程度地反向塑造男性心目中的女性形象。中国共产党创始人之一、哲学家张申府对于恋爱经历的自述，颇为生动："我和大部分的朋友不同，我在'五四'之前一个女朋友也没有。女朋友这个意念，对我总是带有西方的色彩。在传统中国从来没有这种东西。在我父亲时代的儒家世界，男人有妻有妾，但却没有女朋友。'五四'，是的，'五四'给我自由找我的女朋友。你可以说我是在'五四'时期才成为一个男人。"

张申府对"女朋友"与"妻妾"称谓差异的敏锐感知，既有西潮激荡之下的回应，也有当事人对两性意涵的内省——虽然在张申府眼中，自由地"找我的女朋友"，最终仍要以"成为男人"为标杆。而彼时陈独秀观察到的社会景象，却大有不同。他抱怨，因"解放"而带来的平等与自由，往往弄得现代青年如"醉人一般"："你说婚姻要自由，他就把专门写情书寻异性朋友做日常重要功课。你说要尊重女子底人格，他就将女子当做神圣来崇拜。你说要主张书信秘密自由，他就公然拿这种自由做诱惑女学生底利器。"这位五四时期的思想先锋不禁质疑："长久这样误会下去，大家想想，是青年的进步还是退步呢？"

对于五四时期思想光谱的错综复杂，张陈二人其实皆有所见。旧道德解体而新道德未成的社会现实，令置身其间的人们既无所依傍，又新旧交缠，确实进退两难。而自我放逐和急功近利的世风，也刺激了时人对于"自由"和"解放"的误会与滥用。陈独秀笔下"你说"和"他就"之间的彷徨

⊙ 1935 年夏，张申府一家。

与尴尬，颇能彰显道德失序之后思想与行为的脱节。从张申府的自况与陈独秀的自警当中可见，晚清到五四的中国社会立意"推陈出新"，然而结果却往往表现为"瞻新顾旧"。即便到了五四时期，在观念最为前卫的《新青年》杂志上，女性作者的自我理解，大多仍强调"（女子教育）应以贤母良妻（一作贤妻良母）为主义"。至于如何成为"贤母良妻"，新女性们给出的结论是，利用"数千年之压制"形成的"服从之性，尊以良好教育"，这样才能培养出"世界第一等女子"。当时也有女性作者认为，女子的脑力、体质都不如男性，加之需要分娩育儿，责任重大，"若复欲与男子享同等之地位、权利，势所不能也"，"不如一志力求道德学问，以养成他日国民之贤母良妻"。因此，民初报刊所刊载的征婚启事，大多将"新知识"与"旧道德"并举，以此作为当时男性心中理想配偶的模板，实不为奇。后人对于五四思潮多以"反传统"笼统视之，实际在反传统的整体语境当中，这些半新不旧的知识、情感与价值，亦如同时代之波里载沉载浮的点点航灯，左右着中国社会对于新道德可能性的诸多探索。

然而，五四时期激进化的社会转向，也刺激时人以更彻底的方式，实现对女性的重新认知与社会的全面解放。高素素在《新青年》撰文，谈到"女子问题之大解决"时，认为需要"有两前峰：曰破名教，曰破习俗。有两中坚，曰确立女子之人格，曰解脱家族主义之桎梏；有两后殿，曰扩充女子之职业范围，曰高举社会上公认的女子之位置。"远在湖南长沙的青年毛泽东，针对因包办婚姻导致新娘自杀的"赵女士事件"，在湖南《大公报》上连续撰文："赵女士要是有人格，必是有自由意志；要是有自由意志，必是他的父母能够尊崇他容许他，赵女士还会乘着他那囚笼槛车似的彩轿以至于自杀其中吗？"朱执信对此则看得更深一层。他说，妇女解放"如果只是把所谓夫权、同居权、扶养权、义务取消了，也不过是治标的办法。一定要把平日的生活和婚姻制度相连的——性欲、孕育、家事（包括炊爨等）——诸男女分工问题，一一能下解决，始能算做解放"。所以，他在《星期评论》上呼吁，妇女要解放，"必要把同这种束缚有关的许多分工问题，替自己重新订一个秩序，才可以解放"。

"替自己重新订一个秩序"的宣示，或许正是同时期子君"我是我自己的"一语落地生根的现实策略，也最能凸显五四一代"造社会"的集体认同。在一个女性数千年来备受抑制的传统国度，20 世纪诸多革命方案和社会改良版本，却无一例外地将女性解放和男女平权的议题作为主题之一，可见近百年来中国社会变革的幅度之大、热望之强。1923 年，鲁迅在演讲中善意提醒听众，梦醒之后的娜拉决然走出家门，"可是走了以后，有时却也免不掉堕落或回来"。将近一个世纪过去，红盖头下中国版娜拉的孙女和曾孙女们，仍在面对"门里门外"类似的谜题与困惑。重读百年前那些关于女性的故事，或许并非多余。

丁文江：
"谈"政治与"干"政治

　　1935 年，也就是地质学家丁文江离世的前一年，他怀着复杂的心绪，写下一首七绝《麻姑桥晚眺》："红黄树草争秋色，碧绿琉璃照晚晴。为语麻姑桥下水，出山要比在山清。"这最后一句，明是写景，实为言志，曲折地抒发了丁文江一生未酬的政治壮志。作为当年鼓吹"好人政府"和"新式独裁"的"好人"之一，丁文江对于政治的兴趣是"传统"的，只是他想做"治世之能臣"而不可得。相反，丁文江的密友胡适对于政治也有兴趣，但胡适的兴趣是"现代"的，他渴望成为一名"独立的政论家"。

　　半个多世纪后，当《大时代中的知识人》（许纪霖著，中华书局，2007）的作者读到这段人生错位的悲喜剧时，他在掩卷之余，无限感慨："'谈'政治与'干'政治，一字之差，却隔着两个大的时代，两种不同的知识分子，两类性质的政治理念。"那么，在急遽转型的大时代中，对于知识分子来说，"在山"与"出山"，究竟何者为清？

　　这个问题不仅是丁文江和胡适的一个心结，也是上至黄远生、梁漱溟，下至闻一多、吴晗的一个心结。《大时代中的知识人》一书，则是中国现代知识分子这一心结的一次集中投射与解读。作者对自由知识分子复杂斑驳的心路历程，对他们性格中的亮点与弱点，有着体贴入微的感受。仿佛一位摄影师，他把周作人、傅斯年、叶公超、林同济、陈布雷这些知识分子心理、情感、文化习性和行为模式，妥善地安放在黑暗动荡的历史取景框中心，然后细心地调节着焦距——不仅通过理性层面考量他们的思想观念，而且观察其非理性层面不自觉的心态人格——直到一切都清晰成像，历历如昨。

在《大时代中的知识人》的前半部里，作者对中国知识分子儒道互补、寻求和谐的精神传统，保持了足够的温情与敬意。同时，他也叹惋在这一传统当中，自觉的忏悔意识与自我超越精神的缺席。他赞赏丁文江、翁文灏、蒋廷黻出色的行政能力与道德风采，但也不回避当他们试图扭转专制体制时暴露出的短视、软弱与必然遭遇的厄运。他坚信胡适所代表的自由主义价值的永恒与弥足珍贵，但同时也清晰地指出，在一个混乱无序的时代里，自由的价值被暴力的血污和革命的喧嚣淹没了。这恰如杰罗姆·B·格里德所描述的那样："在暴力的时代主张丢弃暴力，在欺诈的时代执着于对善良意志的信仰，在一个混乱的世界中固执地赞颂着理性高于一切"。自由主义乌托邦在中国的悲剧命运，几乎是注定的。

在这本书的后半部中，激动人心的1949年终于来到。当金岳霖在开国大典上听到毛泽东庄严宣告"中国人民站起来了"的时候，兴奋得几乎要跳起来。对于金岳霖来说，"解放"不是指个人地位的上升，而是所属民族在国际上的翻身。在他看来，只要民族有了自由，个人即使少一点自由也无关宏旨。这样的思路，几乎是那个时代留在大陆的知识分子的常识与通识。金岳霖的"出山"，似乎让他在新社会中找到了自己的位置，因为毛泽东肯定他"搞的那一套还是有用的"。而同为知识分子的吴晗，显然也在努力适应新社会，主动地用对"国家"和"人民"的忠诚，自觉地消解着一个学者应有的清明理性和个性独立。知识分子在 1949 年后的经历，印证了本雅明在《单行道》中的描述："社会如此刻板地挂靠在它曾经熟悉而现在早已失落的生活上，让人甚至在最可怕的险境中，都无法真正运用理智和远见。"

其实，知识分子在新社会中的命运，在朱自清和闻一多这些提前"向左转"的知识分子那里，早已埋下伏笔——那是小书生与大时代对照下的宿命。作者写到"从象牙塔走上十字街头"的朱自清，说他"不是一个坚定的自由主义者，他无从拒绝民粹主义的意识形态，因而也对知识分子的独立秉性产生了怀疑"。对朱自清来说，"知识阶级唯有走近民众，将'人道主义'的尺度换成'社会主义'的尺度，与民众联合起来共同打破现状"。当然，那里将不再有温情脉脉的荷塘月色与桨声灯影的秦淮河，只剩下面对非此即彼的政治立场时，知识分子必须做出生死抉择的背影。

这样的抉择，靠的是激情的燃烧，而不是理性的引导。在闻一多那里，他需要的恰恰就是这样"一种善恶分明的信仰／行动系统，一种既拥有终极价值的乌托邦理想，又具有简明实践品格的现实奋斗纲领"。过去，他秉持的是民族的、国家的立场，然而，在 1940 年代的情境中，闻一多却在民族的目标下，发现了阶级的分裂与权力的压迫。他脚下普遍的民族立场动摇了、解体了。这样，立场的问题同样摆在了浪漫诗人的面前：你究竟站在哪一边？

对此，作者写道："一个浪漫主义者，只要他还有激情，还有乌托邦的理想追求，最后往往走向激进，走向左翼的怀抱，少有例外"。若干年后，当人民的鲜血再度凝在革命的枪尖，告密、流放和大清洗的阴影，顿时笼罩了整个国家。大时代的湍急河流中，裹挟着的唯有历史的牺牲者——那是早逝的朱自清和闻一多无从索解的真实，那是苟活的金岳霖与吴晗猝不及防的悲剧开端。

《大时代中的知识人》再现了20世纪那些光明或晦暗的日子里，在"道"与"势"之间，中国知识分子曾经有过的高瞻远瞩与摧眉折腰、痛苦挣扎与无尽徘徊、真诚的渴望与不幸的悲剧。无疑，对抗遗忘并非作者的全部使命所在，下面的这个问题或许更加重要：当个人命运与国家政治发生尖锐碰撞，知识分子已不能掌握自己的命运，那么是谁在冥冥之中操控了这一切？在已经过去的20世纪，那些温文尔雅的读书人，曾经为百年来中国"寻求富强"之路，做出了各不相同的抉择甚至不惜生死相许。这些大时代的知识人，大多已经走进历史的阴影，并且一度被岁月洪流冲刷得面目不清。但是，那些斑斓又模糊的往事与随想，仍然启示着我们，也将左右着我们对于过往历史的看法。

郭沫若：
"拓都与幺匿"的困惑

　　最近，关于"剩女"、"NBA"、"雷人"等新词语，是否应该收入《现代汉语词典》的新闻，引发众说纷纭。其实，新词语的话题并非始自今日。晚清以来，西力东渐。从"蒸汽船"、"火车"到"议员"、"银行"，从"科学"、"人权"到"代数"、"化学"，新词语裹挟新思想纷至沓来。周振鹤注意到，这些新词一部分由国人直接翻译西方著作而来，另一部分则是大量采用日本学者对西洋著述的现成译语而成。它们或用汉语固有的汉语词，赋以新意，或用汉语重新组合而成。清末留日学生将这些词语转运回国，于是，举国上下莫不以满口新名词为时尚。

　　新词语的形成与传播，有如跨语际的长征，因此，即使中国人读日本人创造的汉字新词，也难免"相见不相识"。如"经济"一语，旧义为"经世济民"，新义则与财政相关。有些新词语，如"千里镜"，后来被"望远镜"所取代。又如"言语学"，今日中国已改称"语言学"，而日本至今仍在使用。晚清时期，"西班牙"的国名未完全定型，"日斯巴尼亚"间或使用。物理学家牛顿在清末虽多以"奈端"之名出现，但

"牛董"、"牛顿"二译也已产生。另外，虽然有许多新词语从日本而来，但国人也常常加以改造。如日本译"氢"为"水素"，国人却改译为"轻"，即今日"氢"的前身。

1904年，由张之洞等人主持制订的"癸卯学制"的《学务纲要》中，呼吁"戒袭用外国无谓名词，以存国风，端士风"。然而，以当时新词语传播之广泛，《学务纲要》反而需要大量引用日本宪法，来解释"民权"、"义务"等新词语的意义。张之洞掌管学部之后，某日阅看公文之时，注意到文稿当中有"新名词"，遂批示："新名词，不可用。"有趣的是，一名部下年少好事，看到批示之后，夹张条子，写道："'新名词'亦新名词，不可用。"张之洞"见而惭怒，竟日不语。遍翻古书，欲有以折之。卒不可得，乃霁颜谢焉"。"遍翻古书"而不得的尴尬背后，或许盘旋着这样的困惑：经典的权威在新词语的挑战下，究竟何去何从？

果然，随着晚清从废八股改策论到科举的终结，不但带来取士标准的转变，更使得读书人对于新词语的态度，从"不可用"到了"必须用"。难怪张之洞大发感慨："学者非用新词语，几不能开口动笔。"根据罗志田的研究，1895年，山西人刘大鹏进京应试之后，次年十月，即请人买回贺长龄编的《皇朝经世文编》和葛士濬编的《皇朝经世文续编》细读。他意识到，"国家取士以通洋务、西学者为超特之科"，结果是"天下之士莫不舍孔孟而向洋学"。大约与此同时，梁启超致信汪康年，希望他敦促湖南学政江标，"专取新学，其题目皆按时事"，"以此为重心，则利禄之路，三年内湖南可以丕变"。江标果然将史学、掌故、舆地、算学与经学和辞章一道，同列为全省考试科目。如此一来，《泰西新史揽要》和《中东战纪本末》等书，成了谈新学者不得不备的"枕中鸿宝"。湖南举人皮锡瑞在提前得知科举可能改变之后，立刻想到西学书籍必然随之涨价。于是，他当即取来梁启超的《西书书目表》选定书单，次日便与其弟其子一起，赶在涨价前大力抢购。

不过，由于地理位置和信息传播的差异，即便读书人如刘大鹏、皮锡瑞这样与时俱进、力争上游，当时中国各地对于新词语的认知程度，仍有落差。这好比模拟试题做的是"子曰诗云"，打开试卷方知要考"声光电化"，不免令人绝望。因此，相当一批未能及时跟进的考生，其实"未战先输"。1913 年，二十一岁的四川青年郭沫若前往天津，参加陆军军医学校的考试。令他"终身不能忘记"的，是当年那道完全看不懂的国文试题："拓都与幺匿"。他自己都不记得糊里糊涂写了些什么东西。走出考场，六名四川考生当中，只有一位读过严复翻译的斯宾塞《群学肄言》的同学知道，"这是 total and unit 的对译，是严几道的译语。'拓都'是指社会，'幺匿'是指个人"。十三年后，郭沫若在回忆录里自我解嘲，称这道"伟大的难题"吓得他这个"幺匿"没有胆量等待放榜，就把天津这个"拓都"留在了背后，逃往北京去了。

类似于今天将"剩女"等新词语收入词典，当清末民初那些让人眼花缭乱的新词语，陆续在课堂、考卷与必读书目中站定脚跟，读书人也就无法自外于这一新确立的知识体系。当年尚在上海公学读书的少年胡适，一面苦学英文，一面却在《竞业旬报》上呼吁："要使祖国文字，一天光明一天。不要卑鄙下贱去学几句爱皮西底，便稀奇得了不得。那还算是人么？"那种对于能说 ABCD 者"既羡又憎"的心态，跃然纸上。而当胡适成为新一代知识精英之后，也曾用"爱皮西底"，去挑战章太炎等老一辈学者的权威。可见，对于新词语的迎拒，不但划分出知识分子的代际差异，甚至成为话语权力新的竞技场。

说到"剩女"一词，亦是如此。众所周知，台湾是当今世界上"剩女"比例最高的地区之一。前不久，台湾女作家张晓风在"立法院"，以妈妈般的口吻呼吁台湾男生，别光顾着娶"外籍新娘"，却让本地女生都"剩"了下来。此语一出，立即遭到台湾广大未婚女性和妇女团体的抗议，声称"我的生活我做主"，坚决反对用"剩"字来形容单身女性。张晓风非常委屈，说："我一心为单身女生说话，怎么反倒挨了骂？"看来，从张之洞到张晓风，新词语的竞逐一百多年来未尝稍歇，而新的历史往往就在这样角力之中拉开帷幕。

施蛰存：
儒墨何妨共一堂

　　癸未岁末，传来九十九岁的施蛰存先生去世的消息。在另一位作家百岁寿诞众口喧腾的映衬下，施先生的寂寞身后事，令人莫衷一是而又感慨万千。施蛰存一生，在古典文学研究、新文学创作、外国文学译介以及碑帖铭文考释诸领域（亦称"学术四窗"），含英咀华，从容优游。浅陋如我，对于施先生的学术造诣，不能置一词。这里只能略略一谈家中所藏施蛰存的数种著作罢了。

　　施蛰存编订的《晚明二十家小品》（上海书店），繁体竖排，中学时常常取来翻读。我尤其偏爱施先生选定的那些游记。魏晋文章的低回之妙，让公安、竟陵诸子恰到好处地承接。以至于之后很长的时间，对于文字的感觉，都没法摆脱晚明的灵幻。这种阅读的愉悦，也许要到读华盛顿·欧文的《拊掌录》（*The Sketch Book*）时，才被西敏寺的月光树影重新唤起。当年也正是从施蛰存的选本当中，才体会到朴素的尺牍，竟然同样可以拥有一份诗意。最让人心折的，是晚明文人那种有一句无一句的简约，以及"相见亦无事，不见常思君"的通脱。钟伯敬写给陈眉公的信里说："相见甚有奇缘，似恨其晚。然使前十年相见，恐识力各有未坚透处，心目不能如是之相发也。朋友相见，极是难事。鄙意又以为不患不相见，患相见之无益耳。有益矣，犹恨其晚哉？"这种奇妙的人生态度，大概是现代人很难达到的境界了。

当时，还没有读到周作人的《中国新文学的源流》，不知道知堂先生竟然石破天惊地标举明末文学为新文学运动的滥觞。倒是年岁渐长，兴趣慢慢转向"韩潮苏海"，《晚明二十家小品》也就捐弃一边。即使这样，也没能走出施蛰存的影子。中学时候，他的《唐诗百话》（上海古籍出版社）又放在案头枕畔。那时，王国维、刘永济、龙榆生、叶嘉莹诸君解读诗词的著述，大都陆陆续续翻过。而《唐诗百话》最吸引人的，却是抉发诗心时的通达与体贴，给人一种如听白头宫女说开元天宝间遗事的坦然自适。

谷林先生在《名岂文章著》一文中，曾拈出施蛰存解读孟郊《游子吟》一诗中"临行密密缝，意恐迟迟归"一句为例。而这段文字，恰恰也是初读《唐诗百话》时印象甚深之处。施蛰存称，对这两句诗，"从来没有注解。但如果不知道这里隐藏着一种民间风俗，就不能解释得正确"。原来，"家里有人出远门，母亲或妻子为出门人做衣服，必须做得针脚细密。要不然，出门人的归期就会延迟。在吴越乡间，老辈人还知道这种习俗"。尝鼎一脔，足以窥见施蛰存解诗的妙处。仿佛能在浅显的文句里，增加人物与故事，让文章平添许多姿致。如今，解人已成古人，这样的"如面谈"，恐怕也将广陵散绝了。

后来，慢慢知道施蛰存与鲁迅之间的"《庄子》与《文选》

北 山 樓 藏 書

⊙ 施蛰存藏书票。

之争"。可以说，施先生后半生褒贬荣辱，皆系于此。双方论战的文字，《鲁迅全集》及陈漱渝主编的《一个都不宽恕》中收录甚详。当时颇难理解的是，一次给文学青年荐书的良善行为，为何竟以"洋场恶少"这样的恶语相加而告终？及至施先生辞世后，才购得他的《北山楼诗》(华东师大出版社)。《浮生杂咏》诸篇并注解，更可视作20世纪前半叶的袖珍文学史。其中《吊鲁迅先生》一诗，进退有据而又不失法度，当系后来施蛰存对这一桩笔墨官司，长期隐而不彰的态度的最终表达。有识者以为，对于施、鲁二人的论争，回避或作依违两可的调停，是不可取的。故《北山楼诗》中"儒墨何妨共一堂，殊途未必不同行"的态度，更显难得。其实，这既是当年施蛰存主编《现代》杂志的编辑理念，也不妨看作他的夫子自道。如今，潮平水落，读到施蛰存弥足珍贵的诗和文，联想当年《现代》杂志曾毅然刊登鲁迅的名作《为了忘却的纪念》，今人对这一聚讼纷纭的历史公案，作"同情之理解"，应该不是什么难事了吧。

黄裳：
山中方七日，世上已千年

　　春节那几天，风雨交织，不克远游。终日守在书房的炉旁，一边饮茶听雨，一边翻阅年前买到的《来燕榭书札》和黄裳的几册旧作，春日里平添了几分宁静的愉悦。

　　知道黄裳的名字，还是十余年前偶然读到他的《山川·历史·人物》《晚春的行旅》《过去的足迹》的时候。那正是对名家作品心追手摹的年龄。试想，以少年的眼界和情怀，《苏州的杂感》《湖上杂记》《秦淮旧事》《过灌县·上青城》，哪一个不是可以飞扬文采的好题目呢。可是，一篇篇读下来，却不免有些失望。作者好像对渲染夸饰之道，不甚措意似的，只是散散淡淡地钩沉史料，从从容容写出自己的感受——像那种把线装书洋装书都读通了的人，风度翩翩又不招摇卖弄。匆匆行脚，留在纸墨间的，是西湖的雨意和旧书肆的书香。

　　虽然初读黄裳之时，对于"好文章"的态度与今天颇为不同，但作者笔下扑面而来的历史感，却是一望可知。现在想来，文章可能只有过来人才真正写得好。当人生的幼稚冲动和痴心妄想，都一一汰尽，落笔反而了无挂碍，文章自然醇厚。从这一点上看，黄裳文章中对南明史料的偏爱，对陈圆圆、柳如是等才媛的"同情之理解"，似乎都由来有自，正合了陈寅恪的诗："读史早知今日事，看花犹是去年人"。在当代作家里面，黄裳这种远祧张宗子、近承苦雨斋的风度才情，似乎并不多见。

黄裳是作家，但在读书界似乎更以藏书家名世。他的书话独有的端雅整饬和收放有致，活脱脱衬出一个自由洒脱，却又不肯敷衍苟且的读书人形象。特别像《榆下说书》《珠还记幸》，真能让读书人一见倾心。至今仍记得高中时代，躺在校园樟树下的石凳上，翻看黄裳的《银鱼集》的情景。那种书里书外的挥洒自如和文字的醇美，与阿英、唐弢们比起来，似乎另有一番情致。这些年来，他的《来燕榭书跋》《来燕榭读书记》《清代版刻一隅》等，也纷纷云集案头。灯下展卷，不觉夜永。如今想来，自己对于宋刻元椠、黄批顾校的零碎了解，或多或少都要拜黄裳所赐。

今年春节读《来燕榭书札》，黄裳给我的印象，在作家、藏书家之外，又别开"浪漫才子"的生面。黄裳原名容鼎昌，之所以选择这一笔名，正因为当年钟情有"甜姐儿"之称的女明星黄宗英，所以不惜做"黄的衣裳"。钱钟书曾为之戏拟一联："遍寻善本痴婆子，难得佳人甜姐儿"。据说，黄裳与人面谈，寡言少语，可谓"枯坐"。但在他的笔下，特别是该书收录的、跨度达六十年的两百余件信札中，却洋溢着活泼的文人风流：读书赏画，吟诗作赋，看电影，赏美人，乃至月旦人物，真是咳唾生珠玉，如同彩色花雨一般，挥洒着他的才气与多情。

1943 年在给黄宗江的信中说：

"得内江来信，如读了一篇忧郁的散文。'水国春空，山城岁晚，无语相看一笑'，如此境界，何以堪此。剪得一张 Ingrid 的相片和 Charles Boyel 的，电影未看，看此画面即有'迟暮'之感。恋爱岂真需要找一个小姑娘，Fresh，青春的跳跃……

"今天和一个 Full Colonel 驾车进城，此人白发苍颜，但是颇有兴致，在半路上遇见两个 Prostitute，就招呼她们上车。'有女同车'，一路上都侧目而视，真有些浪漫军人的风度了。这两个粉头有一个颇漂亮，高高的，丰腴，水注似的两条大腿……

"昨天晚上又与同事大谈《红楼梦》，彼此同意在全部《红楼》中，我们选两个人，'晴雯'、'芳官'。晴雯取其撕扇子时的'我也累了，明天再撕罢'。于'芳官'取其'寿怡红群芳开夜宴'时的和宝玉乱睡在一床上……"

当然也有这样的信（1989 年 6 月 21 日致杨苡）：

"信收到。诚如你所说，别后没多久，即有烂柯山上棋局之势，可谓'山中方七日，世上已千年'也。这真是难得遇见的场面，我们能目睹之，能不说是幸运吗？令兄发言不详，只多少听到一点，我看是无所谓的。也只能听听而已。邵公不知已归否？颇为念之也。北京朋友大有风流云散之意，殆亦意料中事。南京诸公，不知如何？"

巴尔扎克略谓："小说是一个民族心灵的秘史。"那么信札，大约也可以看作一个人心灵的秘史，特别是对于黄裳这样有"历史癖"的作家来说。如果试着琢磨一番来燕榭信里信外的味道，低眉沉思或展颜一笑之外，或许多少会有一些解密的趣味吧。

吴晗：
迷乱年代的良心

对于一般人而言，知道"吴晗"这个名字，大约是因为他 20 世纪 60 年代写下历史剧《海瑞罢官》并由此落难，"文革"中遭迫害含冤而亡。按理说，这样的形象，似乎应当得到人们（特别是知识分子）的同情和尊重。然而，在一些学人的回忆当中，吴晗呈现出的却是另外的形象。

何兆武在《上学记》中，回忆西南联大师友事迹甚详，其中似乎唯独对于吴晗不大满意。书中记录了吴晗的三件事：一是为了当"二房东"赚大钱，吴晗把租住自家房子的何兆武的姐姐赶了出去；二是"跑警报"的时候，校长梅贻琦不慌不忙，拿着手杖，踱着方步，朝防空洞走去，而吴晗一听到警报，总是慌慌张张、跌跌撞撞，脸色都白了，学者风度尽失；三是开学第一次考试，吴晗就弄得何兆武他们全班同学不及格，似乎要给大家一个"下马威"。而且，根据何兆武的回忆，吴晗平日"精英意识"十足，时常当众埋怨：自己身为教授，回家居然要亲自打水。

老实说，读到《上学记》中的这些回忆，一笑之余，也不免为吴晗抱屈。上述的第一和第三，不妨视作生计和性格使然，算不上大错。至于警报声起、敌机盘旋，躲避者神色慌乱，也是人之常情。梅校长的风度和心理素质当然让人佩服，但说吴晗"学者风度尽失"，未免言重。不过，由此也不免揣测，在《上学记》当中，即使对于政治上颇为"投机"的冯友兰，何兆武也是褒贬互见，可是为什么唯独没有给吴晗留下余地？

其实，对吴晗有怨气的还不止何兆武一人。建国后谨守"默而存之"的钱钟书，说起吴晗来也不无微词。据余英时回忆，1979年春天，中国社会科学院访问美国。抵达当晚吃自助餐，余英时与钱钟书及费孝通同席。客人们的话题自然地集中在他们几十年来亲自经历的沧桑，特别是知识分子之间的倾轧和陷害。

余英时写道："默存先生也说了不少动人的故事，而且都是名闻海内外的头面人物。给我印象最深的是关于吴晗的事。大概是我问起历史学家吴晗一家的悲惨遭遇，有人说了一些前因后果，但默存先生突然看着费孝通先生说：'你记得吗？吴晗在1957年"反右"时整起别人来不也一样地无情得很吗？'（大意如此）回话的神情和口气明明表示出费先生正是当年受害者之一。费先生则以一丝苦笑默认了他的话。刹那间，大家都不开口了，没有人再继续追问下去。"（余英时：《我所认识的钱钟书先生》）

由此看来，问题的焦点可能集中在1957年的反右派斗争上。从目前公布的史料可以看到，当时吴晗的两个亲属被划成右派，但吴晗在反右派斗争中，却出乎意料的"左"。20世纪50年代，钱钟书与何兆武均供职于中国社会科学院，那里是反右的重灾区。因此，大概不难理解何兆武与钱钟书对于吴晗的评价。这些不愉快甚至是痛苦的经历，大概也形成了某种"后见之明"，让何兆武的回忆，在半个世纪后发生了有意无意的波动。

对于吴晗在建国后的表现，苏双碧和王宏志的《吴晗传》给出了这样的解释：其一，吴晗自从 1943 年加入民盟以来，对共产党、毛泽东十分崇拜，从无二心。"反右派"斗争是党和毛泽东发动的，他只有拥护。其二，1957 年，吴晗刚刚入党，必须经受这场重大政治斗争的考验。《吴晗传》写道："这是属于内心深处的感情问题，很难揭示。吴晗的亲兄弟吴春曦、袁震的妹妹袁熙之都被打成右派。吴晗是个有感情色彩的人，对此，他诚然是十分痛心的。但他绝不会怀疑到反右派扩大化的问题上去，他只能愧疚他平时对他的亲人帮助不够。造成这种心理，仍然是出于他对党和毛泽东的信任。"所以，《吴晗传》用了"真诚的人犯了真诚的错误"这个题目予以阐述。

然而，也就是这样一个似乎是"丧失了独立性"的"左"的吴晗，在 20 世纪 50 年代批判胡适思想的时候，却又展现了人性的另一面。众所周知，对于吴晗的学术生涯而言，影响最深的是胡适。他的《胡应麟年谱》得到胡适的赏识，被胡推荐到清华大学读书。周一良在《毕竟是书生》中回忆，1932 年暑假，胡适在《大公报》的《星期论文》专栏撰文，特别称赞了北大和清华两所大学的两名毕业生的辛勤努力和突出成就，一是北大国文系的丁声树，一是清华历史系的吴晗。胡文在青年学生中"纷纷谈论，引起了注意"。以胡适当时的声望，给吴晗这样的评价，殊为不易。1949后，吴晗在一份自传中坦承，自己"受胡适、顾颉刚、傅斯年的思想影响都很大……治学的方法，以至立场基本上是胡适的弟子。"

在当年批判胡适的暴风骤雨中，胡适不少留在大陆的朋友、学生都写了文章，有的人还不止写了一篇。不过，在翻看三联书店出版的《胡适思想批判》时，发现目录中竟然没有吴晗的名字。按照经历、性格与当时的位置，吴晗似乎是最有"资格"写批判文章的。然而，他没有这样做。毫无疑问，一言未发的吴晗当时承受了可以想象的压力。可惜，无从得知他当年是如何"过关"的。不过，谢泳说得大致不错：作为正直的知识分子，吴晗有过失误，有过政治迷失，但良心还在。

黄仁宇：
"白茉莉"的隐秘情事

　　"好吧，随便侬（你）。"长沙"白茉莉"坐在床沿上，一只脚穿鞋，一只脚没穿，一只手指随电话线弯曲绕起，"现在欧（我）来当格（这）个家，格啥事体包在欧身上。伊（他）只差没把命送拨（给）侬了。"当"我"在门外偷听到她与杜先生的这段沪语对白时，突然发觉自己的命运将再一次捏在这个女人手中，于是惶恐不安地冲出公寓，跳上电车，朝远方飞快地逃去。这是长沙籍历史学家黄仁宇的小说《长沙白茉莉》余音袅袅的结尾。裹挟在革命与爱欲的漩涡中，十九岁长沙伢子的命运如同落叶，身不由己而又不知所措——这一切足以让人联想到美国作家厄普代克笔下《兔子，快跑》中的男主角。从长沙到上海，20世纪上半叶中国的现实丑陋而沉重。在这个多事之秋，人性能否保持足够的纯净？

　　初读《长沙白茉莉》，并没有太多期待。与其说它是一部小说，其实更像20世纪20、30年代小人物的自述传。故事很短："我"接受了一项秘密使命，从长沙携带巨额黄金前往上海，交给那里的地下组织作为革命经费。然而，当"我"看到奉命与他联系的上级，竟然是家乡长沙的交际花"白茉莉"的时候，简直无法相信自己的眼睛。更不可思议的是，她竟然还是上海青帮老大杜先生的情人。在一个初入道的革命者看来，"只有口味粗俗、道德败坏的人才会想要她们"。"白茉莉"风月无边的生活与"我"的道德观念格格不入："为什么别人做某些事的自由会在我心中造成这么大的震撼，使清寒的生活变得这样难以忍受。"对于一个来自内陆省份的年轻人来说，这一切显然比上海的霓虹灯与香槟酒的冲击大得多。在之后一连串的纠葛中，怀疑、英勇之举与背叛随处可见，左翼与右派、黑道和白道的势力犬牙交错。20年代大革命的宽银幕上，"罗生门"与"无间道"的桥段频繁闪现。在唾手可得的私欲与崇高荣誉之间保持必要平衡，是《长沙白茉莉》中大小人物的内心紧张所在，也是亲历者黄仁宇的慧心所系。尽管这部书散发着自传的光彩，黄氏却称其为"时代"小说，信非偶然。

于是，在这样的扰攘年代里，年轻的革命者就像一块洁白的方糖，溶入了上海这杯夜咖啡之中。"白茉莉"在这部小说中出场次数寥寥无几，但忽略她的存在就仿佛在《哈姆雷特》中忘记奥菲利亚那样滑稽。"白茉莉"因何而来，又将向何处去，像那个时代留下的诸多谜题一样，无从解答。但是，书中所有的人似乎都是棋子，而她则是棋盘后那只巨大的无形推手。《长沙白茉莉》试图借助丰富的细节营造戏剧气氛，讲述"我"尽全力在肮脏混乱中保持理想的故事。"我"时而是肩负使命的地下组织联络员，打探青帮的底细，引导罢工；时而扮演着闵太太的房客，沉醉于英语和方程式之中，积极备考南洋大学；时而与《新报》的战地记者赵朴分享着对于

有　効　期　間

自 昭和 26.年 5.月 31日

至 昭和 29.年 5.月 30日

発行者　東京都目黒區長　廣瀬俊吉

NO 162804　　外國人登錄証明書

氏名　黄仁宇　　性別 男　1918年 6月25日生

国籍　中華民國　　職業　商

出生地　湖南,長沙　　入国 1948年 5月29日

住所 東京都目黑区中目黑2～580

世帯主の氏名　錢明年　　続柄 同店

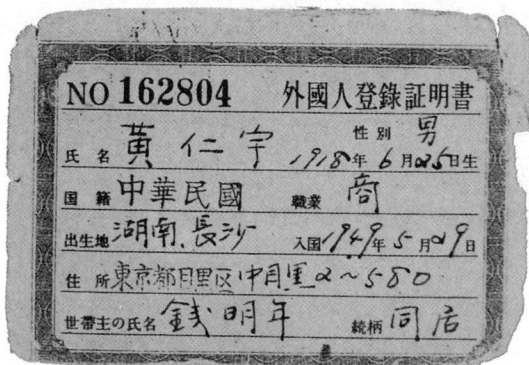

⊙ 1949 年，黄仁宇在东京取得"外国人登录证明书"。

政局的观感；时而又必须按照杜先生的嘱咐，将装满金锭的油坛从长沙新河运到上海。那是一段奇异的精神履历，同志和敌人的关系看似泾渭分明，其实鱼龙混杂、众声喧哗。多重身份经过一番怪异结合以后，慢慢酝酿出新的幽默："我"居然在"白茉莉"的安排下，成为杜先生的干女婿。这丝毫也不夸张，变革年代给思想者带来的困惑常常也在于此。当个人的全部灵性，陷入政治力量的天罗地网之中，试图反观自省显得既搞笑又悲情。小说中理想主义者赵朴的战死疆场，与利己主义者王彬的死于火拼，在某种意义上可能是殊途同归——尽管黄仁宇坦承"无意以之作任何道德上之褒贬"，但"我"的内心深处无疑藏着深深的疑问与不安。

如果说，史学著作《万历十五年》与回忆录《黄河青山》分别展露了黄仁宇的才气与硬气，小说《长沙白茉莉》则散发出掩抑不住的灵气——要知道，那一年他都七十岁了。就文学技巧与趣味而言，这部小说或许瑕瑜互见。不过，作者见招拆招，让书中那个长沙同乡在理想与幻灭这两个世界之间来回穿梭，足以显示他对于人生、爱与死的深思熟虑——现在向过去追寻，正如过去向未来窥探。黄仁宇走了，"白茉莉"来了，小说戛然而止：女主角堂而皇之地填补了"我"私人生活的空白，也暗示着新的不可知的未来即将开启。无疑，在一个极端年代里，人性之中不但贯穿了正义与公理，而且还有（不管你愿不愿意承认）不可告人的鄙俗——这是历史回音壁上传来的清澈之音。

齐邦媛：
"老师，我们和你一同哭"

　　去年过世的陈之藩，是享誉港台的散文家。而对陈之藩一生影响最大的人，则莫过于他的忘年交胡适。20 世纪 50 年代，为了让陈之藩一圆留学梦，胡适曾长期给予资助。而最令陈之藩难忘的是，当他学业有成，还钱给胡适时，胡先生却回信说："我借出的钱，从来不盼望收回。因为我知道，我借出的钱总是'一本万利'，永远有利息在人间。"后来，陈之藩将回忆胡适的文字编成一辑，书名就叫《在春风里》。

　　老师角色的演变，颇能折射出时代前进的履迹。不过，清末民初以来，新旧错杂的世风与士风，却未必都像春风一样温暖，反而更接近徐志摩的诗句："我不知道，风是在哪一个方向吹。"1904 年，十三岁的胡适还是一名从安徽来到上海读书的学生。因为不懂上海话，又不曾作过文章，所以入学时被编入程度最差的第五班。不过，此前仅仅在老家安徽绩溪读过几年家塾的胡适，竟能马上发现老师在解读《蒙学读本》时的错误。老师也"料不到这班小孩子里面有人起来驳正他的错误，脸都红了"。随后，胡适一天之中连升三级，得意洋洋地做起了第二班的学生。其实，当时上海的老师"旧学"不佳，"新知"也不敢恭维。那时，冯友兰在上海中国公学读书。他对于逻辑学颇有兴趣，但老师却不懂什么是"逻辑"。冯友兰下课后找老师请教习题，老师想了一会儿，说："等下一次再告诉你。"最后，这位老师居然再也没有来过了。

十里洋场的上海如此，在中国内地，老师的社会角色也在变革时代中不断磨合。湖南长沙人周德伟，是诺贝尔经济学奖得主哈耶克的高徒。他在自传《落笔惊风雨——我的一生与国民党的点滴》中回忆，当年（1914年）在湘潭读高小时，最喜欢看《新民丛报》，也常常模仿梁启超的文笔作议论文。但是，不同的老师评分却截然不同。留学日本弘文书院的一位刘先生常给他满分，而另一位教授八股的晏先生则怒斥："不通，不通，又不通！"争吵未果，两位老师竟不顾斯文，当众"捶桌子，扔茶杯，同学则在旁大笑为乐"。

那时，在更为边远的湘西，沈从文已经意识到，"国家革了命，中状元没有希望"。于是，他"俨然有一个将军的志气"，索性去读预备兵的技术班。上课的滕师傅不但教小孩打拳，居然鼓励小孩打架；不止教他们摆阵，还教他们赌博。他注意到，那时家中"有规矩"的小孩，都不大到班上来；到他身边的，多数是"寒微人家"的子弟。少年沈从文的感受颇为敏锐。随着20世纪初新旧教育的更替，传统读书人逐渐游离到社会边缘。而商人、军人、职业革命家等边缘人群却开始兴起，并影响着未来中国的格局。

1917年1月4日，一个新的时代似乎来到了。当一辆四轮马车载着北京大学的新校长蔡元培进入校园时，他摘下帽子，向校园马路两旁朝他敬礼的工友鞠躬回礼。这一不可思议的举动，令在场的人深感震惊。久而久之，每天早晨向站在大门旁的杂役鞠躬致敬，成为这位北大掌门人的习惯。也就在这一年8月，昔日给老师挑错的胡适，从美国毕业归来，成为北大教授。他援引《荷马史诗》中的名句抒发心志："如今我们已回来，你们且看分晓罢。"那种刻意区分"你们"与"我们"的自负心态，真是活灵活现。

胡适后来常常自称"但开风气不为师"，然而，风气既开，在一个日趋激进的时代里，昔日的学生成为老师，必然向更老的一辈发起挑战。晚清时期，力主反满的章太炎以《谢本师》一文，抨击其师俞樾的保守。有意思的是，到了1920年代，周作人同样以"谢本师"为题作文，与"已没有当年革命之志"的老师章太炎公开决裂。若干年后，五四时期一度扮演弄潮儿角色的胡适，也被更年轻的学生视为"落伍"。更耐人寻味的是，胡适那一代人也心甘情愿承认自己确实"落伍"，进而主张老师反过来要向青年学生学习。20世纪上半叶趋新的风气真是一日千里，其后果更是难以预测。

不过，近代中国读书人升降沉浮之间，由老师的形象所拼接出的历史图景，或许比今人想象的更为复杂。1920年代，科举早已废除，五四运动也过去了，历史学家周一良仍在天津读私塾。据他回忆，当时不少"旧家"似乎不太信任新式学校。为了让子弟在进"洋学堂"之前打下旧学根底，反而更重视私塾教育。给他上课的先生，拖着小辫，说到溥仪必称"皇上"。后来以《细说中国》系列著作闻名的作家黎东方，当时也在扬州上私塾。民国建立已经十年，作文题却赫然还是："辟自由平等说"。老师告诉黎东方："平等便是无父，自由便是无君。无父无君，便是禽兽。"第二年，黎东方来到上海报考南洋大学附中，才知道校长是大名鼎鼎的唐文治。唐文治以重视实业闻名，却编订《论语》和《孝经》的讲义，并亲自为各班同学授课。他规定，凡中文不及格者，统统留级。奇怪的是，唐校长同时也要求，全校除了中文和兵操两门课程以外，一律采用英文课本，并且必须用英语讲授。这种亦中亦西的教育方式，让黎东方惊讶不已。

从私塾、学堂再到海外名校，近代中国的新式教育，正是在转型时代多元思潮的冲刷之下，逐渐成型。到了20世纪30年代抗战军兴，颠沛流离中的那一拨老师，既当"经师"，也做"人师"，树兰滋蕙，弦歌不绝。齐邦媛在《巨流河》中回忆，抗战时期在重庆南开中学读书时，教地理的女老师吴振芝常常带新书给大家看，还要同学们记住台湾的重要城市"鸡蛋糕"（基隆、淡水、高雄）。后来，吴老师的未婚夫在嘉陵江中遇难。齐邦媛和同学们写了一张纸条，从老师的宿舍门下塞进去。纸条上写着："老师，我们和你一同哭。"正是有这样的老师和学生发光发热，人性的灯盏薪尽火传，照亮20世纪的漫漫长夜。半个多世纪过去，展读胡适先生写给陈之藩的回信，依然春风拂面：老师的事业"一本万利"，因为永远有"利息"在人间。

从林纾到萧军：
浪漫主义的五四之旅

　　如果历史学家要绘制一幅五四时期知识分子心灵世界的气象图，他或许会发现，在 20 世纪初期，标志风向的箭头最早指向科举制度瓦解之后，传统读书人从乡土社会和传统道德的繁文缛节中所获得的双重解放。随后，新文化运动风雷激荡，思想的气流逐渐转向知识分子"重估一切价值"的坚定信念和"自作主宰"的个性意识。到了 20 年代中期以后，当壮怀激烈的民族危亡的旋律响起，国家逻辑和个人主义冲突日渐加剧，风向标在政治与个性之间来回晃动，预示着新一轮狂风暴雨即将降临。

　　无疑，风向的变幻与转折，意味着这一时期思想气象的捉摸不定。李欧梵在《中国现代作家的浪漫一代》(新星出版社，2010）中，通过对从林纾、苏曼殊到郭沫若、萧军等七位现代作家心路历程的细致观测，拨开了缭绕在历史上空的重重迷雾。在他看来，五四时期精神风暴的中心，其实更接近于西方浪漫主义的传统："两者都表现出对古典传统的秩序、理智、图式化仪式化和生活结构化的反对，两者都开创了对真诚、自发性、热情、想象以及释放个人精力（总而言之，以主观人类的情感和精力为首要）的新强调。"

那么，浪漫主义到底给五四带来了什么？是创造了共产主义者颂词中的那场"反帝反封建的爱国运动"，还是导致了备受民族主义者谴责的一次"传统文化的彻底破坏"，或是孕育了自由主义者赞美的"文艺复兴"和"启蒙运动"？这一切解释或许皆有道理，但从根源上看，浪漫主义之所以能够成为五四的历史舞台上聚光灯追逐的对象，与现代个人在清末民初的崛起密不可分。在传统中国，自我的价值虽然是自足的，却不是自明的，需要放置在"家—国—天下"的伦理脉络中才能得到确证。然而，自明清之际起，对传统思想的批判所产生的重视自我、解放自我的思想诉求，进入晚清之后进一步高涨。与此同时，随着19、20世纪之交传统社会的衰落，读书人的成长伴随着普世王权的倾覆。他们身不由己地卷入社会制度转型的漩涡之中——不明朗的人生前途代替了传统社会明确的生活前景。对自我的发现，成为知识分子建立新的身份认同的第一步。

此时此刻，作为"最后的儒学者"和"第一个西化者"，林纾在现代文学史上出现也就不足为奇了。将林纾视为五四"浪漫一代"的先驱者，或许会令人感到格格不入。因为他曾经极力反对使用白话文，并且与新文化运动的代表人物展开激烈争论，还借助小说来影射和讽刺五四的"新青年"们。然而，林纾的精神履历表明，他重视孝道、热爱家庭，有着感情丰富的个性和悲剧的人生。他对于"情"的重视，使得他确信，"情"并不需要被重重礼教所约束。相反，"情"本身就是道德。这一浪漫主义的特质，当林纾沉醉于西方小说的世界之后，被大大强化了。随着阅读与翻译，《巴黎茶花女遗事》、狄更斯的小说以及哈葛德的传奇，逐渐在他的心中营造出一个感情、道德与英雄主义的三维世界。作为儒家传统最忠实的深沉依恋者，林纾同时又扮演着浪漫主义思想最初接纳者的角色。

在一个儒家思想的感召力日渐削弱的时代里，虽然他的所作所为，不过是试图"在旧有的儒家传统下带出这些新的讯息，希望能将新的血液逐渐输入日趋腐朽的传统学说的躯壳之内"，但耐人寻味之处在于，近代中国社会的新陈代谢，往往就在这些貌似坚不可摧的人和事上打开缺口。从这个意义上说，李欧梵称林纾超过了文学史层面上"单纯的象征意义"，留下了"连他自己也意识不到的遗产"，并非虚誉。

林纾的努力直接启发了他的后辈之一——苏曼殊。苏曼殊个人的传奇经历，显然有着不可复制的独特性，况且他也并非从儒家的传统视角来处理情感的问题，而是更多地运用了道教与佛教的思想资源——"自然"与"风流"。虽然胡适在写给钱玄同的书信中，尖锐地批评苏曼殊的小说是"胡说八道"，而且充满了"兽性的肉欲"，不过，苏曼殊还是通过其创造风格与技巧，将个人的情感推到极致。当他夸张地展示自己的情感个性与生活方式的时候，五四时期的知识分子也借此来挑战和摧毁既定的社会习俗。1918 年，苏曼殊在五四运动的前一年去世，无数的青年男女从四面八方来到西湖边他的墓前凭吊，少女们将他的照片挂在蚊帐上，苏曼殊的表妹甚至因此自杀。

这样的场景大概是包括林纾在内的读书人无法想象的，

一个新的时代毕竟来到了。梁实秋后来说："到了最近，因着外来的影响而发生的所谓新文学运动，处处要求扩张，要求解放，要求自由。到这时候，情感就如同铁笼里的猛虎一般，不但把礼教的桎梏重重的打破，把监视情感的理性也扑倒了。"五四时期所形成的具有独立人格与意志自主性的现代个人，与西方浪漫主义传统中的个性主义的关联，变得更加水乳交融。根据以赛亚·伯林的分析，浪漫主义在近代欧洲的思想脉络中，发源于意大利、法国，成熟于德国。这一传统与人们熟知的启蒙运动，既相互疏离又彼此交织：一方面，启蒙运动源自法国大革命为之而战的信念，即普遍理性、秩序和公正的原则，而通常与浪漫主义关联的理念是"独特性、深刻的情感反思和事物之间的差异性"。简洁地说，与理性主义相反，浪漫主义主张的是"不屈的意志"的观念，人们所要获得的不是"价值的知识"，而是"价值的创造"。因此，浪漫主义者追求的是"有朝气而热情的生活"。另一方面，在东西方的现代历史进程中，两者又常常彼此合流，浪漫主义传统对于意志自主的强调、对于个人价值的张扬，反过来也极大地丰富并深化了启蒙运动的理性精神。受"西潮"的冲击，在五四时期，欧洲的浪漫主义与强调个人意志自主的阳明心学彼此会通，为近代中国的世俗转型与超越价值的突破，提供了重要的思想资源。

因此，在郁达夫眼里，他的前辈苏曼殊的"浪漫气质"和"行动风度"，远比创作的诗歌、小说、绘画都要好，也就自在情理之中了。而郁达夫把文学作品视为作家的"自传"，将描写自我的冲动，当成自己创作的原动力，则是对从林纾、苏曼殊那里肇始的浪漫主义传统的薪火传承。不过，郁达夫的浪漫并非简单的等同于"诗酒风流"。按照李欧梵的考证，受到父亲去世的影响，郁达夫痛苦地认为自己给家族带来了"诅咒"，也产生了屠格涅夫式的"多余人"的身份认同。其实，郁达夫的生活弥漫着忧郁而颓废的气息，但基于对内心苦闷的纾解，他需要和他在作品中建立起的自我对话。在一些研究者看来，郁达夫笔下那些对于性事的自咎，与当时国家和种族饱受屈辱有关。这实在过于夸大其词了，不过，"忧郁症"确实是从《沉沦》到《银灰色的死》中所有浪漫主角的共性。终其一生，郁达夫在描写"内在的"自我的时候，也在故事里结合了一个外在的"自我"———一个由欧内斯特·道森和旧式才子黄仲则结合而成的幻象。

　　如果说，浪漫主义在郁达夫这里，呈现出的是少年维特式的忧郁，那么在郁达夫的终生密友徐志摩那里，则表现为约翰·克里斯多夫式的活力——这正是李欧梵笔下五四时期浪漫主义的两个不同侧面。胡适将徐志摩的人生观归纳为一种"单纯的信仰"，那就是"爱、美与自由"。因此，与林纾、苏曼殊包括郁达夫那种抗拒中庸之道的"悲剧英雄"形象不同，徐志摩扮演的是肩负使命、积极挑战的骑士角色，他手中的剑是生命与爱的动力。那个时候，徐志摩倾慕的对象之一是法国的卢梭，而自我解放和自我觉醒的观念，成为卢梭思想中最能吸引他的部分。随着徐志摩意识到个性与能力的意义，逐渐扬弃了年轻时代服务国家的理想，代之以个人主义。他说："从《忏悔录》到法国革命，从法国革命到浪漫运动，从浪漫运动到尼采（与道施滔奄夫斯基——按即陀思妥

⊙ 创造社成员：成仿吾、郭沫若、郁达夫、王独清。

耶夫斯基），从尼采到哈代——在这一百七十年间完美看到人类冲动性的情感，脱离了理性的挟制，火焰式的迸窜着，在这光焰里激射出种种的运动与主义。"

　　如同哲学家罗素描述的那样，在德国唯心主义的影响下，浪漫主义哲学成为一种"唯我论"的东西，把"自我发展"宣布为伦理学的根本原理。这也是五四浪漫一代的精神标志。基于意志与情感的"唯我"，从理性主义的牢笼中逃脱出来，固然获得了意志的解放和情感的满足，然而，其终极价值又将在哪里安顿呢？奥地利思想史家弗里德里希·希尔在考察德国浪漫主义传统时注意到，继哈曼宣告欧洲启蒙运动及理性终结之后，赫尔德虽然仍在强调将自我特殊的经验作为了解人生的依据，但在他的思想中，"人生"、"我的生活"、"大众的生活"在价值层级上逐层递增。赫尔德甚至已经开始意识到，需要用"国家"的观念形态"把大众动员起来"。而此后的费希特、谢林，更是把民族、国家、领袖进一步神圣化。在之后的二十年里，这一大众意识形态从东欧传入了非洲和亚洲。而德国浪漫主义的另类人物尼采，则通过极力张扬个性，通向了浪漫主义的另一个极端——虚无主义。

　　弗里德里希·希尔勾勒出的浪漫主义演变的轨迹，在晚清到五四的进程中也历历可见。不过，对于深受儒家思想传统影响的五四"浪漫一代"来说，他们心目中的"自我"，并非苏格兰启蒙传统所产生的、基于个人权利的"原子式"个人，而是需要一己"小我"通过"大我"的实现，进而确证自身价值的"自我"。这正是新文化运动时期陈独秀提出的"人生归宿"："内图个性发展，外图贡献于群。"虽然"浪漫一代"的知识分子已经彻底"冲决网罗",具备了现代自我的精神力量和独立价值,但是,"小我"仍然需要在对"大我"的追求与实践中才能证明其价值与意义——"大我"的扩展空间越大,"自我"的意义与价值也就越大。正如以赛亚·伯林所说,浪漫主义的个性传统就体现在忠实于人类的内在精神——"主宰着人类一切想象并推动人们一直向前的内在精神,而忠诚于它,全身心地浸入其中,本是真实、纯正、深刻、虔诚的人类生活的要义所在"。

徐志摩笔下"进窜的火焰",终于激射出了"运动和主义"。在五四的高潮已经过去的1924年,郭沫若回到了日本。他的包里只带了三本书:《歌德全集》、屠格涅夫的《处女地》和日本马克思主义者河上肇的《社会组织与社会革命》。就在大多数作家向"左"转之前,郭沫若已经率先宣布自己完全皈依于马克思主义。这一转变背后的真实意图虽然尚有争议,但至少说明,20世纪20年代中期,当民族救亡的声部在五四的旋律中渐渐加强,浪漫主义的风向也必然发生某种偏转——要么如鲁迅那样做"绝望的抗战",要么就必须服从于其余更为强大的观念。早年的郭沫若,既有郁达夫一样的多愁善感,又如同徐志摩那样满怀对英雄崇拜。就像自己笔下吞掉宇宙的那只"天狗",郭沫若坚信"一切的自然只是神的表现,自我也是神的表现。我即是神,一切自然都是我的表现",冲动和狂热成为他作品的主色调。然而,"在大多数人完全不自主地失掉了自由,失掉了个性的时代,有少数的人要来主张个性,主张自由,未免出于僭妄。"郭沫若说,只有通过乌托邦来"争回大众人的个性与自由"。就像浴火重生的凤凰一样,个人的意志自由与情感满足，必须整合或是自觉纳入一个更强大的内在精神之中。郭沫若的这一转变，揭示了浪漫主义的中国传人们需要面对的关键问题：当个人情感无法避免地卷入政治，作家们将何去何从，他们的命运又该如何裁决呢？

《中国现代作家的浪漫一代》中所描写的蒋光慈与萧军的复杂经历，既是五四浪漫主义的尾声，也是 20 世纪下半叶知识分子命运的开端。李欧梵将前者命名为"浪漫的左倾"，将后者命名为"爱国的左倾"。蒋光慈在"浪漫"的本意上理解诗人和革命者，而且无可救药地认为浪漫构成了革命的动力和文学的创意。他的书桌上曾经摆放过汪精卫与蒋介石的照片，蒋光慈称他们为"中国的列宁和托洛茨基"。在他的想象中，革命是"最伟大的罗曼谛克"，然而，当他投入其中，才真正意识到自己全部悲剧的根源恰恰在于，本质上是个浪漫诗人，而组织上却要他去扣动扳机。蒋光慈的早逝，令他不至于像萧军那样，在未来从延安到北京的岁月里受到更多的折腾。当《在延安文艺座谈会上的讲话》要求作家们为党的事业，而不是为个人的孤芳自赏来写作，也就意味蕴含着私人情感、隐秘欲望和英雄崇拜的"小我"已经成为负面的东西，需要在政治运动与无止境的革命中被"大我"所超越。

浪漫主义的火山在五四时期曾经无数次地喷发出个性与激情，然而它的辉煌转瞬即逝。无疑，20 世纪上半叶政治环境的急剧转变，阻隔了它的持续爆发。李欧梵的著作从文学史的角度，为这一转折提供令人感慨万千的个案展示。另一方面，从思想史的视角来看，浪漫主义曲折的五四之旅，又暗藏其内在的发展逻辑。现代中国的浪漫主义，既挑战了传统秩序，同时又疏离了启蒙理性——前者体现了它的个性与活力，而后者则暴露出其诉诸情感与意志的浅薄。确实，缺少了浪漫主义的启蒙理性平庸而无趣，无法想象，只有陈独秀、胡适和李大钊，没有郁达夫、徐志摩和郭沫若的五四会是一副什么样子。但也正如历史所展示的那样，失去启蒙理性作为内在规约的浪漫主义，同样显得盲目而脆弱，不是走向价值虚无主义，就是屈从于民族国家的意识形态。六十年前，当激动不已的胡风写下"时间开始了"的浪漫诗句之时，一出更加庞大的革命浪漫主义曲目在他身后上演。他无法预料，在国家主张凌驾于个人特质的时代里，作家甚至连"免于恐惧的自由"都被剥夺。在五四过去将近百年后的今天，重温罗曼·罗兰的《约翰·克里斯多夫致中国同仁》的书信或许并非多余的事："一方面是忍耐，热烈，恒久，勇毅地趋向光明的人们，——一切光明：学问，美，人类底爱，公共的进化。另一方面是压迫的势力：黑暗，愚蒙，懒惰，迷信和野蛮。我是顺附第一派的。无论他们在甚么地方，都是我的朋友，同盟，弟兄。我的家乡是自由的人类。伟大的民族就是他的部属。众人的宝库乃是'太阳之神'。"

知识分子的去与留：
依附城市还是塑造城市

当知识分子遭遇城市

1895 年的北京，康有为和他那些激进的强学会成员们，还没法在这座城市的任何一家书店里，找到一张像样的世界地图。然而，到了 1917 年，同样在昔日王朝的都城里，蔡元培领导下的北京大学，却开始聘用一批从西方大学归来的毕业生，并且设立了欧洲文学、历史、科学以及哲学课程，大胆地包容怀疑派和反抗者的叛逆思想。

这短短二十年，在中国思想史上，是读书人与儒家价值观决裂的一道分水岭。在这道分水岭背后，呈现的是一幅传统社会分崩离析的近代中国历史图景。资本、人口和知识，开始在通商口岸迅速聚合，新兴城市逐渐取代摇摇欲坠的乡村，充当起社会文化和公共关系的枢纽，并理所当然地成为培养现代知识精英的摇篮。20 世纪初，随着八股文连同皇帝的宝座一并成为历史陈迹，读书人也走出"耕读为本"的土地与书斋，聚集到了北京、上海、广州和天津的屋檐下。当知识分子遭遇城市，他们未来的人生将被引向何方？

正如许纪霖等在《近代中国知识分子的公共交往（1895—1949）》一书中所描述的那样，知识分子"以都市的公共空间和文化权力网络作为背景，开始自身的文化生产、社会交往，并施加公共影响"，学术与生活的诸多可能性在他们眼前延伸。不论是林徽因"太太的客厅"，还是陈寅恪笔下"景物居然似旧京"的西南联大，20世纪的现代知识分子，怀揣一颗驿动的心，在曾经陌生的城市中，催生了一大批声名远播的知识分子共同体。"如今我们已回来，你们请看分晓吧！"1917年3月，即将归国投奔北大的胡适，在日记中写下了这句话——借来形容现代知识分子闯入城市时的勃勃雄心，或许刚刚好。

与郑板桥一起解读扬州

历史地看，社会上层人物的城市化是一个古来就有的现象。在"我的朋友胡适之"写日记之前的上千年太平年月里，中华帝国不同地区、不同社会阶层的读书人，以自然宗法和家族社会为基础，在地缘、血缘和私塾与科举的学统交织的网络中，共享对祖先、知识、财产与合法权威的尊重。随着8至13世纪的经济大发展，根据费正清等人的研究，中国社会和文化出现了"许多近代城市文明的特征"。商业的发展扩大了城市的规模，城市也以其高雅的文化和商业，吸引着众多读书人。这种向城市流动的趋势，一直到19世纪仍有增无减。李孝悌在《恋恋红尘——中国的城市、欲望和生活》中，通过明清之际江南城市这面棱镜，透视士大夫日常生活中五光十色的世俗欲望。虽然书中对于袁枚与18世纪中国传统中的自由，作了稍嫌言过其实的阐释，但作者刻画的郑板桥的"盛世浮生"，却足以让扬州城的尘世繁华，反衬一个落魄文人的落寞与悲伤。

无疑，18世纪的扬州呈现的是一派歌舞升平的太平盛世景象。但是，当李孝悌将文人感怀身世的回忆，纳入士大夫的"城市经验"的取景框时，对于文化、族群、人物、时空的差异性和独特性的追寻与诠释，就显示出独特的历史意义。正像水绘园之于冒辟疆，随园之于袁子才，无不体现出记述者的身份与心境，对他观看城市空间的方式与视角的影响。李孝悌说："不论是对困厄生活的写实性描述，或对城市景物的历史想象，郑板桥的文人观点，都让我们在李斗全景式的生活图像和盐商炫人耳目的消费文化之外，找到另一种想象城市的方式。加在一起，这些不同的视角呈现出更繁盛和诱人的城市风貌。"

"入上海"与"居上海"

到了19世纪末和20世纪初，社会上层人物的都市化具有了特殊的意义。一方面，这一时期的知识分子，建立起以报刊为形式的交往方式，另一方面，多种类型的学会、党派、团体开始形成。随着传统的考试制度被现代学校取而代之，知识分子开始迅速职业化和专业化。按照《剑桥中华民国史》的描述，这些变化所形成的知识分子阶层，正在发展一种"新凝聚性"。正如方平在《晚清上海的公共领域（1895—1911）》中揭示的那样，清末最后的十多年间，上海的社会中孕育、产生了某种具有现代导向的批判性公共领域。"它是一个具有多元结构的社会有机体，既在单数意义上显现为一个个特定的民间组织、民间机构、公共交往场所，亦在复数意义上显现为一组相互关联、彼此依存、内涵复杂的社会文化现象"。

　　"单数"与"复数"的描述，足以证明清末知识分子的思想正在起变化，而且报刊、学会、社团，无疑也是传播新思想的最有效手段。它们像巨大的磁场，吸引了那些担负起社会责任因而最能直接推进变革的人士。光绪九年（1883年），日后"戊戌六君子"之一的刘光第告假回籍，路过上海。当他目睹这座城市书肆、妓馆、茶园、酒楼的奢靡胜景后，不禁在日记中感慨："不到上海，是生人大恨事，然不到上海，又是学人大幸事。"如果说，刘氏之言透露出的，是此前士大夫与这座城市既疏离又融合的微妙心态；那么，十多年过去，随着旧制度下士大夫阶级的消逝和现代知识分子的出现，在清末上海的公共领域里，处于支配地位的既包括了开明士绅、报刊编辑，也不乏学堂教习、自由作家。他们以活动和舆论，积极参与并塑造了都市的精神生活和文化空间。"入上海"与"居上海"成了越来越多士人的选择。

　　毫无疑问，西方思想的浸润在公共领域中表现得相当明显。不过，上海的公共领域并不是对于西方历史经验的简单模仿和复制。中国本土的传统文化资源，比如结社立会传统、清议传统等，也是公共领域建构过程中重要的历史坐标。因此，从上海的公共领域中不难发现历史上书院、会馆演变的痕迹，探寻到"中国社会变迁的阶段性与延续性的统一"。不论是维新报刊、戊戌学会，还是张园和惜阴堂，沉甸甸的收获成就了清末知识分子公共生活中罕见的丰年。上海也因此成为全国具有重要影响的"社会中心点",牵动着整个中国权势网络的分布格局和社会国家关系的调整。

理性思考和欲望想象

进入民国以后,知识分子群体继续借助现代知识教育体系和出版传媒产业,在城市空间里掀起政治和文化的风浪,但对其深层的解析要比表面的判断更加复杂。一方面,当时仰赖于都市化的职业分工和文化网络,比起王韬辗转奔走、梁启超奋笔疾书的时代而言,已经大为完备了。另一方面,受中国传统的思潮与外国思潮的影响,社会阶层的不断分裂与再度组合,民国时期仍在继续。这直接导致了城市知识分子的千差万别以及学派、倾向和趣味的丰富多彩——既蕴含着对民族国家前途命运的理性思考,也不乏关于大都市消费生活的欲望想象。

1904—1932年间的《东方杂志》知识分子群体,是当时颇具特色的"松散的自由主义群体"。按照洪九来在《宽容与理性——〈东方杂志〉的公共舆论研究(1904—1932)》的界定,从张元济到杜亚泉再到胡愈之,他们所守护的基本价值信念,介于保守和自由之间,在办刊理念上,体现为独立性与兼容性相统一的特征,在社会思想与政治主张上,深具理性主义和调和主义色彩。

和《新青年》《新潮》等杂志不同,《东方杂志》是一个由民营经济主办的、自负盈亏的商业性刊物,这一特性决定了它是一个对所有人开放的自由论坛。根据该刊编者的声明，《东方杂志》就是要成为一个"上下古今派"，一个无所不包的"仓库"，既要明确表达自己的主张，又允许他人（包括与自己意见相左的论者）充分表达各自的观点。用《东方杂志》编者的话来说就是，他们不愿成为舆论的"指导者"，只愿成为舆论的"顾问者"。

在西方影响越来越强烈的新文化运动期间，《东方杂志》的保守主义倾向却非常明显。不过，它并不因为自己的主张，拒绝向文化激进主义者的言论开放论坛。在文化大论战中的数次风波，如杜亚泉和蒋梦麟关于"何为新思想"之争，胡愈之和张东荪有关"理性与兽性"之争，都在《东方杂志》的版面上如火如荼地展开。即使对陈独秀、罗家伦这些看似与《东方杂志》格格不入的新文化健将们，《东方杂志》一面与之切磋辩难，一面仍在刊载对方的稿件。

这种"价值中立"的原则，并没有模糊《东方杂志》论者的风格。《东方杂志》知识分子群体对于自由主义和传统文化、民族主义关系的看法，体现了他们试图将民族主义呼声和民主政治的要求糅合到一起的努力。民族主义并未游离于民主政治思想之外成为一种孤立狭隘的排外情绪，而是促成中国社会改良的一个有力的、必要的强化剂。《东方杂志》的一系列思想主张，通过自己塑造的"有容乃大"的公共领域，得到了合理的保留并发挥出应有的价值。

在由传统向现代嬗变的过程中，上层主流思想与城市通俗文化间的关系，也呈现出特别的样式。借用李孝悌的看法，如果说，《东方杂志》、北京大学和新潮社的知识精英之间交流的话题，构成了中国思想界的现代性的话，那么，《申报》广告则用一种快乐、刺激的方式，营造了官能上的、美感经验上的和文化品位上的现代性。这让人看到了思想高墙的背后，世俗生活明明灭灭的万家灯火。在中国资本主义加速发展的黄金十年里，《申报》广告通过怎样的方式，将快乐、健康、幸福、美丽、品位、高尚、身份、意义等概念予以重新建构和解读，从而对上海芸芸众生的心理、观念和行为实施隐性支配的，这正是王儒年的《欲望的想像——1920—1930年代〈申报〉广告的文化史研究》的兴奋点所在。

"中秋夜，吃团圆酒，吸大喜烟，看小翠花演戏，亦人生之快事也。""公余之暇，入休息室，坐自由椅，吸金马烟，阅名家小说，其乐陶陶，虽南面王不易。"南洋兄弟烟草公司的两则香烟广告，折射出 1920—1930 年代的《申报》广告的全部努力，无不以满足人们眼、耳、口、鼻、舌、身的官能欲望为目的，所有的广告都要你"及时行乐"，"而快乐就是人生的目的，快乐的目的就是快乐，只要拥有快乐，你的人生就是美好的人生。"

无疑，作为大众文化重要组成部分的《申报》广告，在上海市民消费主义意识形态形成的过程中扮演了至关重要的角色。城市中风行的享乐主义人生观、占有欲望主宰的审美理想和上等人士身份认同，《申报》广告都可以通过光怪陆离的广告形象和话语予以展现。如同作者所说的，"这也让世俗化的消费行为，具有拥有幸福人生、实现人生价值目标的价值，并满足爱国者、上等人、高雅人士等各种虚拟的自我认同"。上海社会世俗化转型和城市品位的塑造，就在霓虹灯下饮食男女们"马照跑，舞照跳，歌照唱"的迷梦中，款步前行。

知识分子的"内战"

耐人寻味的是，在五四运动以后的十年中，思想文化的革命之火烧毁了传统观念，新文化运动知识分子群体在其目标上也出现了分歧。那些倾向于学术研究、改革和渐进进化的人，和一批倾向于政治行动、造反和暴力革命的人之间的裂缝加深了，摒弃批判理性的主张也越来越激烈。其余的知识分子，则部分地根据领军人物的知识背景和个人性情，皈依到某一方的旗帜之下。王晓渔在《知识分子的"内战"——现代上海的文化场域（1927—1930）》中，试图从知识分子与文化空间的关系，探求其观念的变化与冲突。

1920 年前后的知识分子，基本上同时受到籍贯（地缘关系）、城市文化空间以及留学经历和年龄的多重影响。对于北京知识分子而言，值得注意的是他们和胡同的密切关联。不论是在南池子缎库胡同还是钟鼓寺，胡适的住宅始终是自由主义知识分子重要的文化空间。在八道湾鲁迅和周作人的住宅，北大国文系（"北大同人"）、章氏同学会（"太炎门生"）、浙江同乡会（"某籍某系"）三位一体的知识分子，在这里臧否人物，"作竟日之乐"。同样，在东吉祥胡同和石虎胡同（以及松树胡同），分别聚集着《现代评论》派和新月社的盟友们。但是，北京知识分子的黄金时期，随着 1926 年"三一八"惨案的发生一去不复返了。胡同里的知识分子逐渐分化组合，并且在女师大风潮中产生激烈冲突。八道湾胡同的"语丝派"开始朝东吉祥胡同的"正人君子"开火；而他们与其余两个胡同的知识分子的交锋，之后也将在上海陆续展开。

在1920年代的前中期，北京是文化中心，广州逐渐成为革命中心，上海并不是最为知识分子瞩目的城市。而到了中后期，上海的位置完全颠倒过来了。胡适和他的新旧朋友们，或从北京南下，或是从英美留学归来。各大高校、出版机构以及社团聚餐会，是他们在上海交往的公共空间。然而，在热心文艺还是侧重学术和政治上，胡适的朋友们之间存在着摩擦。分歧不仅发生在胡适和徐志摩之间，也发生在胡适、徐志摩和梁实秋、闻一多等人之间。

而在上海，鲁迅这一方的情形也颇为尴尬。在与创造社合作的蜜月期过去之后，随着新一批留学日本的文学青年的加入，郭沫若与鲁迅建立联合战线的计划，与李初梨、冯乃超等"分裂联合"的计划构成尖锐矛盾。郭沫若称之为"日本的火碰到了上海的水"，成仿吾则表示郭沫若准备恢复《创造周报》是"幻想"。双方的混战开始了。在创造社成员眼中，鲁迅的籍贯、家族、年纪、牙齿等等均成为嘲笑和攻击的对象，而到了鲁迅笔下，创造社募股筹资、聘请律师的行为都遭到批评。稍后，太阳社也发起了对鲁迅的批判。

知识分子"内战"的原因，不同群体或许存在相当大的差异，但其中，政治力量和党派意图支配的力量不容小觑——特别是在左翼倾向的作家群体当中。如同王汎森所说，到了"五卅"时期，"主义"的崇拜成了新的道统，目迷五色的各种主义在中国竞逐。1930年代以后，随着国民政府的权力和意识形态在社会各个领域的渗透，"知识分子的内部分歧似乎已经超越了他们对抗外部高压政治的一致性"，从此陷入一轮又一轮的冲突与紧张。

显然，在士大夫向知识分子转型的历史进程中，其中心化与自我边缘化的紧张始终并存。民国的前二十年，当知识分子在现代学院、学术团体和报刊的舞台上唱响华彩乐章，他们似乎成功地依附城市、塑造城市，并在城市里创造了一个自主的和多样化的"美丽新世界"。可是，这只是军阀混战时代既无中央政府也无正统观念的暂时情况。由此导致的严重的后果却是，士绅社会的瓦解，使得知识分子与传统割断了联系，城乡之间的鸿沟越发难以弥合，他们再也回不去了。

另一方面，失去了文化之根和社会之根的知识分子，在身份与权力上，也变得越来越碎片化和虚拟化。从1930年代中期开始，在十分混杂而又模糊不清的民族主义思想引导下，知识分子聚集到一起，于抗战的离乱之中升腾起一曲天鹅之歌。之后的情况，正如法国汉学家谢和耐敏锐地揭示的："罗曼蒂克的个人主义以及对资产阶级西方之不得体的模仿，面对马克思主义那缓慢而又扎实的进展而黯然失色了。艺术和文学要为革命服务。在政治发展的促进下，情况开始变得明朗化了，中国似乎重新找到了其思想凝聚力的道路。"可是，对于知识分子而言，那又将是一条怎样的道路呢？

第二辑

本辑打量异域人文的五彩缤纷。这里有17世纪英国文人的骸骨迷恋，有法国工坊里屠猫仪式背后的集体狂欢，也有布登勃洛克家族的遗产。

维吉尔：
《埃涅阿斯纪》的书里书外

从外边匆匆回来，天已经黑了，还下起小雨。包里放着一册刚买的杨周翰先生译《埃涅阿斯纪》精装本。上周六恰好过三十岁生日，经过学校图书馆旋梯时，老远就望见书展的横幅。于是折进去游荡一番，以极便宜的价格，买下这部四百页的维吉尔名作，算作给自己的生日礼物。

杨周翰的著译一直为我所偏爱。以前读他的《十七世纪英国文学》《诗艺》《蓝登传》，炼字行文，境界风格，远胜同侪。这次在灯前重新翻看的《埃涅阿斯纪》序言，除开再次领略译者于拉丁文学寝馈之深以外，对于字里行间那种隐微而遥深的历史寄意，似乎也有了新的体悟。关于维吉尔的生平行止，目前所能了解到的，大都来自多那图斯（Aelius Donatus）《维吉尔传》的描述。维吉尔早年曾在罗马和米兰研习修辞学，后来又随亚历山大派哀歌诗人帕尔通纽斯（Parthonius）学希腊文、从希罗（Siro）学伊壁鸠鲁哲学，还曾一度醉心于卢克莱修（Lucretius）的《物性论》，以后转而信奉斯多葛学派哲学和宗教。因热病不治，维吉尔英年早逝，墓碑上铭文写道："曼图阿生我，卡拉布利亚夺去我生命，如今帕尔特诺佩保有我；我歌唱过放牧、农田和领袖。"铭文中提到的三处地方，分别是他的出生地、逝世处与埋葬所。这让人想到宋代诗人苏轼的句子："问汝平生功业，黄州惠州儋州。"人生如寄的感喟，堪称古今无异、中西一律。

在维吉尔短促一生中，值得注意的其实是他与屋大维之间耐人寻味的关系。维吉尔在青年时代经历了凯撒与庞培的内战。早在撰写《牧歌》的时候，他就成为屋大维亲信的幕僚。内战爆发以后，维吉尔目睹了屋大维相继击败政敌和昔日的亲密战友，接受了"奥古斯都"的称号，一步步走向政教合一的神坛。自从凯撒被奉为神明之后，屋大维成为理所当然的神之子（divi filius）。不得不提的是，屋大维试图复兴古罗马的典章制度，笼络文人，自己也热衷写作，但同时却又高筑文网，操控言论。对于维吉尔来说，毫无疑问，他景仰屋大维横扫六合的雄才大略，却也对后者"清教徒式狂热"的面孔背后隐藏的冷酷、铁腕以及迷信暗生疑惧。

在这种微妙的情绪感染下，维吉尔的诗作中，除开对"放牧、农田和领袖"深情赞美以外，"虔敬"这一主题如同地中海的海水一样冰凉枯涩。在《埃涅阿斯纪》中，这一主题更是明确内化为个体命运对国家逻辑的臣服。杨周翰提醒读者，《埃涅阿斯纪》与希腊的《荷马史诗》的最大差别，就在于阿克琉斯和奥德修斯一度高扬的个人主义的英雄旗帜，到了大一统的罗马帝国时代已经黯然失色。国家的神圣律令与对宏伟远景的动人描述，取代了昔日城邦的美德与哲人的垂训。"埃涅阿斯的行为都是为了建立一个新民族、新国家，个人幸福必须通过斗争而牺牲掉，他不是个人英雄而是民族英雄、领袖、组织者和民族象征。"从译者写于 1983 年除夕之夜的这段序言中，今天的读者不难翻检出 20 世纪漫漫长夜中类似的回忆。这大概也是所谓"读史早知今日事"吧。

阿诺德昔日曾盛赞维吉尔与莎士比亚是两个能给人带来"甜蜜与文明"的诗人，因为他们"灵魂里最突出的是甜蜜与光明和人性中最具有人情的一切"。坦率地说，这一描述稍嫌褊狭。原因在于，只要注意到《埃涅阿斯纪》中狄多的饮刃而亡（据说这一细节曾令青年奥古斯丁一掬同情之泪），或是《麦克白》中女巫的预言、《哈姆莱特》中疯癫的奥菲利亚，都不难感受到维吉尔与莎士比亚的丰富，几乎穷尽了生命中每一个细小的角落。可以说，对他们的任何一种类型式的概括，都容易导向对复杂人性的化约，不免失之偏颇、流于肤浅。诚然，维吉尔被他所处的文化塑造，同时也受制于这种文化，但如果我们阅读时有足够的专注力的话，不难看到，维吉尔的伟大之处，也许正在于他的"虔敬"背后隐藏的对于人性的悲哀与惆怅。这在很大程度上要拜他那些错综复杂的哲学思想所赐。在这种悲天悯人的情怀之上，他对罗马英雄的高歌和低吟，也达成了新的平衡与和谐。因此，与其说维吉尔那些诗藻与韵律的盛宴，洋溢着的是"甜蜜与光明"，倒不如说它们在揭示事物无情活动的严肃性的同时，也赋予读者由理性而知识而善的永不磨灭的信心。在这一点上，丁尼生堪称维吉尔的远年知己："人类不可知的命运使你悲哀，在你悲哀之中有着庄严。"

说起来，我对维吉尔英雄史诗的了解，很大程度上要感谢十余年前初中同学 D 君。那时二人均极爱数理，D 君数学甚佳而物理却反不如我。某日在操场旁的泥地上，我们以长柄伞尖在地上画图讨论物理题时，曾谈及数理公式之美。我说自己可能更喜欢简约而解释力强大的方程，而 D 君则似乎偏爱繁复而具有内在和谐的等式。他建议我抽空找来维吉尔的《埃涅阿斯纪》翻读，并提醒我仔细观察诗歌内部的相互关联，才能领会那是何等的美丽和有力量。我也是那次交谈之后才了解到，他对于古典文学的熟稔远胜于我。记得当时只是回答，应先学好拉丁文再读原著为佳。此后毕业分别，不复再见，数年后才辗转听到 D 君自尽的消息。又过了好些年，我闲读《歌德谈话录》时，注意到诗人与爱克尔曼共同欣赏铜版画时曾说，趣味不能借助中庸的作品去培养，而只能凭借最高的杰作来养成。"所以我只将最好的给你看；你借杰作巩固了你的趣味，那么你就得到对于其他东西的尺度，不会将它过奖，而能适当的评价。"歌德的这番话真是剀切中的，娴于经典的 D 君应当是熟悉的，可惜已无从问起了。我深信，《埃涅阿斯纪》当得起"最高的杰作"的评价。只是这些年来，我像个独行客一般东奔西跑，贪看的多是"中庸的作品"，趣味自然也没有丝毫的长进，更不必说学习外文亲炙原典了。当年在校园树荫下与 D 君说过的话，今天都还记得。回想起来，伤感之外，只有惭愧。

裘力斯·凯撒：
《色，戒》的原典

　　回上海的火车上，随手翻看《万象》2008年第二期。先读的是最后一篇李欧梵的文章《〈色，戒〉与老电影》，谈《色，戒》中大学生杀人片段。李欧梵认为，观众要么抨击它血腥暴力，要么嘲笑其虚假笨拙，却没有想想其中的文学指涉意义。这里的"原典"是什么呢？其实就是莎士比亚的《裘力斯·凯撒》，而"近典"则是贝鲁托奇的名片《共谋者》（*The Conformist*）。我没有看过《共谋者》，无法猜想李欧梵是怎样将贝鲁托奇与李安联系起来的。好在中学时代读过的《裘力斯·凯撒》至今还记得，回忆起来，不禁要佩服李欧梵的细致敏锐。

　　凯撒遇刺当然是《裘力斯·凯撒》的中心事件之一。它发生在该剧第三幕第一场，即预言家反复提醒凯撒小心的"三月十五日"。此前，在叛党凯歇斯、凯斯卡等人的煽惑下，剧中颇有争议的人物勃鲁托斯，依据民众的鼓噪和伪造的匿名信，就轻率地（也可以说是别有用心地）做出了刺死凯撒的决定。当天，元老院上层聚会的气氛惊心动魄，恐怖事件在长久的压抑后一触即发。当胁迫凯撒赦免坡勃律斯·辛伯未果时，叛党们"用手代替了说话"。凯斯卡率众刺凯撒，后者毫无防备，身负重伤，倒在神殿前的庞贝像座之下，遗言是："勃鲁托斯，你也在内吗？那么倒下吧，凯撒！"

这一突发的血光之灾极为惨烈。《色，戒》中大学生因身份败露而杀人灭口的情景，格局稍小，而情节近之。然而，值得注意的是，在《裘力斯·凯撒》中，从凯撒遇刺事件到后面的安东尼复仇，都只是莎士比亚盛放悲剧的一尊容器。莎翁着力渲染的，其实是无理性民众特殊的悲剧意义。在整个戏剧中，罗马民众虽然基本了解一己之力的分量，却由于缺乏理性，只能沦为盲目的乌合之众。这为莫斯科维奇所说的话作了注脚："不管他们在个体来源和其他方面有何不同，群氓都具有某些共同特征。这些特征包括非常的偏执、可怕的敏感、荒唐的自大和极度的不负责任，其原因就是因为他们过分自负、过分狂热。"而刺杀凯撒的阴谋家，则躲在市民甲乙丙丁的阴影背后操控民意。最终，凯撒之死、安东尼的苟活、复仇的成功，无一例外地取决于当事人对民意的争夺与刺激。显然，莎士比亚力图通过凯撒这扇窗户，眺望更加宏大的集体命运的悲剧天空。

而在李安的《色，戒》那里，这一指涉的意义之光，从个人命运与爱国逻辑的角度射入，留下了极为相似的投影。伴随着青春的旋律，大学生知觉初醒，人和事渐渐浮出水面，气息悠然弥散，如同雨夜中那辆载着年轻人丁丁当当驶过街头的电车。而在爱国的主题主旋律下，文艺青年的热情冲动与不谙世事也逐渐暴露无遗，李欧梵谈到的杀人事件正是一例。他们愿意服从，主动走向命运，也因此成为自身冲动的牺牲品——或者更准确地说，是自己的无意识的牺牲品。勒庞所谓"民众的领袖们"，娴熟地动员他们进行交易，并确保自己的主张被他们诚心诚意地接受。从这个意义上看，王佳芝是《色，戒》的主角，也充当了全剧微妙的平衡器。在爱国主义这个巨大的磁场里，微弱如王佳芝和她那群手足无措的同学，似乎都难以逃脱被国家逻辑所磁化的命运。而更大的悲剧在于，王佳芝却又能够脱颖而出，在平庸的人群当中，扮演一个孤独英雄的角色，接受组织光荣而神圣的任务。可惜，如观众所看到的那样，由于难以捉摸的原因（张爱玲和李安解释清楚了吗），她和对手产生了复杂的情愫（那又是怎样一种感情呢）。这直接导致刺杀任务的急转直下，最终将自己和战友送上了不归路。王佳芝的特工生涯犹如一道闪电，其兴也勃其亡也忽。计划的失败固然颠覆了影片理想的情节，可是，即使没有最后那声"快走"，即使易先生的生命被成功终结，王佳芝和大学生们棋子般的命运又将如何延续？在这种悲剧的崇高感（如果有的话）背后，除开深刻的恐惧和怜悯之外，还隐藏着些什么呢？

　　回到"原典"《裘力斯·凯撒》，鲁迅曾有两段评价，颇有意思。1907 年，他在《文化偏至论》中说："是故布鲁多既杀该撒，昭告市人，其词秩然有条，名分大义，炳如观火；而众之受感，乃不如安多尼指血衣之数言。于是方群推为爱国之伟人，忽见逐于域外。夫誉之者众数也，逐之者又众数也，一瞬息中，变易反复，其无特操不俟言；即观现象，已足知不祥之消息矣。"然而，到了 1934 年，鲁迅写的《又是"莎士比亚"》和《"以眼还眼"》，对杜衡援引莎剧《裘力

⊙《裘力斯·凯撒》被搬上银幕。

斯·凯撒》所描写的这同一历史事件，却作了完全相反的评价："我就疑心罗马恐怕也曾有过有理性，有明确的利害观念，感情并不被几个煽动家所控制所操纵的群众，但是被驱散，被压制，被杀戮了。莎士比亚似乎没有调查，或者没有想到，但也许是故意抹杀的……"《色，戒》似乎是为鲁迅后面那个判断所做的悲哀而尖锐的注释。或许，如同李欧梵所言，每一部电影总会在不知不觉中透露自己的"原典"，那么，应该承认，《色，戒》确实是在向《裘力斯·凯撒》的指涉意义遥致敬意。问题是，面对那个尊严在侵略者的炮火中崩溃，爱情不再温馨，价值观业已失落，一切在顷刻间分崩离析的时代，我们还能有其他的期待么？又或许，那么多深远的意义都是后人附会的，真相也许更接近平庸？在暗夜中晃动着的车厢里翻着书，胡乱想起这些点点滴滴，不知该感慨历史的反复无常，还是该承认人性的幽暗与脆弱。

【附：高贵乡公】

此前，把莎士比亚创作《裘力斯·凯撒》的主张，看成是"任个人而排众数"，并视为《色，戒》中杀人片段的"原典"，或许有其道理。但多少也忽略了戏剧细节上的丰富内涵，不免有凿空索隐之嫌。闲来读史，发现西晋司马氏弑高贵乡公曹髦一事，居然与《裘力斯·凯撒》的片段如出一辙。不妨补记于此，就算作对前述论说的小小弥补吧。

此事《晋书》《三国志》及《资治通鉴》均有记载，而以后者最为详实。大致情节是，西晋司马氏初立，"帝（曹髦）见威权日去，不胜其忿"。五月己丑，召集门下，"出怀中黄素诏投地，曰：'行之决矣！正使死何惧，况不必死邪！'"这让人想到，凯撒不相信预言家"当心3月15日"的劝告，一意孤行地前往元老院。随后，曹髦"拔剑升辇，率殿中宿卫苍头官僮鼓噪而出"。而此时，曹髦门下已经将情况火速禀告司马昭。下面的情节惊心动魄："中护军贾充自外入，逆与帝战于南阙下，帝自用剑，众欲退，骑督成倅弟太子舍人济问充曰：'事急矣，当云何？'充曰：'司马公蓄养汝等，正为今日，今日之事，无所问也！'济即抽戈前往刺帝，殒于车下。"司马昭听到这一消息，"大惊，自投于地"。在之后的群臣会议上，议决"成济兄弟大逆不道，夷其族"。

这当然是极其简略的复述。其中的细节、对白乃至各色人物的最终命运，都足堪玩味。文长不能细引，有兴趣者自可取来翻阅，必能感受如读《裘力斯·凯撒》那样丝丝入扣的快感。罗宗强在《玄学与魏晋士人心态》一书中认为，杀高贵乡公曹髦是违背名教的最典型事件，因此震动朝野。这时的曹魏政权，面对司马氏虽然形同傀儡（高贵乡公近乎闹剧的反抗就是一个证明），但禅让仪式还未举行，君臣名分仍在。然而弑君居然就在这一刻发生，对士人心理上的冲击可想而知。然而，更棘手和迫在眉睫的问题是，如何恰当处理这一事件，以尽快平息士人的怨恨和猜疑。

最终，即便司马昭在两难境地中，做出了一连串依违两可的决定。然而，违背君臣纲纪的事情，无论以何种口实掩盖，都难以让人心服。以至于最富戏剧性的一幕，直到曹髦被杀十年后终于爆发。在一次朝宴上，贾充与庾纯发生口角。争吵中，庾纯竟然当着众人的面，质问贾充："高贵乡公何在？"这一诘问真是石破天惊，与凯撒临终前所说"勃鲁托斯，你也在内吗？那么倒下吧，凯撒"，形神俱似。当然，高贵乡公和凯撒被杀的背后，有着史书缺载的更为复杂的丰富蕴涵。这里只是就两者情节与人物心态的巧合说说罢了。

顺带可以一提的是，在这深宫的血腥风雨之外，也诞生了绮丽浪漫的爱情。贾充之女贾午，从青琐窗中窥见父亲座上客韩寿，倾慕其美貌，不觉动情。后者也频频越墙与贾女幽会。贾充以外国所贡奇香为线索，发现两人之间的秘密，最终应允了这件婚事，真是皆大欢喜。唐朝李商隐的《无题》

诗云："贾氏窥帘韩掾少，宓妃留枕魏王才。春心莫共花争发，一寸相思一寸灰。"其中第一句即以此件情事为典故。这类与大时代交织的琐碎的个人故事，在跌宕起伏的年月中大概可以算是异数了。因此，之后的唐传奇及元杂剧对这段爱情也多有演绎。这大概像后来抗战炮火中的丁默邨郑苹如事，也让张爱玲和李安念念不忘一样。至于其中的微言大义，就留给女性主义者们去发掘吧。

托马斯·布朗：
骸骨的迷恋

时近中元，屋后街前，镇日烧袱燃烛，爆竹声声。穿行在香烟缭绕之中，陆放翁《老学庵笔记》和孟元老《东京梦华录》中盂兰盆会的气息，倏然扑面。在这中国式的万圣节里，翻读托马斯·布朗（Thomas Browne）的《瓮葬》，令人陡生旷世同怀之感。我倾心 17 世纪英国文学有年，但布朗的这本小册子却始终缘悭一面。如今，缪哲君巧手迻译，一读之下，自然惊喜交集。

其实，对于谈论丧葬文化的浩瀚文献而言，托马斯·布朗的《瓮葬》只能算是一个小注脚，但却是一个饶有趣味的注脚。1658 年，一批古人葬瓮从英国诺福克郡破土而出，嗜古成癖的托马斯·布朗闻讯立刻前往考察，他断定，它们是古罗马人的骨瓮。这些闪着幽光的远古什物，也勾起了布朗的无限遐想。事后，他借题发挥，来回穿梭于种种神话传说和文学典故之间，居然写下了这部好奇心盛而又文情并茂、典雅赡丽的怪书。

按照约翰逊在《布朗传》中的说法："在这部书里，他以超常的博学，论述了古代民族的丧葬礼俗，铺叙了他们处理死人的不同方法，并对诺福克灰瓮里的物品，细加考探。在他的所有作品里，能见其博闻强记的，当无过于此书。"《瓮葬》不过一部遣兴之作，而布朗却上下钩沉，一时间碎金灿然、盈书满纸——借用蒲松龄的自况，大约称得上是"集腋成裘，妄续幽冥之录"。而美国作家爱默生，则从书里嗅到"每个词语，都散发出坟墓的气息"。看来，托马斯·布朗这种行文基调，仿佛此时窗外祭祀亡灵的烛光烟火一般，难免让人恍兮惚兮。

《瓮葬》开篇，托马斯·布朗在写给他的对考古有同好的朋友葛罗斯的献函中，开宗明义地说："当丧火的柴堆熄灭，最后的道别已过，人们向入土的亲友永诀，却未料到后来会有好事者就这些骨灰发表议论，骸骨能留存多久，他们并无过去的经验，故想不到后人的这一番评论。"由葬火想到送葬亲朋，又从送葬亲朋想到锉骨扬灰，这自然是布朗玄想的诡谲。这种生前身后事的种种偶然性，在布朗眼里，只能用命运的无常来解释。因此，他想到了当世之人："可谁又知道自己尸骨的命运，或者说，自己要被埋葬几次？谁又能料见自己的骨灰是否会星散四离？"

也真是命运弄人，1840年，布朗的尸体也因偶然施工被人掘出，考古学家菲奇（Robert Fitch）还对他的头骨作了考察。布朗的出生与辞世恰在同一天，这些偶合，正是布朗本人最感兴趣的。对死以及死后的"存在"，西方人在基督教的长期影响下，都被看成是和生一样现实的问题。不过，即使是布朗这样峨冠博带的温和派，在逸兴遄飞之时，也忍不住卖弄一下英国式的幽默与狡狯："基督教徒常常为了入殓的死人如何摆放而大伤脑筋，聚讼不休，而烧成骨灰放进瓮中，就可以免了这些口舌之辩。"

其实，《瓮葬》的陈义，卑之无甚高论，不过是人总有一死，人间的得失不必计较，生死、荣辱，一切皆属偶然，即《圣经·传道书》中所说"一切都是虚空"而上帝永恒之意。这自然是《瓮葬》思想的出口，但最能益人神智的，倒是布朗引领读者穿行的那些知识与典故的迷宫。似乎是尼采说过，谁陷入了迷宫，谁就永远不会去寻求真理，只会专心去寻找阿德里阿涅（和她的线团）——而阅读《瓮葬》，却发现自己已经习惯了线团（似是而非的）指引，变得以迷宫本身的魅惑为乐了。

《瓮葬》前部主要写古代和各国有关丧葬的风俗习惯和信仰，以及由此引起的议论与考证。有的民族以为火葬有净化作用，印度婆罗门教以自焚为最尊贵的死，而古代迦勒底人则认为火葬玷污神明。布朗也根据穆修斯的航海记，谈到中国人不取火葬和瓮葬，而"使用树木和大量烧祭品，他们在墓旁植一株松柏，在上面烧掉大量的纸画——奴仆、车马，并以这些画中的扈从为满足；而在化外之民看来，它们与实物是浑然不分的"。

布朗注意到："对于死人之物，古人是过于纵诞了；有人用人骨取乐，耍把戏的人，则耍弄死人的骷髅。"这里用典，出自罗马诗人派特罗尼乌斯的讽刺诗第三十四首。其实，由骷髅想到生死，是中外文人走不出的"鬼打墙"——拜伦的诗里，就有以骷髅作酒杯的句子。莎士比亚《哈姆雷特》五幕一景中，王子看到两颗骷髅，不免感叹这是一生辛苦的结局。中文典籍里，骷髅也常被提及。"庄子之楚，见空髑髅，髐然有形，檄以马捶。"子列子适卫，从者也见到了"百岁髑髅"。曹植《髑髅说》中，也有"顾见髑髅，块然独居"的句子。至于以骷髅作杯事，我国古亦有之。《汉书·张骞传》："匈奴破月氏王以其头为饮器。"《战国策》："赵襄子最怨知伯，以其头为饮器。"庾子山《哀江南赋》所谓"燃腹为灯，饮头为器"，亦正指此。不过，这些饮器目的是为泄愤，与拜伦的骷髅杯的意义自不相若。读《瓮葬》而兴"东海西海，心理攸同"之慨，故略缀数语，或可补苴罅漏。

在布朗的书里，每一则神话和典故，都仿佛一面魔镜。可以说，对于骸骨的迷恋，让布朗在《瓮葬》中化混沌为秩序，并且以文化与追忆的吉光片羽和幽默感，照亮了灵魂的暗夜。所以，查尔斯·兰姆评价："当我看到这些晦暗但却华丽的文字时……我似乎是在俯瞰一座深渊，在深渊的底部埋藏着无数珠宝；也可以说它是由一座怀疑与苦想构成的宏伟迷宫，我愿意唤醒作者的魂灵，引导我穿过它。"

科学史家怀特海认为，在布朗生活的 17 世纪，现代哲学呈现出三个极端，一是物质与精神的二元论，另外两个极端，则是物质或精神的一元论。但这种玩弄抽象概念，并不能克服 17 世纪科学思想方法中"具体性误置"所引起的混乱。而读过布朗《医生的宗教》《流行的假知识》《流俗的谬误》以至《瓮葬》后，也可以觉察到，他偏爱用罗马神话中的双面神詹纳斯来作比喻。其实，布朗本人正是一个詹纳斯式的人物：他一张脸朝着过去，有中世纪的古怪、狂信与迷信，另一张脸对着将来，有着 17 世纪发展起来的情理态度与科学精神。而在神秘主义思潮的支配下，两者往往盘郁错杂——比如布朗习惯以科学的态度，通过分析巫术或以信仰的规矩，来解释科学。这也印证了他的夫子自道："世界上有两本书，从这两本书里我获得神学，一本是上帝写的，另一本是上帝的仆人——大自然。"

布朗远离尘嚣、寝馈经史，以古代与异域的僻典自娱，并沉湎于自然的怪异现象之中，就像千百年来埋在瓮中的骸骨："这些死人的骸骨，早已超过了玛士撒拉的年寿，埋在地下一米深的地方，和一堵薄墙之下，上面坚固而华贵的大厦早已倾颓，它仍完好，地面上三次征服军的战鼓和脚步掠过，它仍静静地安息，若能保证自己的遗骨能如此长久，哪一位君主不会高兴地说：当我只剩下残骨时，我愿这样静静地安息。"在书里，布朗说道："人们失去理性，是以宗教为甚的，在这里，石头与利箭往往会造成殉道者；既然一个人的宗教，在他人看来是狂悖之举，那么讲述古人的葬仪及其根由，是需要读者不以苛刻为心的。"这是《瓮葬》中，令我钦服的17世纪西方学人宽容精神——关于怎样和谐地安顿宗教与科学、理智与情感，避免偏执与苛刻。

在华丽而散漫的巴洛克式文风的抚慰下，布朗捧着残瓮，点起鬼火，将一颗疲惫不堪的灵魂还给了我们。"既晞古以遗累，信简礼而薄葬。彼裒绖于何有，贻尘谤于后王。嗟大恋之所存，故虽哲而不忘。览遗籍以慷慨，献兹文而凄伤。"鲁迅在《坟》的跋语中曾征引过的陆士衡《吊曹孟德文》中的这几句，也是我所偏爱的。此时油然忆起，与布朗的《瓮葬》似乎是两镜对照，映出无限深度。掩卷之余，不禁怀疑，经过几百年智识与技术的洗礼后，我们也许丧失了心灵与记忆的富饶丰盛，换来的是一片干干冷冷的理性荒原。

托马斯·曼：
来自异域的"小说证史"

据书评家言，第二次世界大战以后，德国作家可以分成两种类型。一种是托马斯·曼型，巨大的创作力量，属于德国根源及德国经验，至高无上，犹如文学世界的君主。托马斯·曼之后，则只剩下了另外一种：这些作家都无一例外地直奔一个主题而去——第三帝国及其后遗症。

世易时移，如今托马斯·曼的作品，读的人大约已经不多了。前些日子，偶过旧书店，居然拣得一套上下两册的《布登勃洛克一家》（傅惟慈译，董衡巽序，人民文学出版社出版）。这套书出版于1982年，书页虽已泛黄，却依然触手如新，无声地见证着二十多年来经典作家与经典阅读的失落。这让我回想起中学时代读完《魔山》之后，兴奋得四处寻找托马斯·曼其余作品的情景——这其中就有他早年的《布登勃洛克一家》与晚年的《浮士德博士》。

中学时代的热情已经冷却了近十年，20世纪60年代即由德国费舍尔出版社推出的托马斯·曼全集以及书信集，却仍未能完整地进入中文读者的视界。如今，重读托马斯·曼的愿望，依然要靠冷摊书缘来实现，幸耶不幸？

危险的疾病与人生的经验

阅读《魔山》，给人最大的启示是，危险的疾病，同样可以成为人生重大经验，成为折射人性辉煌与晦暗的一面棱镜。疾病之于小说，恰恰类似于苏珊·桑塔格在《疾病的隐喻》中所着力揭示的主题——是疾病的观念，而非疾病的日常经验；是病人在医学体制中的地位，而非病人的本质。但无论是展示经验还是传递观念，在我有限的小说阅读经验中，都寥若晨星——自然，托尔斯泰的《伊凡·伊里奇之死》、索尔仁尼琴的《癌病房》以及鲁迅的《狂人日记》属于例外。

必须承认，托马斯·曼的这部力作对于疾病的态度，类似于燕卜荪的《晦涩的七种类型》对于文学的态度。托马斯·曼无意仿效福柯去讨伐临床医学，或者如弗洛伊德那样，用知识的火药轰毁潜意识的冰山。《魔山》诱使托马斯·曼倾尽全力，将病理学、历史与神学的思辨熔为一炉，目的只有一个——为了把主人公汉斯·卡斯托尔普，这个"令人担忧的孩子"，教育成"敢于生活，直面现实的务实市民"，不要"颓废厌世，沉溺于对死亡的同情与向往之中"。或许，这正是最挑剔的评论家，也称颂《魔山》是"本世纪（20世纪）最符合人类尊严的小说"的缘由。

汉斯·卡斯托尔普刚上山时，便热衷于研究生命的起源，探讨生命到底是什么等问题。有评论家认为，这些都是"同情死亡"的表征。显然，托马斯·曼在以自己的经历，重塑汉斯·卡斯托尔普的成长过程，使得小说有一种挥之不去的自传体色彩。他把其中的理性成分，当作人道研究的一个部分，并赋予它一种教科书的意义。

汉斯·卡斯托尔普是个"不摆架子"的年轻人，知书达礼，但他受到诱惑，最后被伯格霍夫的环境所同化。他得了感冒，发高烧，肺部感染，他觉得自己"适合做一些冒失轻率和苦恼烦惑的事"。于是，意大利人鲁多维可·塞特姆布里尼与他交谈，让他觉得这个父祖都是古典人文学者的人的自由论，刺激而又煽动。心机深沉，难以捉摸的内夫塔也在他面前泄露心事。而行为怪异的庇波康，也视汉斯为挚友。

在经历了许多怀疑，得到了许多指点与人道主义方面的教育后，上帝与魔鬼都在努力教育启发这个年轻人，就像歌德在《浮士德》中，让魔鬼梅菲斯特与浮士德博士打赌一样。这种教育过程最隐秘的作用，在于使汉斯不跪拜在任何一种理论的脚下。他极力了解一切，又不受其约束。他开始把生命看作一种"永不停息的分解和重新组合的过程"。在这里，汉斯与托马斯·曼一起，寻找到了道德与生活、精神与现实的平衡和谐调。这种和谐之美，印证了福斯特的话："美感是小说家无心以求却必须涉及的东西。"

托马斯·曼的传记作者克劳斯·施略特，把《魔山》看成了一杯由叔本华对两性关系的仇视、尼采的心理分析以及诺瓦利斯的自然哲学思辨搅拌而成的鸡尾酒。那么，酒杯中液体的五彩斑斓，也正是德国作家深厚思想内涵和知识底蕴的体现。作为小说而言，它受到歌德《浮士德》的影响也是至为明显的。识者指出，《魔山》的书名，使人想到《浮士德》第一部《瓦尔普尔济世节》中的山云魔影，以及将《浮士德》中"可爱的士兵"的称呼给了汉斯死去的侄子。

但从更深层次看，托马斯·曼接纳了歌德的观点，即艺术家应超越与自然单纯抒情的关系，而更清楚地认识自然的表现形式。艺术理应属于更多的人文主义学科之一。在书中，汉斯的俄罗斯女友克拉莫迪雅·舒曼称，汉斯是"小市民，人道主义者和诗人"，并认为"如同你们德国人所认为的那样，您伟大地代表了他们"。这也反映了托马斯·曼对"德国国粹"和它的市民性的基本看法：折中，即"生活本身的思想和人道主义思想"。

而在那些重复出现的细节中，发展升级的各种关系的，是瓦格纳的"引导动机"。托马斯·曼的叙述方式就是瓦格纳式音乐式的，仿佛《老残游记》第二回中，诉之于泰山、傲来峰、扇子崖、南天门形象的王小玉回环曲折、节节升起的歌喉一般。托马斯·曼在晚年曾说："根据事物的本性以精神升华的方式去创作，是最大的乐趣。"在《魔山》中，他已经实现了这一理想。

家族的秘史与小说的使命

从《魔山》溯流而上到《布登勃洛克一家》，两部作品在言说品质、气度与格局上的悬隔，至为明显。不过，如果注意到托马斯·曼创作此书时不过二十六岁，也许能对这份悬隔持理解之同情，更何况是"倒读"。

与《魔山》的主旨晦涩、意义朦胧相比，《布登勃洛克一家》则有一种出乎意外的明晰。小说副题开宗明义地表达了小说的意图：一个家族的没落。很显然，这里蕴涵了作者对往昔繁华不胜嗟叹的凭吊。用托马斯·曼自己话说，就是那"熟稔的形象"，依旧清晰地保留在他意识的背景上。《布登勃洛克一家》就是一个家族的秘史。

其实，在这之前，托马斯·曼的某些中短篇小说已经构成了这部大作的序曲：《矮个儿弗里德曼先生》《巴亚楚》以及《托毕阿斯·明德尼柯》里，小城吕贝克以及市民就已经在作为托马斯·曼的叙述对象了。用传记作者克劳斯·施略特的话说："创造性回顾与一种风格的形成是手挽手同步形成的。"托马斯·曼已经力图通过现实与历史事件，赋予虚构作品以恒与真的魅力。

虽然其时托马斯·曼未及而立，但他在创作上着力追求的，却是德国式的"宏伟"。他在1901年写道："也就是在这次写作过程中（撰写《布登勃洛克一家》时），我隐秘的、灼人的野心逐步地瞄准了宏伟。"在托马斯·曼的写字台上，放着托尔斯泰的画像，旁边就摆着《布登勃洛克一家》的手稿，那画像是他个人野心的目标。他在写给朋友的信中说："我相信，伟大的作家在其一生中并没有发明什么，他们只是用自己的心灵对流传下来的东西加以丰富充实并进行塑造。我相信，托尔斯泰的作品至少与我渺小的拙笔一样具有严格意义的自传体性质。"

有趣的是，托马斯·曼是在写作《布登勃洛克一家》时，才读到托尔斯泰的。市民阶级种种受人尊敬的传统与"唯美主义的享受者"生活态度之间的对立，以及随之而来的关于艺术家的社会存在的系列问题所以会引起他的关注，则是布尔热的影响的结果。遵照布尔热的"家庭理论"，托马斯·曼已经开始把市民阶级、"勇敢的中产阶级",作为一种社会、政治和文化秩序及形态的基础来认识了。

托马斯·曼对他的出身,他的童年及青少年时代也怀有无尽的感激之情。家庭名望、父亲地位给予他的做派,父母的情趣素养对他的熏陶,使得托马斯·曼具有比同时代的作家更优越的家庭教育。更重要的因素,则是那种决定人格与精神——艺术家气质的发展因素:北欧—罗马型混血质。《布登勃洛克一家》中写道,"他(托马斯·布登勃洛克)父亲生前曾经把商人的极端讲求实际的思想,对以《圣经》为代表的基督教精神和热诚的偏于形式的宗教信仰结合起来,而且结合得很好"。

的确如此,如果谈起环境和社会土壤,对托马斯·曼终生之作产生了根本影响的正是他的出身——那个富有正统和勤奋以及虔诚、坚定的耶稣教信仰传统的高等市民阶层。这在很大程度上与另一位著名学者的出身相类似,并且也产生了同样深远的影响。那就是德国社会学巨擘马克斯·韦伯。韦伯同样出生在一个钟鸣鼎食之家。家庭的背景与发展体现出许多特殊的品格。韦伯后来在他论述新教伦理与资本主义精神的篇什里,着重对这些品格进行了探讨。而托马斯·曼在《布登勃洛克一家》中,充分予以挖掘的,也正是这种品格。

早在《布登勃洛克一家》的准备时期,托马斯·曼已经力图通过现实与历史的事件,赋予虚构的作品以恒久与真的魅力。《布登勃洛克一家》的创作笔记表明,他对于爱克曼的《歌德谈话录》的熟悉:圣彼得堡的洪水,路易斯–安托尼,封·安格公爵的死刑,皇帝秘书福埃勒·波列耐写的《拿破仑回忆录》……这些都是魏玛人熟悉的话题，也是飘荡在《布登勃洛克一家》当中那些幽微处的情绪烟云。

正如爱克曼的大著为老约翰·布登勃洛克提供了语言素材，一本祖传的烹饪书也打开了其岳母克罗格老太太闲聊的话匣儿。读者可以看到，托马斯·曼是如何小心翼翼而又得心应手地驾驭漫无边际的细节的。而且托马斯·曼收集的不仅仅是细节，一个大家庭四代人所有成员的生平，他们朋友的、敌人的经历，都需要组织、编排，他赢得了家人的协助——这包括孟街住宅门口拉丁文格言"上帝预见一切"，作为布登勃洛克一家没落的见证人的三个老处女，托马斯的牙病，拥有三次不幸婚姻的安冬妮，服务了四十年的永格曼小姐……以及《布登勃洛克一家》中那段关于终止线的描写：小汉诺的眼睛"又一次扫过了他那整个家族谱系的纷乱的枝枝叶叶之后"，怀着"从此休矣"的信念，在自己名字下划上了两条终止线。

小说中，托马斯·布登勃洛克在阅读叔本华《作为意志和表象的世界》时曾说："这个世界本来是人们想象中最美好的世界，而这个伟大的权威家却以游戏来证明它为最坏的世界。"主人公得出这样的结论，仿佛要与百年后的读者"执手重话劫灰痕"。其实，这并非主观臆断，而是作者难以掩抑那颗沉痛而敏感的心罢了。记得在谈到这部长篇的初稿时，托马斯·曼坦言："我清楚地记得，最初让我萦怀难释的，只是那个多愁善感的晚生子汉诺的形象和身历——也就是说，实际只是从记忆犹新的往事里，从诗人的内心观照中，提取、滋生的东西。"可见，诗可以证史，小说也同样可以证史。

约翰·厄普代克：
一只现在进行时的"兔子"

"兔子"的故事，像斐波那契数列一样，接二连三没完没了。约翰·厄普代克（John Updike）以十年磨一剑的耐性，终于赢得缪斯的垂青——1960年出版《兔子快跑》，1971年完成《兔子回家》，1981年则把《兔子富了》推上普利策奖、美国图书奖和全国书评家协会奖的宝座。并且，在又一个十年后，厄普代克以"兔子"系列的封笔之作《兔子安息》，筋疲力尽地把历尽沧桑的主人公哈里·安格斯特罗姆，送向另一个世界。虽然最后一部小说我至今尚未一饱眼福，不过，《兔子快跑》的诙谐机智，《兔子回家》的柳暗花明，《兔子富了》的悲欣交集，足以呈现战后美国人思想情绪卷起的"千堆雪"，更给读者以一唱三叹、一波三折之感——称"兔子三部曲"为"美国中产阶级风尚的经典性史诗作品"，洵非虚誉。

厄普代克选择哈里·安格斯特罗姆作为"兔子"系列的主角，源自作家对自身落差式的理解。"兔子"和厄普代克是同时代人——两人都出生在20世纪30年代早期，可以说是同一个世界的产物（宾夕法尼亚州希林顿小镇）。但是，在作者眼中，"兔子"是个英俊而无脑的男人。他的事业（乡村高中篮球明星）在十八岁时就达到了巅峰；他的妻子认为他们的爱情，在两人草草早婚前就"已经走下坡路"了。索隐派的文学评论家们更是钩沉史籍，认为"哈里（Harry）"这个词，在英语中含有"折磨、骚扰、驱赶"之意，而"安格斯特罗姆（Angstrom）"则与源于德语的 Angst 有关，意为"焦虑、不安、痛苦、烦恼"——这个词几乎就是存在主义哲学的识别标记。Angstrom 甚至还与命名极微物体与波长单位（1Å，即 10 的负 10 次方米）的瑞典光谱专家有瓜葛，意味着"兔子"的渺小、无力、脆弱以及无可逃避。

相比之下，"兔子"的老乡厄普代克则显得前途远大：十七岁取得奖学金进入哈佛大学深造，二十一岁在《纽约客》发表短篇小说和诗歌并成为专栏记者，从此一跃成为举世闻名的作家。亲戚关系加上格格不入的气质，使厄普代克能以严正的态度与眼光，描绘"兔子"的一生。厄普代克目光犀利，语言跳宕，时而深情款款，时而不动声色，仿佛海明威《永别了，武器》结尾处男主人公接到恋人的死讯后，穿过黑暗冰冷的病房，然后在雨中留下漠然的背影一样，令人心潮激荡却又彷徨无地。

在厄普代克那里，"兔子"系列的所有故事，自始至终都是在现在进行时的动词之间展开。这种时态符合他的主角——哈里·安格斯特罗姆那种懵懂的生活。事情发生得实在太过突然，让永远活在当下的哈里晕头转向。在第一部《兔子快跑》里，中学时代的篮球明星生涯，使得"兔子"觉得世间万物都平庸不堪。他认为，自己的一切乃至整个社会都只属于"第二流"。他深感孤独、窒息，于是屡次抛妻别子，离家出走，与妓女同居，以求满足和解脱。但是，他的行为没有得到理解，反而招致了更多的灾难和失望。他感到四处都是罗网和陷阱，最后索性挣脱羁绊，一走了之。

可是，"兔子"与易卜生笔下《玩偶之家》里的娜拉一样，面临着相似的问题——出走以后，又将怎样？果然，到了第二部《兔子回家》里，哈里无路可走，迷途知返，打算重新回归"传统"的生活。可是，天不遂愿，因为美国卷入越南战争引起的社会动荡、种族骚乱、校园革命和嬉皮士生活方式的流行，使得他的生活雪上加霜。妻子简妮丝受他出走的伤害，也愤然弃家外出，与情人同居；他钟情的一个女嬉皮士吉尔又因火灾罹难，黑人朋友则遭通缉逃之夭夭。真是世事茫茫难自料，家毁人亡之后，哈里又被印刷厂解雇，从此阅尽世态炎凉，饱尝人情冷暖。

好在天无绝人之路，在第三部《兔子富了》中，哈里与妻子握手言和，并在岳父去世后，继承了家业。他与简妮丝在随后的能源危机中乘势而起，掘得"第一桶金"，步入中产阶级行列。从此，哈里委身于经济之道，混迹于与自己社会地位相符的俱乐部，并实践着《共产党宣言》所深恶痛绝的行为："我们的资产者不以他们的无产者的妻子和女儿受他们支配为满足，正式的娼妓更不必说了，他们还以互相诱奸妻子为最大的享乐。"但这时的哈里，已经没有了昔日的锐气，精神空虚，落落寡合，尤其是与儿子纳尔逊之间的代沟难以填补。尽管他最后乔迁至布鲁厄的名人居住区，但他少了许多东西，像"被截了肢一样"，世界在他眼里也小了一半。

以上是"兔子三部曲"主题的粗略梗概，在其后登场的是

⊙ 厄普代克与第一任妻子及四个子女。

光怪陆离的芸芸众生相，以及交织着多种语言、多种肤色的奇异世界，看似鱼龙混杂，实则泾渭分明。像巴比塔似的众生喧哗中，许多特殊的人物——教士、妓女、老板、同性恋者闪亮登场。厄普代克的写作焦点，常常从主要场景移开，转向暖意融融的酒吧、换妻交易的海滩或是女儿的葬礼，将斯威夫特式的冷嘲热讽，扩大为一面当代美国文化的多棱镜，或是一名美国说书人苍凉的声音。"兔子三部曲"也借此展现这个混沌的时代，让幽默、讽刺、下流、悲怆与可爱，发出炫目的光芒。在"兔子"那里，家庭、社会乃至整个国家的种种矛盾，经过怪异结合后，慢慢酿造出一盏纯正的美国鸡尾酒。

"兔子三部曲"虽然各擅胜场，但也像织锦画一样色彩鲜明，编织密实，让人性的冲突，深陷于商业社会的天罗地网中无法自拔。贯穿在厄普代克"兔子三部曲"中的阅读体验，既诙谐又落寞。必须承认，厄普代克以删繁就简的笔法，呈现出一种灵光一现的神奇和单纯的悲哀。在这扣人心弦的"兔子三部曲"中，最感人肺腑的章节，也许要算《兔子快跑》结尾处"兔子"在女儿葬礼上的出逃和《兔子富了》中孙女出世带给他的幽愁暗恨：

> "他面红耳赤，狼狈不堪。宽恕曾经沉重地压抑着他的心，而现在宽恕变成了仇恨。他恨妻子的脸。他居然也不明白。她原本有机会同他一起走向真理，那是最简单明了实实在在的真理，然而她背过去了。……一阵令人窒息的委屈袭上心头，使他头晕目眩。他转过身，跑了。"
>
> ——《兔子快跑》

"她就是这样出现在这里，出现在他的膝上，他的手里，但真正所显示出来的，却不是实在的重量，而是生命。是随时会失去的宝贝，是心灵的期望，是一个孙女儿。是他的。而另一个则是要他的命的了。也是他的。"

——《兔子富了》

　　厄普代克一向以家庭问题作为小说的主题。当时堪称平凡美国人的男男女女在彼此面前呈现的神秘感，使他们都有一种让人过目难忘的魅力——其中最具代表性的是《兔子富了》开篇一个年轻女子迷惑哈里，因为她是哈里与《兔子快跑》中的情人露丝的私生女。事实上是冷静而狡黠的作者刻意让他们如此——读者总是很好奇地想知道他们下一步的发展。这也是厄普代克的这只"兔子"始终"活在当下"的原因——虽然小说的跨度长达数十年，但这只古灵精怪的"兔子"，却在现在进行时的驱遣下与你我同在。

君特·格拉斯：
记忆的复苏

当 20 世纪即将在迎接千禧年的舞曲中悄然隐退，1999 年诺贝尔文学奖得主、德国作家君特·格拉斯"敲响"了《铁皮鼓》——一部描摹"二战"前后德意志民族生存状态与文化心态的小说。在行色匆匆的世纪末，这个充满混乱与激情的文本，再一次唤醒了人们对于窗外一晃而过的景色的记忆。

"二战"为小说的主人公、侏儒奥斯卡·马策拉特鼓声中的自述，涂上了寒冷的底色，也使得书中漫长的回忆，变得像雨中的墓碑一样冷峻。从"十月某一天的傍晚"外祖母安娜·布朗斯基在土豆地边烤土豆，直到故事末尾三十岁的奥斯卡悲剧性的逃跑，作者自供状式的叙述仿佛一只在没有航标的河流上漂流的木筏，平稳但命运凶吉难卜。人们的阅读之旅也因之一波三折。

外祖母"肥大的裙子"拯救了外祖父科尔雅切克，也为整个荒诞的故事写下了动人的序言。随后，主人公奥斯卡在两个六十瓦的电灯与一只扑向灯泡的飞蛾的阴影下诞生。他预感到人世间的阴云正朝他压来，想回到母亲体内。可惜，"助产士已经剪断了我的脐带；一点办法也没有了"。这种怪异的"入世"经历，为奥斯卡之后三十年混乱杂沓的人生埋下伏笔——他也因为自残永远也长不高，并且获得了喊破玻璃的特异功能。

于是，奇诡的故事开始与可触摸的历史并驾齐驱。这是20世纪30年代，穿褐衫的纳粹党徒让奥斯卡与欧洲一道，猝不及防地浸泡在无边血泪之中。《铁皮鼓》的叙述避开了行刑队的枪口与鲜血，避开了割裂视野的铁丝网和令人窒息的毒气室。作者尝试用轻盈与诙谐，表达生命中那些不能承受的重与痛。

君特·格拉斯观测历史与人性的取景框始终以奥斯卡为焦点。在人类历史上的黑暗一页里，奥斯卡拥有了自己的情欲生活，又眼睁睁地看着自己的女人随风飘逝。他目睹了纳粹士兵像高尚的行为艺术家，谈笑间用机枪随意扫射到海边捡螃蟹的修女，让那些宁静的灵魂刹那间飞上十字架……在个体命运如风中之烛的年月里，奥斯卡混乱而急促的经历，几乎是那个时代人们唯一的生活方式的缩影，正像主人公对20世纪发出的喟叹："神秘，野蛮，无聊。"

战争的阴云终于从人们头顶散去，可是，和平的欢呼声响过之后，人们迎接的却是空落落的回音，是战后心灵的压抑与人性的流离失所。君特·格拉斯对细节独具慧眼地拈出与描述，勾画出战后人们精神家园的花果飘零。尤其是无处不在的政治隐喻与黑色幽默，无穷无尽地诱发人们含泪的笑。为了把灵感灌输给"新生代"画家，身高一米七十八的女模特儿乌拉当裸体圣母，身上坐着身高一米二十三、鸡胸驼背的奥斯卡充当圣婴耶稣。奥斯卡成立了三人乐队，他们在洋葱地窖里与客人们集体狂欢。大家娴熟地用刀子切割洋葱，让洋葱汁刺激眼睛，"创造这个世界和这个世界的苦痛创造不出的东西：滚圆的人的泪珠"——因为"我们这个世纪日后总会被人称作无泪的世纪，尽管处处有这么多苦痛，正由于没有眼泪的缘故"。

一个人生哲学的母题在经历了战争洗礼之后，越发清晰地展现在人们面前：认识你自己。奥斯卡与他的同时代人踏入了这个万劫不复的漩涡，也踏入了君特·格拉斯为自己的故事设定的人性的"迷津渡口"。奥斯卡在茫然之中依稀见到光明，但他最终无法摆脱生活之网的束缚。于是，他选择了哲学家弗洛姆笔下一个重要的意向，作为他人生的最终选择：逃避。

就个人阅读感受而言，正是奥斯卡的这次逃避，使君特·格拉斯的诺贝尔奖蟾宫折桂成为可能，也使《铁皮鼓》从战后一代的小说中脱颖而出，走向深沉与博大。在这个题为《三十岁》的章节中，作者貌似琐屑实则极富匠心地设计着奥斯卡的逃跑——从计划到经过到结果。

在君特·格拉斯的精心策划下，奥斯卡开始逃避。他要逃避他的生活，可是灰色的生活像闪电一样准确无误地击中了他。他要逃避他的记忆，然而记忆像电影一样，在他脑海里缓缓地"昨日重现"。他要逃避他自己，但是"自己"像影子一样与他纠缠不休。因此，随后的反思就具有荒诞的力量："他在自动楼梯上想，'今天，人家要把我钉在十字架上，说：你三十岁了。因此，你必须集合门徒。'"最终，奥斯卡的逃避没有改变他被俘获的命运。他还是以奥斯卡·马策拉特（而

⊙《铁皮鼓》电影海报。

非耶稣）的身份被捕，并被遣送到疗养与护理院。在余下的岁月里，他将与白色的床栏和窥视孔后护理员的眼睛朝夕相伴。他只剩下了回忆，在铁皮鼓的伴奏下回忆，"从自己出世以前很远写起"，写一部"清白"的书。

《铁皮鼓》正是在人性宽广的维度上获得了价值，让人们沉睡的记忆不再湮没于奔奔荡荡的历史激流之中。在越变越黑的"儿童恐惧的阴影"下，三十岁的奥斯卡将过怎样的生活？这个问题为小说营造了某种安详而又不祥的氛围——从来的优秀作品都具有这种《安魂曲》一般的品质。多少年后，还会不会有铁皮鼓的声响"越来越生动，也越来越令人惧怕"；还会不会有黑厨娘，"从前坐在我的背后，之后又吻我的驼背，现在和今后则迎面朝我走来"？奥斯卡·马策拉特在问自己，也在问我们。

略萨：
《绿房子》，不，绿迷宫

尽管玻利维亚总统埃沃·莫拉莱斯一再抱怨："略萨每三个月就会对我进行一次人身攻击"，2010年的诺贝尔文学奖依然授予了这位年少成名的西班牙语作家——因为"他对权力结构的解析和对个体的反抗、反叛和失败的犀利描写"。虽然略萨的代表作之一、小说《绿房子》早在他此次获奖前将近四十年（1966年）即已问世，但必须承认，在这本书中，他的表现已经像一个老手那样圆熟而周到。读者希望在一部优秀小说中得到的东西，都可以在他这部光怪陆离的作品中找到：充满奇闻异事的皮乌拉城，躲藏着修女、冒险家和二流子的南美丛林，荒谬的权力压制与欲望纠葛。更重要的是，略萨下笔见微知著，20世纪中后期拉丁美洲社会的肮脏混乱、城乡的动荡与失序，在他的精心勾画之下，凝成人们头顶那片充满了茫然感与厌恶感的人性乌云。

乌云密布之下的绿房子，就是皮乌拉城的第一所妓院。略萨说："在这部小说中，我企图通过妓院的建立在皮乌拉人的生活中和想象中所引起的混乱，以及一群冒险家在亚马孙河流域的所作所为及其不幸的遭遇，以虚构的方式，把秘鲁两个相距遥远、差别很大的地区——沙漠地区和森林地区——连结起来。"一边是"汽艇在混浊的河水上颠簸不已，两岸墙一样的树木散发出粘糊糊炙人的蒸汽"，一边是"这风卷着沙土沿河吹来，到了城里，远远望去，就像天地之间有副耀眼的盔甲"，在这两个舞台之上，小说的四个部分和一个尾声，如同复调音乐一样，让《绿房子》的故事在多声部中缓缓展开。略萨的笔端保持了足够的抗干扰能力，沿着时间这根长轴，不同的事件参差错落却又并行不悖。

孤儿鲍妮法西娅的个人经历，包括她和警长利杜马的结婚，构成了发生在森林地区的圣玛利娅·德·聂瓦镇的故事第一部分。巴西籍日本逃犯伏屋的一生——从他由巴西逃到秘鲁，直到患麻风病被送到圣·巴勃罗进行隔离——则在第二部分当中，借助他与同伙阿基里诺的谈话叙述出来。第三个故事涉及传奇人物安塞尔莫的一生以及绿房子的兴衰史。其中包括他引诱盲哑女孩安东尼娅，生出绿房子的第二代主人琼加的经历。第四个故事的焦点慢慢拉远，主人公是琼丘族印第安人首领胡姆，他因为反抗掠夺和剥削而受到残酷的迫害。第五个故事与利杜马、"猴子"、何塞、何塞费诺等四个二流子有关。其中以利杜马最为重要，他身兼圣玛利娅·德·聂瓦镇警察局的警长，在他与鲍妮法西娅结婚后，两人回到皮乌拉。后来他又因为与当地富豪塞米纳里奥决斗被捕，押往利马。而在利杜马被捕之后，鲍妮法西娅被何塞费诺诱骗，进入绿房子当妓女，改名塞尔瓦蒂卡（意为"丛林中的女人"）。

选择用这样的手法来展示绿房子的故事，看似错综复杂，实则如迷宫一般峰回路转，让发生在拉丁美洲土地上的这个故事，变得既熟悉又新奇。略萨把上述故事加以小块切割，然后打破时空次序，将这些小块巧妙地嵌入全书的精妙架构之中去，仿佛是打开一匹细心编织的南美织锦。不过，《绿房子》不同于《罗生门》，略萨的重心不在于通过故事的叠加，赋予绿房子的"前世今生"以某种合理的解释，而在于借助五条故事脉络，来刻画那些跨入现代门槛的新兴国家所必需经受的痛苦经验与荒谬现实。他们摆脱了殖民统治与蛮荒生活，可是人还是那些人，他们能否享受到现代化带来的福祉？当传统宗教所关切的超越价值，在世俗化的潮流面前崩盘，正义、爱与责任必然被欲望的潮流所裹挟。无疑，灵魂的腐蚀在这里显得更加触目惊心，而它带来的挫折感也最为辛酸可悲。

在书中，教堂的嬷嬷们最初关心的是灵魂，而非肤色与语言。当绿房子随着安塞尔莫的到来，在皮乌拉城出现，从此连"空气也像中了毒"，祷告都不管用了。加西亚神父咆哮着说："我们的眼前就是地狱。皮乌拉简直就是索多玛，就是哥摩拉。"在胡利奥·列阿德基这个身兼镇长、富商和走私犯的人看来，"什么灵魂啊，死亡啊，这些想法从小就使人不得安生"。最后，神父感慨"以前魔鬼只在绿房子里，现在魔鬼到处都有，大街上有，电影院里也有，全皮乌拉都变成了魔鬼房子"。

面对这些触及心灵秩序的沉重命题，《绿房子》在疏离之中始终保持着独特的冷峻——这似乎是南美洲作家的共同特性。在小说营造的乌托邦里，略萨是一名意志坚定的写作者，书中的人物似乎谁都不值得同情（安东尼娅或许是个例外），也决不打算引人怀旧。同时，他又是一位忧世伤生的运思者，对于热带雨林的神魅力量和强权的自我觉醒，他同样不抱任何浪漫憧憬。加西亚神父烧毁绿房子的举动，折射出作者某种微妙的心态，但到底不如三岛由纪夫笔下焚毁金阁寺那样令人刻骨铭心。必须说，《绿房子》并非白领们冬夜的炉边读物，因为它会让阅读者陷入不快的沉思，反省在这个脆弱的星球上，利己主义和无尽欲望，是否就是人生的全部意义所系？我们该如何借助尊严、智慧和爱的力量，狙击肆无忌惮的权势，进而修补我们赖以生存的现代文明？这样的反省可能让现代人坐立不安，而这正是略萨的意图，也是文学的使命。

罗伯特·达恩顿：
拉伯雷笑声中的《屠猫记》

1730 年代末期，在法国巴黎圣塞佛伦街的印刷所里，发生了一起翻天覆地的对猫的大屠杀。在诡异的仪式之下，一群印刷学徒先是狠狠地折磨从街道上围追堵截捉来的猫（包括师母的宠物猫），然后在"欢欣"、"闹成一团"的大笑声中，将它们一一处死。而且，笑声远未就此结束。接下来的几天里，工人们想要偷闲寻开心，就会模仿当时的场景，不厌其烦地一遍遍重演，印刷所里也一次次地响起工人们的捧腹大笑。

这种残酷的行为，为何吸引了众多的印刷工人？在现代人眼里，屠猫仪式即使不让人憎恶、反感，也实在没有任何可笑之处。然而，普林斯顿大学历史教授罗伯特·达恩顿在他的《屠猫记——法国文化史钩沉》（新星出版社，2006）中回答："我们笑不出来，这正说明了阻隔我们和工业化之前的欧洲工人之间的距离。"而觉察到那一段距离的存在，正是达恩顿探究工作的起点。那就是，碰上在我们看来似乎是不可思议的事情的时候，我们或许就找到了进入陌生心灵的入口。

芸芸众生的“市井之道”

　　《屠猫记》试图探讨的正是 18 世纪法国的思考方式，不只是他们想些什么，还包括他们怎样思考——“如何阐明这个世界，赋予意义，并且注入感情”。这一蜿蜒小径通往历史地图上尚未明确标识的一片精神高地——心态史。达恩顿说：“那是以人类学家研究异质文化的同一方式处理我们自己的文明，是民族志观察入微时所看到的历史。”

　　秉承着这样的职业精神，达恩顿紧握从灯光昏黄的资料室里发掘出的各异其趣的文献，纵身闯入心灵史的密密丛林，寻找通往文本“幽暗之处”的曲径。一系列《小红帽》故事的原始版本，一段印刷所学徒对屠猫仪式的记叙，一份资产阶级人士关于他所居住的城市的手稿，一名警察保存在档案盒中神秘的“作家纪事”，一棵被承前启后的哲学家们修剪过的《百科全书》“知识树”，以及一纸来自嗜书如命的卢梭著作发烧友的购书单，都成为开启 18 世纪思想迷宫大门上那把锈锁的钥匙，也成为历史“林中路”上斑驳的心灵光影。

　　恰如达恩顿所言，阅读是贯穿所有篇章的一贯之道。阅读一个仪式或一个城市和阅读一则民间故事或一部哲学文本，究其本质，别无二致。同样，考据模式千差万别，但无论采用何种模式，无非是为了“寻找意义”，寻找那些时过境迁仍能幸存，并且为当代人铭记的意义。在历史研究的理念与模式急遽转型的今天，《屠猫记》见证了达恩顿阅读与考证的新追求——如果说，先前的观念史家追踪的，是精英思想在一代代哲学家那里燃灯传薪的过程，那么，民族志史学家则掉头向下，研究寻常人如何理解这个世界。

坦率地说，在《屠猫记》中，我们看不到达恩顿从普罗大众中慧眼识英雄的万丈雄心，他倾尽全力探究的，只是芸芸众生如何借助他们熟悉的事物、故事或是仪式（而非逻辑命题），来构建属于他们自己的"市井之道"。就像本书所揭示的，同样一则民间故事，尽管意大利的版本喜气洋洋，德国的版本惊悚悬疑，法国的版本曲折离奇，英国的版本搞笑逗趣，但在历史发展的汹涌洪流里，它们无一例外地肩负着这样的使命：告诉人们这个世界是什么模样，并且为他们提供处世的策略。

思想方式的文化塑造

就这样，当《小红帽》《睡美人》和《灰姑娘》的故事，一次次在 18 世纪的草垛和炉火旁制造不绝于耳的笑声时，看似隔绝的精英文化与通俗文化的圈子在这里有了交集。这与中国道家典籍《关尹子》所言似乎暗通款曲："观道者如观水，以观沼为未足，则之河之江之海，曰水至也，殊不知我之津液涎泪皆水。"达恩顿也饶有趣味地说："'炉边夜谈'使得乡村的通俗传统流芳后世，仆人和乳母则为民众的文化和精英分子的文化搭起桥梁。"

与此同时，历史研究的钟摆朝着文化史（心态史）的一端悄然回摆。由于过分依赖文化的量化，"年鉴学派"强调从经济、人口和社会结构探测文化的历史主张，以及他们通过计算来衡量心态的研究方式，正在遭遇新史学的多角度挑战。

而那种认为只要正确掌握社会背景，文化的内容会自然而然地浮现的假定，也因为低估了社会互动的象征要素，只不过是历史学家的一厢情愿。对此，达恩顿一言九鼎："历史学家应当看得出文化如何塑造思想方式，即使是最伟大的思想家也不例外。"

事实也确实如此，现代史学中以线性史观来推知文化变迁，且视之为"大观念"向下渗透的残留物的态度，的确容易与变动不居的历史真相南辕北辙。而且，正如劳伦·斯通在研究家庭生活时所发现的，心态经常在相对稳定的期间发生变化，也经常在动荡不安的时代维持相对稳定。所以，更现实的描述应该是：文化的潮流激荡交融，同时穿透不同的媒介与联系团体，让"隔阂深广如农民和'沙龙'圈子的世故人士"也能如影随形。

声东击西的屠猫仪式

在本书中，达恩顿对于屠猫仪式的研究，则展示了在心态史研究中，人类学与文化史联姻的美妙前景。这一努力，与他曾和克里福德·吉尔兹在普林斯顿高等研究院共同主讲一门人类学与历史学的研讨课的经历密切相关。正如达恩顿所说的，"改弦更张，结合人类学或许可望为文化史引上新出路"。人类学家已经发现，"最不透光的地方似乎就是穿透异文化最理想的入口处"，而"掌握了对猫的大屠杀的笑点所在，就有可能'掌握'旧制度之下技工文化的要素"。

为什么是猫？为什么杀猫那样有趣？在达恩顿的跟踪追

击之下，屠猫仪式的秘密无所遁形。穿越早期现代的劳工关系的堡垒后，达恩顿的笔锋拨开了笼罩在通俗仪式与象征主题之上的迷雾。人类学家和民俗学家的研究表明，在早期现代人的仪式周期中，狂欢节与大斋节（即一段狂欢期之后紧接着一段禁食期的周期）的地位最为显赫。用巴赫金的话说，狂欢节不是艺术的戏剧演出形式，而似乎是生活本身现实的（但也是暂时的）形式。人们不只是表演这种形式，而几乎实际上（在狂欢节期间）就那样生活。在狂欢节里，民众挣脱社会守则与道德规范的约束，仪式性地颠覆占统治地位的真理与现行制度，放浪形骸，百无禁忌，庆贺一切等级关系、特权、规范与禁令的瓦解。可以说，狂欢节的一切形式与象征，都闪耀着交替与更新的激情，也笼罩在对占统治地位的真理与权力可笑的相对性意识之中。"这是真正的节日，不断生成、交替和更新的节日"。（巴赫金语）

随着狂欢节与大斋节的交替上演，民众也借着有限的冲动，测试社会规范的限度，挑战权力的底线。而在早期的近代欧洲，折磨动物，尤其是折磨猫，是通俗的娱乐。如同巴赫金在研究拉伯雷时揭示的，"文学作品描写残害动物，绝不是少数神经病作家发泄虐待心理的幻想成果，而是表达大众文化的一股伏流"。作为巫术的象征，从东方到西方，猫的能力无远弗届。狂欢、偷情、闹新婚和屠杀，旧制度的人从猫的哀号中可以听出丰富的内容。圣塞佛伦街印刷所的师父师母——"一群迷信、心甘情愿任神甫摆布的傻瓜"——更是把夜半猫叫，理所当然地视为魔鬼附身的众巫夜会，不得不求助于一干弟子。

于是，随后举行的屠猫仪式，不如说是工人们"苦心孤诣用这样的方式处决猫，实则声东击西地判决师傅一家"。同时，他们也借审判和行刑的仪式，以诙谐的方式，戏仿法治主义，嘲弄社会秩序，发泄心中积怨。这种被达恩顿戏称为"当着资产阶级的面掀翻桌子"的举动，主题只有一个，那就是"羞辱"。作为审判雇主的象征仪式，在充满戏谑的屠猫活动中，古灵精怪的弱势群体，让他们的强劲对手暂时性地陷入了荒诞的泥淖之中。看着师父和师母斯文扫地、惊慌失措，印刷学徒们的笑声在圣塞佛伦街上空久久回荡。

这种拉伯雷式的狂欢的笑，是一种"节庆的诙谐"。而诙谐的自由，虽然只是昙花一现，却在那个时刻，难得地屏蔽了全部官方体系、所有禁令与等级观念，强化了在节庆氛围中所创造的形象的幻想性和乌托邦的激进主义。所以，巴赫金说，这种狂欢的笑是全民的，大家都笑，"大众的"笑；也是包罗万象的，它针对一切事物和人（包括狂欢节的参与者），整个世界看起来是可笑的，都可以从笑的角度，从它可笑的相对性来感受和理解；更是双重性的，既是欢乐的、兴奋的，同时也是讥笑的、冷嘲热讽的，它"既肯定又否定，既埋葬又再生"。

时断时续的阶级自由

然而，让人沮丧的是，"笑渐不闻声渐悄"。达恩顿告诉我们："笑声有其局限，即使是拉伯雷式的放纵无度的笑声也不例外。笑声一旦消退，桌子自然恢复原状；就像历年的推移从大斋节持续到狂欢节，旧有的秩序再度紧紧掐住狂欢人的脖子。"

由此可见，旧秩序虽然也允许居弱势的一方，以诡计和恶作剧的方式，将优势者的虚荣与愚蠢，暂时性地玩弄于股掌之中，并通过这一系列短暂的情绪突围，实现自我愉悦和调适；但从长远看，屠猫仪式上的捧腹大笑，可能存在于一时，却难以传之久远。更关键的是，笑声的冲击波在固若金汤的劳工体系面前无能为力，只能在既有的体系内发生作用，成为一次次狂欢氛围中"戴着镣铐的舞蹈"。衣衫褴褛的学徒们以逗趣和诡计，暂时性挑战了主人强悍的权威，而自己却无法做到咸鱼翻生。

　　可见，18世纪印刷学徒们屠猫式的精神暴动，虽然左右逢源地操纵着仪式与象征方式，但最终只是一种舒缓当下身心压力的权宜之计。所以，达恩顿总结陈词："归根结底地说，诡计作风表达的是一种出世之道，而不是激进主义的潜在压力。他提供的是跟无情社会打交道的方法，而不是把那个社会搅得天翻地覆的妙方。"

　　不过，颇具讽刺意味的是，半个世纪后，巴黎的工人居然以类似的方式掀起一场骚动，同样是"不分青红皂白的屠戮和即兴而起的群众审讯"。把这次骚动视为法国大革命九月大屠杀的预演不免有几分突兀。不过，达恩顿说："这一次的暴力突发事件，确实具有群众造反的意味，虽然仅限于象征层面。"

　　诚然，而对于印刷工人来说，他们发起屠猫仪式时未必会如今天的史学家一样寻根究底。象征只有在隐语曲笔的"文义格局"的夜幕下，才能映衬出它独特的光芒（更何况是暴力和性的象征）——模棱两可足以捉弄师父，快手猛击足以打中师母。"这是拉伯雷式笑到弯腰捧腹的那种的笑声，而不是我们熟悉的维多利亚式那种皮笑肉不笑。"达恩顿风趣地写道，"巴赫金已经说明，拉伯雷的笑声如何表达通俗文化的一个特色，闹趣可以一变而为骚乱；那是一种性与煽动的狂欢文化，在那种文化当中，革命的因子有可能受象征和隐喻的抑制而不至于蔓延，也可能像 1789 年那样成为全面的暴动。"

但是，从圣塞佛伦街屠猫仪式上发出的笑声，能否真的震垮巴士底狱的高墙？在《旧制度与大革命》中，当谈到"旧制度下自由的种类及其对大革命的影响"时，托克维尔这样写道："如果认为旧制度是个奴役与依附的时代，这是十分错误的。那时有着比我们今天多得多的自由；但这是一种非正规的、时断时续的自由，始终局限在阶级范围之内，始终与特殊和特权的思想联系在一起，它几乎既准许人违抗法律，也准许人对抗专横行为，却从不能为所有公民提供最天然、最必需的各种保障。"这种旧制度的张力，使得革命前夜的屠猫仪式不乏风趣，却也充满风险。学徒们"把象征性的玩闹推到真实状况的边缘，一旦擦枪走火，杀猫之举有可能变成公开造反"。

不过，达恩顿多少有点危言耸听。事实上，如前所述，这种"愚弄资产阶级而不会让他有借口炒他们鱿鱼"的闹剧，体现的正是"非正规的、时断时续的自由"，必须小心翼翼而又有所节制。狂放背后的风险意识、自由之下的自我约束，折射出旧制度下工人阶级有限的强悍和身不由己。所以，达恩顿不得不承认："印刷工人认同的是他们的行业，而不是他们的阶级。他们虽然组织协会、策动罢工，有时候还抬高工资，却仍然一贯服从于资产阶级。……因此，直到 19 世纪末开始无产阶级化，他们的抗议大体保留在象征的层次。一

⊙ 1789 年，法国人攻占巴士底狱。

个'复本'，就像一场狂欢，有助于排散蒸汽，却也制造笑声，而笑声是早期技工文化不可或缺的一个成分，虽然在劳工的历史洪流中已经听不到了。"

可是，达恩顿是否真的在拉伯雷的笑声中，重组了两个世纪前业已解体的象征世界？他用慧心妙笔在《屠猫记》中给出了一种解释，却不能令人充分信服。看得出来，达恩顿努力穿梭于文本与文义格局（语境）之间，将历史中经验的共同基础与独树一帜的要素冶为一炉。但遗憾的是，在本书《结语》部分中，达恩顿式心态史研究的内在紧张依然暴露无遗——一方面，他直截了当地说，"我们再也犯不着牵强附会探究文献如何'反映'其社会环境"，另一方面，他又坦承在方法论上，"无法解决证据和代表性这两方面的难题"；一方面，他意识到了"文献全都嵌在既是社会的、同时也是文化的象征世界中"，另一方面，他却忘记了将头探到文本丛林之外，朝更为辽阔的社会史原野看一看。而"作品一出，作者即死"的后现代史学潜意识，使他的心态史研究落入了"从文本到文本"的"过度诠释"的循环往复之中。

在《屠猫记》中，达恩顿曾以相当多的篇幅，对"年鉴学派"的理论假定发起了猛烈攻击。但是，作为"文化震撼的一场演练"（《高等教育编年》），在某种程度上，《屠猫记》也暴露了后现代史学与传统史学分道扬镳后的进退失据。可以说，作为现代/后现代史学研究中攻防转换的一次演练，《屠猫记》的精妙之处与局限所在，既标志着现代史学的衰亡，也昭示了现代史学的生机。

马克斯·韦伯：
"我们再也见不到他的同类"

　　弗吉尼亚·吴尔夫曾说过，一名传记作家得像一名矿工的金丝雀，"品尝气氛，察觉出虚假、不真实与过时无用的陈规旧矩"。她的这一番话，大可用来形容玛丽安妮·韦伯——马克斯·韦伯（1864—1920）的遗孀、《马克斯·韦伯传》（江苏人民出版社出版，阎克文等译）的作者。

　　罗特先生在导读中，揭示了该书的一个面相："随着剧情的展开，我们看到了一个傲慢的男人由盛而衰，又在一位女英雄的慷慨帮助下，重新获得了创造性力量和政治热情。"其实，这种煽情的讲法稍显言过其实。简洁地说，这本传记令人难以释怀的原因，很大程度上在于，玛丽安妮·韦伯把这位英雄为保持心智健全和思想创造力而付出的痛苦努力，同一个家族的代际冲突史、一些夫妻间的紧张关系、疾病与死亡结合起来。韦伯在日常生活与精神世界中，踌躇满志和彷徨无地的细节，在书中都得到了巨细靡遗的展现。换言之，在这本厚达800页的作品里，这位前德国妇女联合会主席，似乎无意讲述一部以韦伯为主角的、高歌凯旋的学术成就史，而是试图唤起人们对一个政治与学术局外人的深切同情，并为他丰富的思想寻求耐人寻味的参证。

复杂而单纯的思想定位

尽管近些年来，对于韦伯及其社会学理论的研究已渐成显学，但无可否认，在生前，韦伯仅仅是众多杰出学者中的一员。他那些让人仰之弥高、钻之弥深的思想，能否在喧嚣的论战中脱颖而出并且传诸未来，还远不是那么显而易见。然而，以今天的眼光看，除开马克思以外，也许没有哪个学者，如韦伯一样，令人们毁誉交加莫衷一是。从生前到身后，有人曾抨击韦伯是"充满绝望的反动预言家"，有人将其定性为"资产阶级社会学者"，指责支配他的看法是"法西斯主义思想背景的一部分"，也有人奉他为"20 世纪最伟大的智者之一"。

其实，围绕韦伯思想定位的纷繁复杂的争论，颇有"身后是非谁管得"的意味。实际上，作为 19—20 世纪社会学的不祧之祖，韦伯的"春秋大业"就在于赋予了社会学一个响彻云霄的声音。那就是，作为一门科学的社会学，其本质特征之一，就是"对行动者赋予社会行为的意义做出理性化的解释"。正像意大利史学家克罗齐主张"一切历史都是当代史"那样，韦伯笃信，社会学就是"理解社会学"（interpretative sociology），社会学家首先是一个理性主义者。

在韦伯的观念中，理性化意味着，日常生活将越来越依赖工具理性，并伴之以祛魅（disenchantment）和宗教权力的销蚀过程。在这一世俗化的过程中，职业化与专门知识日渐取得了支配地位。而与此同时，奇理斯玛式的权威力量则日薄西山。因此，在韦伯眼里，理性化展示了一幅悖谬的图景：在它所产生的世界里，各个意义系统，都将不再能够确立某种权威。而权威的理性规范、奇理斯玛权力以及传统权力，是不能相提并论的。

那么，对于韦伯而言，这种理性精神从何而来？在这本传记里不难看到，"德国的价值观念与理性精神，在文化上具有优越性"——这一预设构筑了韦伯大部分社会学思想的基础。韦伯似乎天生就是一个"理性的精灵"。尽管两岁时，他的生命曾经受到脑膜炎的考验。但据母亲海伦妮回忆，疾病似乎丝毫没有妨碍少年韦伯对于"历史与家谱"的情有独钟。十三岁时，韦伯初试啼声，完成了早慧的论文，"论及皇帝和教皇在德国历史上的地位，并且评论了从君士坦丁堡到民族迁徙时期的皇帝"。据当时人回忆，韦伯的性情与其外祖父法伦斯坦惊人相似："精力充沛，凡是他经手的事情，都会做到近乎过火的程度——既是处事时情绪所致，也是经过了深思熟虑之后，形成的永久原则"。妻子玛丽安妮则注意到："在那种蓬蓬勃勃的理想主义激情面前，他（韦伯）采取了一种深思熟虑的现实态度——诉诸冷静的头脑而不是快速的心搏。"

韦伯似乎乐于将这种理性精神推己及人。1886—1887年，韦伯的弟弟阿尔弗雷德在读了施特劳斯的《耶稣传》之后，内心充满了矛盾与疑虑，与哥哥通信交流。从传记中收入的这些弥足珍贵的书信中，可以看到，二十三岁的韦伯早就在努力认识思想能力的极限，并且一度对它的高不可攀保持了一种无声的崇敬。但是，韦伯忍着不去消除覆盖在神性上的错误。这并没有麻痹他强烈的求知欲望——当然，在科学领域，他只对能被经验到的东西感兴趣。

1910年夏天，诗人格奥尔格走进了韦伯的书房。从传记看，这次促膝之谈，也许是韦伯生命中为数不多的重要会谈之一。无疑，两人都对他们的时代抱有深厚的同情。但是，格奥尔格热衷于以一种强烈的想象力和用一种美丽、有节制的个人化语言结构，通过富有变化的艺术作品，塑造自己的内心世界。而对于韦伯而言，理性就像魔术师手中的彩绸一样上下翻飞。因为他确信，只有理性浸透了所有物质文化，凭借的是一种对现实的直接体验和创造力的帮助。可以说，这次饶有趣味的会谈，展示了思想家与诗人之间、理性主义者和感性主义者之间，迥然不同的潜在价值——他们用完全不同的工具，塑造了各自完全相异的精神世界。

从传记中看，在韦伯的学生时代，这颗"冷静的头脑"就已赋予他一个伴随终生的信念，即根据一种道德义务而实现的人格"自主"。这是他认真遵循并通过检验自己身体力行的情况而不断增强的准则。而后，在韦伯辉煌而短暂的人生里，他运用理性的武器，挑战既定的社会秩序，并且最终提供知识上的火药，轰毁了这个秩序。

民族主义的合理边界

夜读《马克斯·韦伯传》，最能激起读者始料未及的情感反应的，莫过于韦伯浓厚的民族主义情绪。在传记中，韦伯对于民族强国的热望，被神秘地认为出自一种"不受任何见解影响的天生直觉"。那就是，强势民族乃是一个天生强人的身体的外延，认同这个民族就是认同自我。如果民族已经衰败，那还有什么东西能使个人获得自我的灵魂？

事实的确如此。韦伯不止一次地说出类似的话："德国的经济政策的价值标准，只能是德国的标准。……无论如何，经济政策必须为之服务的终极性利益就是民族的权力利益。"就这一点而言，韦伯把自己叫做"经济民族主义者"，把经济政策称为"民族国家的仆人"。他习惯于根据国家利益，来评价各个阶级在政治领导地位上的重要性。因此，韦伯得出了一个结论：只有把民族的政治与经济利益，置于自身利益之上的阶级，才有资格充当领导阶级。

1895年，韦伯受聘就任弗莱堡大学经济学教授一职。在题为"民族国家与经济政策"的就职演讲中，韦伯一言九鼎，作为一门分析性、说明性的学科，经济科学或许可以不偏不倚地保持价值中立，但只要跨越价值的雷池，就必然演变成一门"服务于一个强大政权的国民经济科学"。

自然，韦伯欣然接受了将国家视为强权国家的观念。在他看来，国际关系与其他所有社会关系一样，只能是国与国之间的某种斗争。所以，当第一次世界大战硝烟渐起的时候，韦伯就对德国的形势抱持着一种非常严肃的观点。"整个民族的态度，这种战斗、苦难、牺牲和爱的力量，看起来会自己得到升华。"既然战争已是势所必至，韦伯为他能亲眼目睹这场战争而满怀感激："不管结局如何——这场战争都是伟大而精彩的。"

难道，斟满理性思想的酒杯刚刚举起，又将轻而易举地被民族主义的剑与盾击碎？必须承认，韦伯对民族国家事务的关注，既受到民族政治的影响，又受到了刚刚形成的社会责任感与正义感的影响。韦伯虽然毕生极力张扬民族利益和国家至上，却始终没有陷入民族主义的泥淖之中。一个鲜明的证据就是，他虽然认为，一个牢固确立了全国性权力的国家是其他一切的基础，却不赞同以牺牲思想自由和个体政治意识为代价的民族国家观。他说："在我看来，普遍的人人平等权利有着优先于其他一切的地位。"

这一点，在他对待俾斯麦及其政权的态度上表露无遗。一方面，韦伯钦佩俾斯麦的政治天才和使德国走向强盛与统一的政策。他认为，政府采取君主制是最为恰当的，因为这使政府首脑不受政治竞争的影响，从而保证某种程度的稳定，也能使政府对政党保持独立。因为从德国的文化因素来考量，韦伯偏向于认为，政治家只要对自己的行为承担责任，努力争取自己的权力是值得提倡的。

但另一方面，韦伯反对不加批判地把俾斯麦奉若神明。他最不能接受俾斯麦的待人方式——因为俾斯麦不能容忍身边出现强有力的独立政治头脑，因为这容易妨害他的权力成为绝对权力。韦伯曾在信中概括："俾斯麦作为外交政策大师，给国内留下的遗产，是一个没有任何政治学教育和任何政治意识的民族，一个惯于由一位伟大的政治家全盘操纵其政治的民族。他摧毁了强大的政党，不能容忍独立的政治人格。他的伟大遗产的消极后果，就是思想水平低下，无权无势的议会，其结果就是官僚阶层的独断专行。"

可见，韦伯已经洞察，民族主义仿佛"风月宝鉴"，一面令人激情澎湃，而另一面则危机重重。他觉察到，德国的形势"就像一个人乘上了一列高速行进的火车，拿不准下一个岔道安置得是否合适，因此，需要'强人'的出面掌舵导航"，甚至让他产生了呼唤开明君主的期待。但是，韦伯始终根据他毕生坚持的一个原则来评价政治事件：精神自由就是他心目中的至善。

因此，韦伯清醒地意识到，民族价值的"屹立不到"，固然至高无上；但个人的权利，决不能以国家、民族等高尚的名义任意化约。如果国家的兴旺发达，是以无情摧折无数个体价值为代价；如果在"民族复兴"的旗号下，国民思想独立、精神自由却被肆意践踏与剥夺，那么，这样的民族即使崛起，也只能是一个外强中干的民族。

为资本主义"叫魂"

1905 年 4 月 2 日，韦伯在写给李凯尔特的信中说："我正在工作——当然是处于可怕的折磨中，但我确实做到了每天工作几个小时。6 月或 7 月，你将会收到一篇关于文化史的论文，也许你会感兴趣：作为现代职业文明的基础的新教禁欲主义——一种现代经济的'精神'结构。"

这篇论文，也就是后来被学界奉为圭臬的《新教伦理与资本主义精神》。如今，围绕韦伯关于宗教与资本主义的观点的论证，已成为现代社会科学旷日持久的争论之一。遗憾的是，长期以来，人们对于韦伯关于美国宗教教派的论述，却习焉不察。尽管1904年初，韦伯已经完成了该项课题的第一部分，但从传记中可以清楚地看到，1904年下半年的美国之行，无疑更深入地开启了韦伯的视野，让他在大洋彼岸那个年轻的国度"发现了历史"。

纽约的自由女神像、曼哈顿的鳞次栉比的高楼以及社会特权阶层内部与众不同的生活方式，让初来乍到的韦伯夫妇似乎"从半睡眠状态中醒来"："看，这就是现代现实的样子！"而韦伯则对这自由与繁荣的国度中"隐藏的高贵品质"洞若观火："它包含爱、善、正义和对美与灵性的顽强追求。"而且，最使他产生兴趣的东西是"宗教精神的组织力量所留下的确凿痕迹"。在这里，韦伯给他的研究找到了实证素材：民主社会过去和现在的社会分层方式。

这段"在美国发现历史"的经历，为韦伯对宗教理性化的研究，注入了新的气象。他将这一理性化的过程，看成现代化文化的源泉，尤其是经济制度与价值观念的源泉。那就是，人们不把为赚钱而赚钱当作一种冒险行为，而当作一种不懈的道德义务加以肯定。但韦伯细心地圈定了它的范畴，即这一点并不是理所当然的事情，只是在某个特定时代、特定阶层中，而且只有在西方才会出现的事情。特别是带有加尔文宗和浸礼会烙印的新教徒，始终兼而有之地表现出强烈的宗教虔诚和卓有成效的商业意识。这也印证了《新教伦理与资本主义精神》一书中，富兰克林给一个年轻商人的忠告：通过辛勤劳动、节俭和摒弃享乐而增加财富是一种义务。

有趣的是，这种资本主义精神，又是如何与路德宗和加尔文新教的世俗禁欲伦理相融合，赋予西方资本主义一种不同寻常的品质，即"在理性基础上，对计算和可预期的强调"？或者说，富兰克林所说的那种类型的人，和产生了拜金主义的资本主义精神何干？反过来看，把否定现世、否定世俗荣耀的宗教经验，同这种"魔鬼"融合在一起，是否过于唐突？在对现代资本主义产生的情境进行研究时，韦伯始终认为，"必须专注于从历史和理论上，认识资本主义的发展所具有的普遍文化意义，保持与其他学科——一般的政治学、法哲学、社会伦理学、社会心理学以及统称为社会学的研究——的密切联系。"这一工程固然浩大，然而韦伯能却让这些本质上说来相互抵牾的力量，奇迹般地共通款曲。

把赢利活动作为一种承担着义务的"职业"，这种观念至今仍在给现代企业家的生活带来道德上的尊严。这种观念从何而来？韦伯的文献学研究表明，这虽是路德的创造，但它的起源，与加尔文令人生畏的得救预定论及其后果联系在一起——上帝在暗中抛掷骰子，决定某些人将永生，某些人将沦入永灭。然而，它的意义是个深藏不露的谜。一个人只能猜测自己属于哪一方，而唯一能够确定自己的恩宠状态的办法，就是经受考验——经受职业的考验，经受为上帝的荣耀而进行的富有成效的不懈劳动的考验。他一心着眼于永生，对自己灵魂能否得到救赎满怀忧虑，始终把自己的世俗活动当作为上帝效劳。由于他怀疑对任何人的强烈感情依附都是一种对"活人的神化"，因此，他的对共同体的凝聚力，更加集中在事业上：热情而富有成效地组织世俗生活。在这里，财富成了条理化赢利和节制享乐的必然结果，而且财富本身，既是经受考验的标志，又是恩宠状态的标志，所以，《基督教新教指南》的态度很通达："你们可以为了上帝而劳动致富，但不是为了情欲和罪恶。"至此，韦伯从新教伦理那里，召唤回了资本主义的"精魂"——"凡是把条理化的不懈劳动作为最重要的生活内容，并认为应当禁止贪图享乐，不该安于现状的人，都已经别无选择，只有把他们的大部分所得用于更多的赢利。他必定会成为资本主义的企业家。"

依靠基督教的禁欲主义精神，帮助确立的这种现代经济秩序，如今已经不可避免地决定着每个人的生活方式。只是，事情到此并未止步。在这臻于圆满的理论背后，隐藏着更加深不可测的黑洞。玛丽安妮转引韦伯的话说："清教徒盼望在一种职业中劳动，我们则是迫不得已这样做。……对世俗财富的关切，曾被认为就像一件披在圣徒肩上可以随时丢掉的薄斗篷。但是命运决意把这件斗篷变成了铁笼子。"今天，这种宗教精神已经逃出了笼子，而且是一劳永逸地逃走了。这一惊人的现象，有着什么样的未来，却仍然蒙着一层面纱。玛丽安妮敏锐地意识到："韦伯一瞬间就触到了这层面纱，但他不敢揭开它。"

十字街头与象牙宝塔

学者金耀基曾说，韦伯生活在"两个世界"里，一个是热性的政治世界，一个是冷性的学术世界；又说韦伯有"两个声音"，一个是学术之真诚的承诺，一个是站在政治边缘上的绝望的呼吁。从这部传记里也不难看到，作为不遗余力追求真理的思想家、作为良知的教师、成竹在胸的政治家，韦伯的态度中，有着同样强有力的行动与沉思倾向之间的斗争。玛丽安妮对丈夫的理解体贴入微："前者是要对世界进行公正、普遍、理智统治的才智，后者则是一种同样强大的塑造信念并且不惜代价坚持信念的能力。这两种倾向和斗争甚至上升到了超人的层面。"

青年韦伯的性情，显然更倾向于行动，而不是耽于沉思默想，因为他对政治和社会有着同样的关心。作为一个意志坚强的人，他渴望承担重大责任，渴望投入"生活的大潮和行动的风暴"。在民族主义的情绪像岩浆一样奔突的岁月里，韦伯的生活显然沿着实际政治的方向推进。他的民族主义情感过于强烈，单纯的著书立说不可能给他带来长久的满足。他甚至曾对布伦塔诺表示过内心的疑惑："如果我在学术生涯中，做出了我并没有追求过或者我并不以为然的成就，这也很难让我动心。特别是它无法回答我这个问题：这种生涯是不是对我最合适的活动呢？"

韦伯对于现实政治的态度，始终折射出一种鲜明的个性光泽，那就是民族主义与超人思想。他认为："凡是从事现实政治的人，都必须放弃幻想，认清一个根本的事实：人与人的斗争是永恒的。"并且，他极力主张，将人内在的政治禀赋以及道德与宗教理想，作为测量政治家的第一把标尺。1917年夏天，韦伯在写信给一位年轻人的信中说："一个人要想真正清楚地看清自己的欲望，必须根据自己在危急关头对非常具体的问题的反应，来考验作为'终极'的观点。""一切终极问题，无一例外都要受到简单政治事态的影响，尽管表面上看起来，政治是外在的。"

然而，终其一生，韦伯与政治总是处与一种若即若离的状态。1897 年，他应邀到一个自由主义的政治团体发表演讲，并有机会成为那个地区的国会议员候选人。然而，韦伯婉辞了。玛丽安妮在传记里说，对韦伯来讲，在现有的政党中找到一个能够适得其所的党，也确实不那么容易。他看重的是民族社会主义的主张，然而未得到真正的重视；虽然韦伯与自由主义左派分享着共同的民主理想，但他在他们当中看不到"伟大的民族政治情感"。他抱怨这伙人是"庸人"。他和民族自由党持同样的个人主义态度，然而民族自由党"缺乏社会与民主信念及政治远见"。他认为这是一个"不可克服的障碍"。而把他和保守的泛日耳曼团体联系起来的，是民族情感。但在韦伯看来，他们都以"牺牲日耳曼精神和德国同胞的利益为代价"，支持平均地权者的经济政策。1899 年 4 月，韦伯宣布退出泛日耳曼联盟。他认为"联盟通常是抱着同样的热心，来讨论或争论重要和次要事务（往往是极为琐碎的事务），但是在对于德国人来说生死攸关的问题上，却极少关心，而且只是表达了一些空洞的愿望。""我退出联盟，是为了能有机会公开自由地阐明这些问题。"

　　从热性的十字街头退回冷静理性的象牙宝塔，韦伯的思想获得了天高地阔的舒展。他坚信，一个从来不会下定决心赶走某个君主，或者至少能对他进行有力约束的民族，就只能处于政治上被监护的境地。"他比以往更加确信，只有扩大议会的权威，才能遏制未来的灾难。"20 世纪初，世界与德国的政治格局同样云谲波诡。皇帝、议会、政党磨刀霍霍，勾心斗角。就在这一时期，韦伯参加了一个政治集会。玛丽安妮记得一个细节，当韦伯慷慨陈词完毕时，一个小资产阶级问另一人："到底谁是马克斯·韦伯？"回答是："噢，他是玛丽安妮的人。"

其实，韦伯对于自我表达和获得个人成功并不在意，也无意于将自己不稳定的精力，倾注到虽然引人注目却对改变整个现实政治无济于事的演讲上来。但值得欣慰的也许是，德国的民主政治保证了一点：知识分子领袖虽然没有什么"政治影响力"，但是他们的文化重要性，得到了恰如其分的重视。经过社会的一系列动荡与变迁，韦伯的政治理念日趋成熟。在他看来，社会改革的终极标准在于，它促进了一种什么样的人格类型——一个自由而负责任的人，还是一个政治和心理上的依附者，为了外在的安全而屈从于权威和上司。

1918 年 11 月 3 日，基尔港水兵叛乱。次日，韦伯在慕尼黑发表被听众认为是他"有生以来最富激情"的讲话——《德国的政治新秩序》，警告听众要防止革命和"不计代价的和平"。他说，革命并不能实现和平，资产阶级社会不可能通过一场革命，就转化为社会主义的乌托邦。随后，韦伯参与了德国社会民主党的筹建，10 月，被提名竞选法兰克福选区的国会议员，但他在候选人名单上的不利地位注定了他的失败。归根结底，他还是一个个人主义者，一个立宪君主之梦时隐时现的民族主义者。他没有在德国民主党的成立宣言上签字，因为他不可能一夜之间从君主立宪跳到民主共和，但他支持这个政党。

重新从象牙塔走上十字街头，韦伯一如既往是超凡魅力的人物。他年轻时的活力似乎重新回来了。会议的组织者写

⊙ 1910 年代的马克斯·韦伯（左二）。

信给他："从前从来没有一个学术圈中的人认识到，学术在当前也必须为政治，也就是为德国的事业服务，能如此公开、清晰、无畏地阐明当前的局势，并像您那样高举知识的火炬指引人民前进的方向……"1918—1919 年冬天，正是革命如火如荼的时候，韦伯发表了《以政治为业》的重要讲演。韦伯认为，政治总是意味着争取权力分享的斗争，而政治具体方法就在于使用暴力，而这需要伦理的导向——需要目标与手段的权衡。政治家必须面对现实世界本身，考虑到人性的弱点，设置把它们置于服务自己意图的境地。他的具体伦理就是激情、责任感和一副好眼光。激情，就是义无返顾地投身于一项理想事业；责任感，指冷酷、平静地算计他的行动的后果并能承受这些后果的意志；而好眼光，则是超然于一切人、事实之上从而做出判断。

在讲演结束时，韦伯以一种纵贯古今的气概说："一个人得确信，即使这个世界在他看来愚陋不堪，根本不值得他为之献身，他仍能无怨无悔；尽管面对这样的局面，他仍能够说：'等着瞧吧！'只有做到了这一步，才能说他听到了政治的'召唤'。"

现代困境的文化批评家

1920 年 2 月，韦伯曾在与斯宾格勒的一次讨论中认为，要衡量当今时代一位学者的道德境界与诚实程度，可以看他对待马克思和尼采的态度。那么，移用这一评价，似乎也不妨说，在对待马克思与尼采的态度上，可以看出韦伯对于现代性的态度。

众所周知，马克思是以民主理想的名义为推动革命而奋斗，尼采则是要求实行少数人的统治、培养强有力的贵族式杰出人物。尽管这两位伟大的现代思想家的主要观念，代表着不同的价值取向，但有一点是一致的，即他们都试图摧毁从"富有多样性和充满矛盾"的"基督教文明"中产生出来的价值观念。其实，正如《韦伯社会学文选》的编者格特与米尔斯所言，马克思主义着重探讨资本主义生产方式的运动法则，而韦伯则在原则上，反对任何在社会历史中寻求普遍法则的观念，甚至对普遍观念本身也素有怀疑。他习惯于用理念型的手段，作为探讨具体问题的有限的、启发性的工具。这更应归结到他那娴熟的融合了历史学、经济学、法学的"理解社会学"方法，探究诸多因素（唯物的与唯心的）之间互动关系。

总的说来，韦伯与马克思在探讨社会分层问题的总体途径方面，存在巨大的理论鸿沟。马克思关注的是理解在社会当中垄断经济权力究竟意味着什么，而韦伯则更看重精神权力的制度化问题。

有趣的是，两个大胡子德国人的思想对立中，似乎又包含着彼此契合之处。特纳认为，韦伯与马克思对资本主义都有着"既敬又畏"的复杂心理。在马克思那里，资本主义击破了传统社会的规则，将人类推上了现代化的道路，但其代价则是异化与非人化（dehumanization）的过程。而在韦伯眼里，资本主义理性化的过程，则破坏了巫术权力的权威性，也同时促进了机器一般的科层管理，而这种新的管理制度最终又对所有信仰体系提出了挑战。显而易见，在马克思的异化（分工、专门化、脱离）和韦伯的理性化（祛魅、专门化、科层管理下的无力感）上，体现了某种殊途同归的品质。

因此，当代学术界倾向于认为，韦伯的社会学，并非一种与科学社会主义相颉颃的意识形态。相反，马克思与韦伯，更多的是以一种批判眼光分析资本主义，也都属于更普遍层面上对现代性现象的一种考察。"因为他们都被资本主义冲决网罗的动力所震动，在这种动力下，一切历史的、传统的确定性都被驱除一空。"

而尼采对韦伯的影响，更多地体现在追寻一种"人的科学"（Science of Man）的可能性。1895 年，韦伯在弗莱堡的就职演说中，多处回荡着尼采隐约的呼声。而韦伯在《以学术为业》的演讲里关于"信仰多元性"的观念（他谓之多神论）中，可以明显感受到尼采"上帝死了"的信念。格特与米尔斯更是独具只眼地指出，在韦伯的宗教社会学及其从某种怨恨（resentment）入手，论述道德体系的思路上，都找得到尼采思想的影子。

晚近对于韦伯社会学的考察表明，韦伯在思想生活自律、政治生活所必经的实用取向以及性与宗教体验方面的矛盾冲突。其中，韦伯社会理论中许多二元对立，正反映了日神精神（阿波罗精神，代表秩序、形式与理性）和酒神精神（狄奥尼索斯精神，带表狂喜、生机与创造精神）的差异。尼采在讨论权力意志时，率先指出了这两种精神的分野。耐人寻味的是，而尼采与韦伯恰恰都是毫不妥协地认同：人与人的关系就是权力关系。因此，特纳认为，在阅读韦伯的著作时，大可将其作品理解为尼采权力意志观念的"社会学化"的反映。有学者也指出，韦伯的核心问题中，就包含了尼采式的、在人类学意义上深入考察人性，考察我们的本体存在是如何沦为生命秩序的。可以说，在"上帝死了，诸神隐退"的现代性灵堂里，韦伯成了关门落锁的最后那个人。

韦伯对马克思与尼采的思想的扬弃与承接，也使得近些年来，韦伯又被看作一位揭橥并探讨现代性困境的理论家。如前所述，韦伯将社会理性化过程视为"目的—工具合理性"日益增长的霸权：理性的胜利没有带来预期的自由，却导致了非经济力量和官僚化的社会组织对人的控制。这一理论洞见，一方面直接影响了霍克海姆与阿多诺对启蒙与现代性理论的批判；另一方面，启发了哈贝马斯的交往行为理论及其对现代性的思考。而且，在福柯、德里达、利奥塔衮衮诸公的前卫理论中，都不难辨出韦伯的哲学基因。

事实上，韦伯已经从人类学的角度，率先通过分析理性化社会系统产生过程，预现了现代主义与后现代主义之间的论争。特别是，韦伯对于现代性的道德意义表示难下定言，心怀忧虑。这一点，已经在我们对现代性之后可能存在何种"现实"所抱有的疑虑中，得到了生动体现。所以，也可以说，"前现代"的韦伯已经死去，而"后现代"的韦伯必将永生。

"奇理斯玛"的回光返照

从传记披露的韦伯的心路历程看，无论是作为一个自信昂扬的理性主义者，还是作为一个新教伦理的"叫魂"者；

无论是充当现实政治舞台上的演说者，还是现代性困境的批评家，韦伯的心路历程，最终通向了他的人格。尽管韦伯不止一次地提到，"我绝对没有宗教共鸣，也没有需要和能力给我自己建立任何宗教性质的精神大厦。但一种彻底的自我反省告诉我，我既不是反宗教，也不是无宗教的"。事实上，人们很难低估宗教观念对他的社会学思想与人格魅力所产生的持久作用。钱宁的思想对他少年时代的心灵，产生过先声夺人的影响。在韦伯的回忆中，这是他"第一次对某种宗教信仰产生了极为强烈的兴趣"。对于少年时代即博学善思的韦伯来说，如果知识不能用来增长智慧与仁爱，如果日常行为并没有表明思想的升华，那么，一个不断扩充的图书馆又有什么用处呢？韦伯接受了这样的内在价值：一种不可动摇的尊严感，一种能动的英雄价值，致力于超个人的文化价值以及提高今世的生活价值。

因此，在韦伯那里，这一内在价值，表现为一种知识分子特有的披坚执锐的勇气。今世发生的事件的意义，是不可能从历史研究的结果中推导出来的。人们必须亲自"创造这种意义"。即使理性之光在前面照耀，那些需要了解的领域，也仍然会包裹在深不可测的迷雾之中。"正因为如此，世界观就决不会是渐进的经验产物，而最高尚，最激动人心的理想，永远只是在同其他那些被别人看作神圣的理想——就像我们把自己的理想看作神圣的一样——进行斗争时才会发生效力。"

韦伯的人格魅力与他的"职责"观念密不可分。韦伯不止一次强调，在自身的活动中，今世"道德律令"对于有思想的人来说尤其重要——生命的趋向并不指向形式的命令，而是指向道德世界秩序的观念，指向"职责"，指向对一切人际关系承担责任的体认以及对道德努力的严肃性的承认。这样的章节在传记中俯拾即是。韦伯有着新教徒似的救赎观。在他看来，靠什么来实现救赎，只有追求自我的神化，为了在自身的灵魂中享受神性。

1916年，玛丽安妮在写给韦伯的信中，转引了雅斯贝尔斯对韦伯的评价，认为韦伯"太刚强了，竟然能够控制和协调巨大的内在紧张和外部生活的冲突"，而且"是一个不爱幻想的人，却甚至能为此不惜忍受身体的不适或自己欺骗自己"。但他并不赞同韦伯将时间浪费在政治事业上，认为不用来追求自己的事业（即知识与真理），是一件憾事。雅斯贝尔斯这番话也触动了玛丽安妮。她建议韦伯，再次考虑一下"怎样才能有效地发挥你的才干"。就在柏林动荡不安、韦伯自己也处于政治兴奋的一段时间里，他正在为宗教社会学准备材料。韦伯回应道：预言家总是在强权危及到祖国、当（犹太）民族国家面临生死存亡的关头大量涌现出来。因此，他们总是卷入到政治分化和利益斗争的激烈漩涡中，尤其是卷入外交政策的大辩论中。不管他们的初衷如何，都不得不充当那些制定外交政策的人的急先锋。

传记在这里写到一个细节，那就是厄运预言者耶利米的形象深深打动了晚年的韦伯。耶利米祈求上帝收回他的预言能力，他并不想说出不祥的预言。但是，他必须说，而他又把说出预言当成是可怕的考验。在他的预言被验证正确之后，他遭遇的是遭人憎恨，引人恐惧，更谈不上有人施以援手。

耶利米孜孜以求的是超凡魅力，他的目标也不是让他的听众接受精神主宰。相反，由于不被大众理解，内心孤独的痛苦吞噬了他。

韦伯拒绝任何在当代创造出来的个人崇拜，拒绝把某个人拔升到君临一切造物之上而"神化活人"的做法。但他在分析耶利米的时候，像分析清教徒一样，都在其中投入了巨大的内在感情，也许没有谁能咀嚼其中那种"茕不察余之衷情兮"的人生况味。晚上，玛丽安妮听韦伯朗读手稿时，总是从很多段落中看到了他自己的命运。1917年，在劳恩斯泰因的那段日子里，韦伯的生命迸发了最后一轮辉煌。他渊博的知识、娴熟运用史料的能力以及创造性的思想理念，被人们认为："这个人有理智的支撑，简直就是理智的代言人，他神秘地生活着，是一个纯粹的学者。而当他透过言谈举止凸现自我的时候，他难道不也是一位艺术家？"在有些人看来，他简直就是撒旦，而对另一些人来说，他就是他们良心所在。

韦伯拒绝了年轻人奉他为领袖与预言家的做法。韦伯坦承，对他们所追求的目标，他拿不出新的拯救之道，而在德国危在旦夕、死者枕藉之际，他也没有兴致去追寻什么新的世界秩序。他只想做他们的学术与政治方面的老师。韦伯像菩提树下入定的智者那样说，任何人如果想要师从他，首先就得认识到，学者最主要的美德是保持知识上的正直。而这只能从认识自我、把握现实社会中磨练出来，而不能由专门制造拯救和启示的幻想家和预言家赐予。"这么多新一代人所向往的先知是不存在的。"

中年之后，韦伯在书斋的孤灯下，开始他的宗教社会学研究。这门学科是纯科学的，与价值无涉的经验知识，但人们也不难从中发现他思想的波澜。如果有人问到理由，他会轻描淡写地说："仅仅是因为事实本身是如此惊人的有趣。"在宗教社会学文集第一卷的序言中，他说："人类命运的历程强烈地拨动着他的心弦。"在《马克斯·韦伯传》的最后章节里，展示了这位伟大思想家的"登山宝训"。那就是谨慎自持的精神——勇敢地承认生命中一切无法调和的矛盾，是思想臻于至善的不二法门。荷尔德林曾追问：在一贫乏的时代里，诗人何为？而在一充满互不妥协的矛盾的时代里，韦伯的心路历程也显得如此神秘难解，如此危机重重，也如此充满活力与旺盛的斗志。似乎在他那里，除了自然定律和宇宙法则以外，人生没有必然，没有绝对，没有不能推翻的成见，没有哪条原理，哪一点直觉，哪一个冲动，可以从事情的开端到结束一以贯之。

韦伯在著作里，预言了理性化时代对"奇理斯玛"人格的终结，而他自己却成为了思想史上最后的"奇理斯玛"人格的拥有者。韦伯这种异乎寻常的魅力，在于他所具有的激发潜藏在他人心灵中的感情的能力。他的每一个词语都明白地显示出，他自认为是德国历史的传人，并被对后代的责任感所主宰。

"时间停滞了"

有一天，有人问韦伯，他的学识对他自己有何意义，韦伯回答说："我希望弄清楚我自己能坚持多久。"这句话是什么意思呢？也许承受生存的二律背反，或者更进一步，努力使自己最大限度地摆脱幻想，而又使自己的理想不受损害，并竭尽全力投身于此理想。这就是他的使命。

弥留之夜，韦伯以一种具有"高深莫测的神秘性"的声音说道："真理就是真理。"这最终印证了雅斯贝尔斯的看法：韦伯乃是 20 世纪最富生气的哲学家，因为他与真理同在。此时此刻，玛丽安妮的笔下，萦绕着令人悄焉动容的悲怆。我深信，无论谁读到传记最后一页，都难以无动于衷：

"（1920 年）6 月 14 日，星期一，外面的世界永远停止不动了；只有一只鹈鸟在不停地唱着怀念之歌。时间停滞了。夜幕降临之前，他完成了最后一次呼吸。他躺在那里，一道雷鸣电闪从他头顶划过。他成为旧日骑士的画像。他的面庞显得那么从容，典雅地与世长辞了。他已经去往那遥不可及的地方。世界已经变了。"

三十四年后，玛丽安妮也离开了这个世界。在一个"论及人的伟大与人的局限性"的短语中，她选择了下面的话，刻在丈夫墓碑的背面：

我们再也见不到他的同类

尘世的一切莫不如此

【附：马克斯·韦伯读什么书】

在马克斯·韦伯的遗孀玛丽安妮·韦伯的《马克斯·韦伯传》里，关于这位思想巨子读书的篇什，虽然内容无多，却弥足珍贵——仿佛思想的折光，照亮了韦伯迷宫一般的灵魂。

（一）

韦伯很早就开始研读他所能弄到手的书籍，尤其是历史、古典和哲学著作。他的母亲在谈到九岁的韦伯时曾说："马克斯非常喜欢历史与家谱。"而他的外祖母则说："马克斯已经在追求更高的知识。他非常喜欢拉丁语。……不过他现在对于书法没有什么耐心。"

无疑，过早地与书籍接触，体现的是一种早慧而独立的精神活动。在中学六七年级的时候，韦伯读过了斯宾诺莎和叔本华，在高中高年级，他专门读了康德。十二岁时，韦伯告诉母亲，有人给他马基雅维里的《君主论》，而且他还准备去读《反马基雅维里》，并且要看一看路德的著作。也就在那一年，他曾询问海德堡的外祖母，他的表兄豪斯特拉愿不愿意用家里做的 Merovingians 和 Carolingians 家谱来换他的蝴蝶标本。他告诉外祖母，他正在忙于制作 1360 年的德国历史地图。这似乎印证了九岁时母亲的观察。后来，在给母亲的信中，十四岁的韦伯极有个性地写道："我不幻想，我不写诗，除了读书，别的我还应当干什么？所以我正在一丝不苟地做这件事情。"

十四岁，在韦伯的心智成熟期上，无疑具有里程碑的意义。这与吉尔吉奥·瓦萨里笔下十四岁就才气逼人的米开朗基罗，有着惊人的类似。其实，每一个读书人都不难体验到，早年爱书的倾向，常常具有很大的盲目性；但这种盲目，带来的却是终生对书的热爱。随着年龄的增长，这过早的、像低浅的流水一般的读书热情，将被引到更深的沟壑中去，为成年后思想的奔涌蓄积能量。

这样的心路历程，也恰恰可以借用另一位欧洲人对自己中学时代读书生活的回忆来描述："我对我中学时代的那种狂热、那种只用眼睛和脑子的生活从未后悔过。它曾把一种我永远不愿失去的求知热情，注入我的血液之中。我在之后所读的书和所学到的一切，都是建立在那几年的坚实的基础之上。一个人的肌肉缺乏锻炼，以后还是可以补偿的；而智力的飞跃，即心灵中那种内在理解力则不同，它只能在形成时的决定性的那几年里进行锻炼，只有早早地学会把自己的心灵大大敞开的人，以后才能够把整个世界包容在自己心中。"（斯蒂芬·茨威格《昨日的世界》）

1877 年初，在十四岁生日前夕，韦伯"根据众多资料"晨抄暝写，完成了两篇历史论文：一篇是"与皇帝和教皇的地位特别有关的德国历史的进程"，另一篇是"从君士坦丁到民族迁徙时期的罗马帝国"。此篇论文，还附有一幅君士坦丁堡的草图、君士坦提乌斯·克洛卢斯（按即君士坦提乌斯一世、君士坦丁大帝之父）的族谱，以及韦伯从搜集来的古代硬币上描摹的凯撒与奥古斯都头像。这一年的夏天和冬天，韦伯与他的小表弟弗里茨，在柏林度过了一段难忘的时光。当弗里茨离开柏林之后，在与表弟的通信中，可见看到，韦伯当时热爱的，是库尔提乌斯的《希腊史》，蒙森和特赖奇克的著作，美国史，黑恩的《人工植被与家畜》。他还附带提到了自己的读书习惯："我的进展很慢，因为我做了许多读书笔记。"

大概也正是从这个时候开始，韦伯对经典著作的阅读，体现出了一种理念上的执着，也展示了韦伯那远逾同龄人的洞察力和思想力度。在对理论的偏爱之外，韦伯于文学作品也有一种特别的迷恋。他喜欢 W·亚里克西斯和沃尔特·司各特。他对于后者的《爱丁堡监狱》评价甚高，认为这是他所知道的"最激动人心的小说之一"。韦伯说："我的一些同学总是醉心于各种廉价惊险小说，对这些一流的老作品却一无所知，这一点总让我感到很吃惊。"特别是在大学预科的高年级，看到同龄人自以为远比一切明达事理的小说高明，事实上却对它们一无所知，韦伯写道："这真是一种奇怪的现象。我已经说过，他们只会从那些耸人听闻的小故事中寻找乐趣。"

两年以后，韦伯完成了"论印欧民族的人种特征及发展史"。它的意图，是理解文明民族的全部历史，并试图从人类学的视角，揭示"支配着它们的发展历程的那些规律"。二十余年后，那篇探测资本主义社会隐秘的作品——《新教伦理与资本主义精神》卷起的风雷激荡之声，已经在十六岁的韦伯的文章中隐约可闻。

（二）

和许多同龄的男孩子一样，韦伯在学校里"几乎毫不用功，只是偶然地关心一下功课"。在大学预科三年级，他利用上课的时间悄悄读完了四十卷科塔版《歌德文集》。那个时候，希腊和拉丁经典作家荷马、希罗多德、维吉尔、西塞罗这些死去的灵魂，成了他的夜读良伴。不过，他抱怨西塞罗"喜欢大吹大擂、卖弄辞藻，而且政治上摇摆不定"，令人"不堪忍受"。而他对荷马与莪相的比较，则显示了他对诗歌的接受力和"终极现实"的敏感。

在他写给母亲海伦妮的信里说，荷马是他读过的作家中最喜欢的一个。因为在荷马的作品中，作者"并非在那里展示一条接连不断的情节链，而是描述情节的起因和平静的顺序，如果一个结局出现了，那也早在意料之中，例如赫克托耳之死"。在荷马那里，"一切都早已被命运不可改变的决定了，这就极大地减缓了读者的悬念和痛苦"。

这种评价，显然折射出韦伯对于理性精神的推崇，也让人不期然地联想起 A·N·怀特海对悲剧的一个界定："悲剧的本质并不是不幸，而是事物无情活动的严肃性。"而对于莪相，韦伯认为，"他的作品真是无比的优美。我几乎认为应当把他放到荷马之上"。"荷马对年轻人充满了喜悦，莪相则有着智慧老人的观点。我相认为，年轻人只有生活在梦想中才是幸福的。"

韦伯对于维吉尔的评价并不高，认为《埃涅阿斯纪》中试图唤起的某种悬念，"几乎难以让人感觉得到，即使感觉到了，也不是一种令人惬意的感觉"。但对于希罗多德，韦伯则十分尊敬，因为"他的叙述方式完全是诗意的。他很像荷马。他写的历史是一种改写成散文的史诗"。不过生活在希罗多德之后四百年的李维，则被韦伯认为"是个蹩脚的评论家"，因为"他几乎没有利用当时也许仍然可以弄到的古代文献"，因此读李维的著作"一点也提不起情绪"。

读书对一个人的影响，无疑是非常真实的。韦伯相信，一切都可以间接得自书本。"如果不能在人们还不清楚的问题上给他们启发，使他们得到教育，"韦伯问，"书本又有什么用呢？"但韦伯也有着孟子"尽信书，则不如无书"的坦诚："虽然我鼓起了全部自知之明，但是我至今也没能让自己过分受制于任何一本书或者老师口中的任何一句话。"

（三）

1882 年，韦伯参加了大学预科的毕业考试，进入了海德堡大学。他选修了法理学作为主科与职业训练方向。他还研究历史、经济和哲学，而且很快就开始学习比较知名的教授开设的文科课程的所有内容。他迷上了罗马法：查士丁尼的《学说汇纂》与当时已经声誉卓著的伊曼纽尔·贝克尔的《法理教程》，并且独力钻研了《法典大全》。不过，他在贝克尔的书中没有找到得到证明的既定真理，倒是发现这位法学者批判性的怀疑主义让人六神无主。

很快，他对枯燥的经济学课程也失去了兴趣。不过阅读罗舍尔和克尼斯，使他掌握了这门教程的基本原理。同时，他对埃德曼斯道夫的中世纪史教程也非常着迷。另外，他还研读了兰克的《拉丁与日耳曼人史》以及《现代史学家批判》："这两部著作的问题都很独特，开始我还不会读；要不是了解那些史实，我可能就读不懂。它的语言使人联想到了《维特》与《威廉·迈斯特》（歌德的两部作品）的语言。"

那个时候，韦伯和在海德堡研读神学的表兄奥托·鲍姆加登一起研读神学与哲学著作：洛策的《人类社会》、柏拉图、比德曼的《教义学》、施特劳斯的《旧信仰和新信仰》、普夫来德雷尔的《保罗神学》、施莱尔马赫的《宗教演讲录》等等。不过，对洛策的研读在几个星期后被放弃了。"因为他没有学者品质，他那愚蠢的诗化语言和冗长乏味的情绪化卖弄，都让人怒火中烧。"于是，韦伯开始阅读兰格的《唯物主义史》。

（四）

在二十岁的时候，因为服兵役时肌腱发炎而卧病，韦伯开始攻读钱宁的著作。从传记看，这应该是韦伯一生中最重要的阅读经历。钱宁是活跃于 19 世纪头三十年间美国东部地区的一位牧师，与施莱尔马赫和德国唯心主义哲学家是同时代人。钱宁坚信，理性和启示能够在一个基督徒身上达成和谐，这与思想、良心和人类之爱并不相悖。而且，钱宁也认为，人的精神比国家更伟大、更神圣，决不能成为国家的牺牲。韦伯在写给母亲的信中，对这本小册子推崇备至。韦伯说，钱宁对于基督教的看法"极为独到，常常感人至深，而且兼有一种迷人的人格"。

值得关注的是，韦伯对钱宁的热爱，并不是因为钱宁特别擅长解答理论和宗教哲学问题，而在于他有"更透彻的眼力去寻求伦理道德问题的答案和心理动机"。韦伯认为，钱宁的观点有着普遍的意义，它们是以精神生活的实际需要为基础的。韦伯说："在我的记忆里，我这是第一次对某种宗教信仰产生极为强烈的客观兴趣。"钱宁的著述与学说，无疑对韦伯产生了深远的影响。他的宗教和道德观，让韦伯相信，思想与道德自由、根据一种道德义务而实现的人格"自主"，则始终是他一生中的根本准则，是他认真遵循并通过检验自己身体力行的情况而不断增强自信的准则。而在政治观念上，钱宁对于韦伯的教诲是，政治与社会制度的目的，就是发展一种独立自主的人格——虽然韦伯毕生反对钱宁的国家观，尤其反对他的和平主义。

1886年春，韦伯与弟弟阿尔弗雷德就施特劳斯的《耶稣传》进行了探讨。韦伯在信中回忆了初读此书的感觉："这部著作当然非常出色，笔下透出了一种坦诚的信念，看上去就像用一把手枪顶着每一个人的胸膛说：'跟我走，否则你就是个伪君子！'"但是，韦伯也承认，这种"非此即彼"的办法，最终很难解决人类思想与道德史上的一些重大问题。不过，他认为，有勇气提出这些问题的人们的开拓性成果还会保存下来。这也是施特劳斯那些理念的情形："它们把先前业已存在的许多没解决的事情一扫而光，创造了一片透明景象。但是另一方面，从那以后，学问的发展走上了不同的轨道。与施特劳斯的期望相反，它不会把他的观点作为最终结论，而只是作为提出更深刻的新问题的刺激因素。"

所以，人们很容易就发现，施特劳斯的书没有一个答案，只有一个问题，或者毋宁说，一大堆问题，"该书也没有清楚地显示那个主题的其他一些更为重要的方面，人们不得不利用自己的一些概念，它们不同于施特劳斯用过的、或者可能会用的概念。"韦伯说。

（五）

1886 年，韦伯在见习律师的工作之余，参加了戈德施密特和迈岑的研究生班。他的题献给戈德施密特的博士论文《论中世纪贸易公司史》，涉及法律和经济史之间的广阔领域。为此，他"不得不读了数百部意大利语和西班牙语法律汇编，开始我还不得不适当掌握这两种语言以便能够勉强读书"。这让他感到了"极度的辛苦"。最终，这篇文章发展成了一部名副其实的学术著作，韦伯甚至在他最后的学术著作中也吸收了它的成果。

曾参加了韦伯的博士学位授予仪式的瓦尔特·洛茨回忆，在仪式上，特奥多尔·蒙森在与韦伯进行广泛地讨论后，意味深长地说："我在某一天走向坟墓的时候，可能除了极为可敬的马克斯·韦伯以外，我不会对任何人这样说：'孩子，这是我的矛，它对于我的手臂来说过于沉重了。'"

阅读与思考，使韦伯也乐于帮助年少者获得思想的明晰性。二十三岁时，当他得知女友沉迷于席勒的《奥尔良的姑娘》时，他感到很高兴。他说，醉心于文学的人们，由于过度专注地崇拜歌德而丧失了对席勒的鉴赏力。韦伯对于歌德驾驭形式的能力赞不绝口，但也承认，"尽管人们告诉我歌德的诗性概念多么地包罗万象，而且能够从中发现人类生活的全部内容，但如果我后来却发现它几乎没有触及某个方面，而且是最重要的一个方面，那么它对我们又有什么用处？"因为，在歌德那里，"最深刻的问题，所有的事物，即使最棘手的伦理问题"，都能从"幸福"推导出来——而这正是韦伯表示怀疑的。

但到了成年后，韦伯对歌德的态度有了改变，他认为歌德是个"包罗万象的天才"，认为"他的生活的主要决定因素并非对'幸福'的需求，而是要不遗余力地为使自身的创造力和一种同宇宙法则合一的虔诚感达到极致而奋斗"。当然，他还是拒绝把歌德尊崇为一个可以摆脱道德评价的高不可攀的人物，认为歌德绝没有体现出"人的全貌"，而且他在歌德那里看不到"英雄的成分"。

不过，这没有妨碍韦伯在接下来的旅行中阅读《明希豪森》第二卷，"读起了亚麻色头发的莉斯贝特的故事"。他在给玛丽安妮的信中说："我还应该给你倍倍尔的书吗？……我已经把鲍尔森的《哲学导论》给你准备好了；这是他送给我的，是本很出色而又不太难读的书，晚上入睡前我都要看几眼……"

⊙ 歌德画像。成年之后，韦伯对于歌德的态度有了改变。

（六）

在韦伯的这本传记里，对韦伯读书的描写，更多地集中在他的幼年、老年和病中，似乎这是适合思想者读书思考的黄金时期。对于手不释卷的韦伯来说，阅读甚至成了检验他神经衰弱症是否痊愈的标志。1901年，在罗马养病的韦伯身体复原了，那是因为海伦妮和玛丽安妮注意到，他开始阅读一部艺术史、读康拉德的年鉴还有齐美尔的《货币哲学》。而且，大病新愈的韦伯专注范围极广，包括各种各样的历史著作，女修道院的组织与经济状况，阿里斯托芬，卢梭的《爱弥儿》，伏尔泰，孟德斯鸠，泰纳全集，以及一些英国作家的作品。

1910年，韦伯夫妇搬进了海德堡的老宅。在这里，韦伯认识了诗人格奥尔格。事实上，十三年前，韦伯的朋友、格奥尔格的崇拜者李凯尔特，就曾试图使韦伯对格氏的作品产生兴趣——比如《颂歌》《朝圣》《牧人之歌》等。但韦伯对这些作品总是无动于衷。他在其中看到的是"技术的审美"。传记在这里有一句有趣的评价："那些精巧地依赖于一种情绪的抒情诗，并不适合这个当时还很强壮的男人。"但是很久以来情况就发生变化了。患病的那些岁月使他偏离了他的轨道，并且打开了他灵魂中那些从前一直关闭的秘密空间。他开始沉浸在里尔克和格奥尔格的作品中。

他对于里尔克的评价剀切中的："里尔克是个神秘主义者，他的性格更接近于陶勃的、而不是那类迷狂的或者半是色情（贝尔纳）的神秘主义。……不是他在写诗，而是诗在他里面写成。这就是他的局限，但同样也是他的特点。……正是由于这个原因，他认为形式完美的诗歌的节奏完整性都会造成美感形式的大量损失，尽管任何艺术形式都是建立在这种扬弃基础上的。局限和限制，标志着对形式的把握。里尔克通过打破这种韵律法则，凭借一种当他的诗歌以恰到好处的抑扬顿挫朗读出来时产生的景致情绪，他想尽可能地表达出那些难以形容、不拘一格的潜在体验，可以说，就是赋予这种体验以形式来保存这种体验。在我看来，问题还在于他是否采用了一种不再是艺术手段的手段。但我不相信这不是'有意为之'的蛊惑，不是一种姿态或者造作，而是一种对他来说必定独具一格的自然结果。"

在与格奥尔格结下私谊以前，有一段时间，韦伯沉溺在他的诗歌里。他被这些诗歌的伟大艺术性所打动，但他并没有从中看到被格氏的门徒归纳出的宗教启示。恰如韦伯拒绝任何在当代创造出来的个人崇拜、决绝把某个个人拔升到君临一切造物之上而"神化活人"的做法。另外，诗人对现代文化的形成力量所持的否定态度，在韦伯看来也是陌生而徒劳的，尽管韦伯敏锐地意识到这个文化存在着哪些弊病。

（七）

1915年底，韦伯开始写作关于印度教和佛教的论文，从1916年秋天则开始研究古代犹太教。希伯莱人对他来说，是个合适的题目。玛丽安妮回忆，"马克斯现在几乎是'皮包骨头'，……他正在研究《旧约全书》，分析各种预言书、《诗篇》

《约伯书》……"然而，自从他在这之外写作政治文章并重新研读《经济与社会》的个别部分之后，宗教社会学研究覆盖的范围扩大，但最后未能按计划完成。在这种情况下，韦伯想分析《诗篇》和《约伯书》，然后再研究犹太教法典《塔尔木特》。战前，他已经为《经济与社会》中的宗教社会学部分，做了些初步的研究。

终其一生，马克斯·韦伯都在学术与政治之间作永久的徘徊，而对书卷的痴迷，则是他的一颗不变心。这份对书籍的如切如磋，如琢如磨的情感，也让后人看到了一个思想巨子的心路历程。在他晚年的一天，有人问韦伯，他的学识对他自己有何意义，韦伯回答说："我希望弄清楚我到底能坚持多久。"也许，承受生存的二律背反，或者更进一步，努力使自己最大限度地摆脱幻想，而又使自己的理想不受损害，并竭尽全力投身于理想，这就是他的使命。

福柯：
回归"今天的我们"

从上海返湘已有一周，窗外仍然冰天雪地，白茫茫一大片。四处传来的也多是交通受阻、断水停电的消息。大雪封城，寸步难行，只好待在房里，胡乱翻书。

2009 年第一期《读书》上，汪民安与丹尼尔·德菲尔的《友爱、哲学与政治——关于福柯的访谈》颇有意思。德菲尔是与福柯同居二十余年、"有着共同道德选择"的男友。根据樱井哲夫为福柯撰写的评传，1990 年，福柯的最后恋人吉贝尔·埃尔基，发表了描写感染艾滋病的小说《未能拯救我生命的朋友》。小说中缪吉尔的原型，无疑就是大名鼎鼎的福柯。而从其同居者斯特凡那的身上，则不难发现德菲尔的影子。1960 年，还是学生的德菲尔与时任克莱蒙·费朗大学副教授的福柯一见如故。从二十岁开始就有同性恋倾向的德菲尔，在交往中逐渐与福柯产生了暧昧关系。两人开始在德克特鲁·方雷街的公寓里共同生活，并且"决意共度余生"。这栋功能完备的豪华公寓，是福柯用父亲的遗产买下的，家具与装饰十足瑞典风格。推开寓所的窗子，就可以眺望远处波光粼粼的索姆河——用德菲尔的话说，"这所公寓完全像是一位科学家或者是从瑞典归来的新教徒的牧师公寓"。

由于福柯与德菲尔没有刻意隐瞒两人的关系，所以，两人同居的事情，在周围的人们看来已经不是秘密。从这篇访谈中可以看到，当时的同性恋人群中，年龄关系、社会关系和财富关系非常重要，却又被一种极不平等的差异结构深深铭刻。那就是，年龄大的找年龄小的，有权势的找没权势的，有钱人找穷人。而且，这种差异性从某种层面上看，甚至是积极的、肯定的、合理的。可以说，在一定程度上，德菲尔的回忆，修正（或者说强化）了櫻井哲夫的一个判断，即认为在当时，无论是法国社会还是学界，同性恋都是被否定的，也备受世人乃至同道的攻讦。这足以让人理解，为什么在访谈中，德菲尔一再声言"不太喜欢谈论太多我个人的逸闻趣事"，甚至"拒绝和写福柯传记的人见面"，却愿意对自己与福柯的关系，在一篇之中再三致意。其中的原因只有一个，就是平等的友爱。那意味着年龄和财富的无差异与对称，以及彼此之间没有权力横亘的情爱关系。

如访谈标题所述，除开友爱，德菲尔在访谈中，还特别说到了福柯左派的政治主张，以及他在现象学之外的哲学思考。毫无疑问，现象学是关于主体的哲学，而福柯的关注重心显然已经延伸到了"可变动的主体化"（alter-subjectivation）。这要上溯到福柯的主要哲学思想来源尼采那里。此点论者甚多，无须辞费。可惜的是，从思想嬗替的轨迹来看，后来的巴塔耶和布朗肖对福柯的影响，却未能引起读者足够重视。所以，德菲尔在访谈中所言，"对福柯来讲，作家就是莫里斯·布朗肖"，堪称不易之论。众所周知，福柯在克莱蒙·费朗大学任教期间，一边教授心理学，一边撰写《临床医学的诞生》。在相关的文学评论中，他写到了雷蒙·鲁塞、巴塔耶，其中当然少不了布朗肖，甚至一直承认得益于后者。而布朗肖的《我想象中的米歇尔·福柯》，无疑是理解福柯其人其书的经典文本——虽然两人没有私交，也从未谋面。布朗肖的《文学空间》已经由商务印书馆出版多年，似乎一直未能激起读书人的兴致，实在遗憾。

德菲尔的这篇访谈中，也有一些表面上交织冲突、实则深中肯綮的判断。可惜限于体例，未能尽述，但也足以惹人遐思。兹举两例。德菲尔说："你若喜欢福柯，我想你会喜欢巴塔耶的。"不过，他接着说："福柯和巴塔耶之间的差距还是相当大的。"更有趣的是，对于两人之间是否存在相近的趣味，德菲尔也是疑云重重——这几乎要颠覆研究者们的一些基本判断。无疑，对于研究福柯乃至尼采，巴塔耶都是相当重要的人物。坦率地说，理解巴塔耶并不是一件轻快的事情。或者说，谁都知道巴塔耶的重要性，但要澄清福柯和巴塔耶之间的思想脉络，需要的是更加细致和切近的文本阅读与比照。另一个例子则涉及德勒兹。"德勒兹和福柯对尼采的研究也非常不同，但我觉得他们俩还是更接近一些，我能够理解。"德菲尔还不忘捎上巴塔耶，"巴塔耶笔下的尼采我理解不了，这可能和我们不是同代人有关。"德菲尔的这一判断通达冷静，在此却不妨再作一些或许多余的阐发。从巴塔耶、布朗肖到福柯、德勒兹乃至利奥塔，无疑都是在尼采影响下成长起来的。但对于福柯的理解，较之其余诸公，德勒兹的阐释其实要精准得多，文字也更加沉郁隽永。在《哲学与权力的谈判——德勒兹访谈录》中，他说，福柯是当代哲学家中最实在者，是最彻底地与 19 世纪决裂的人，因此他适宜思考 19 世纪。福柯与尼采有三个交汇点，一是关于力量的观念，二是力量与形式的关系，三是主观化的进程。德勒兹认为，一个主观化的进程，不是一个主体的构成，而是一个生存方式的产生，如同尼采所说的"新的生命的可能性的根源"。或者说，"主体"的最终主题，"主体"最重要的就在于创造生命的新可能性，即如尼采所说，构成生命的真正风格：一种在审美背景上的生命主义。

因此，德勒兹的解读，至少暗示我长久以来基于误解而产生的一个错觉，即福柯在他的著作中向希腊人致敬，其深意并非如通常所理解的那样试图回归希腊人。其实，福柯希望回归的，是"今天的我们"。正像德勒兹所诘问的那样：我们的生存方式、我们的生命可能性或我们的主观化进程是什么样的？我们是否有构成"自我"的办法，并像尼采所说，有充分的"艺术家"的、跨出知识和权力的方法？既然在某种方式上是生命和消亡参与其中，我们是否能够构成"自我"呢？

《圣经》笔记之一：
从名利场到迦南地

　　上月在思想所，听冯象谈《圣经》与译经，度过了一个愉快而充实的下午。记得前几年，他的随笔在《万象》杂志上刊登时，曾经逐月一一读过。摩西、约伯和亚伯拉罕们时而在书房里自语，时而在荒郊中呼告的场景，总让眼前浮现李长吉诗中同样瑰丽玄幻的画面。后来，又陆续翻阅了他的《玻璃岛：亚瑟与我三千年》和《创世纪：传说与译注》，深觉中文世界里谈《圣经》和基督教传统，冯象的文字另有一种风姿，读书人有福了。最近半月，睡前总要读上几页他的新作《宽宽信箱与出埃及记》。几年过去，虽然文体由随笔变为尺牍，但冯象的文字依然清明畅达饱满含蓄，让人欣喜。

　　言归正传。那天讲座上，冯象谈到基督教历史进程和《圣经》文本及译本演变时，几次说及一度聚讼不休的《死海古卷》对于理解《圣经》的意义。也许是巧合，《宽宽信箱与出埃及记》的开篇，就是一段关于古卷的诡谲描写：某个午后，"我"倚在沙发上翻阅《古今符咒录》，当读到瑞士名医兼炼金术士巴拉色苏《论秘传智术》时，倦意袭人，昏昏睡去。一觉醒来，书却不翼而飞，直到半夜才发现，它好端端地躺在被单下。直到后来"我"才知道，那天正是鬼火森森的万圣节，这册《符咒录》"回到他它的作者和信众身边去了"。有趣的是，茶几上的这本书，长期以来被一部厚厚的《死海古卷》压着。这次逃逸，按照作者的说法，大概要归功于无意间的抽出，将它从"上帝之言和圣人戒律"下释放了。

这当然是作者的俏皮话。不过，对基督教稍有常识者都了解，现实世界里《死海古卷》所承载的"上帝之言"和"圣人戒律"，倒真是因为牧羊童子无意投掷的石块击碎了山洞中的瓦罐，才从幽暗的地下"逃逸"而出的。这不免让人联想到中国的敦煌卷子同样匪夷所思的问世经历。据史料记载，那次出土的古卷，除希伯来语《圣经》各卷皆有抄本外，还发现了久已失传的和未经后人删节的《次经》《伪经》和《经外书》，以及《圣经》的特殊注释、用希腊文和地方方言翻译的希伯来语《圣经》抄本。历史地看，这证明库兰（死海古卷出土地）宗团所属的艾赛尼教派在奉希伯来语《圣经》为圭臬的同时，对其余《经外书》的权威性宽容视之，并未像后来的正统犹太教那样，把《经外书》视为禁书而大加挞伐。

但是，对于《死海古卷》这样宗教气息浓郁的文本而言，"发掘文墓"和"揭开文幕"（钱钟书语）的终极目的，显然不仅仅在于文字比照、版本校勘等考据者流的技艺。简捷地说，《死海古卷》的宗教意义在于，依靠这些断简零编，能否重新修复一部久已失传的基督教先驱的文献（权威版本）？

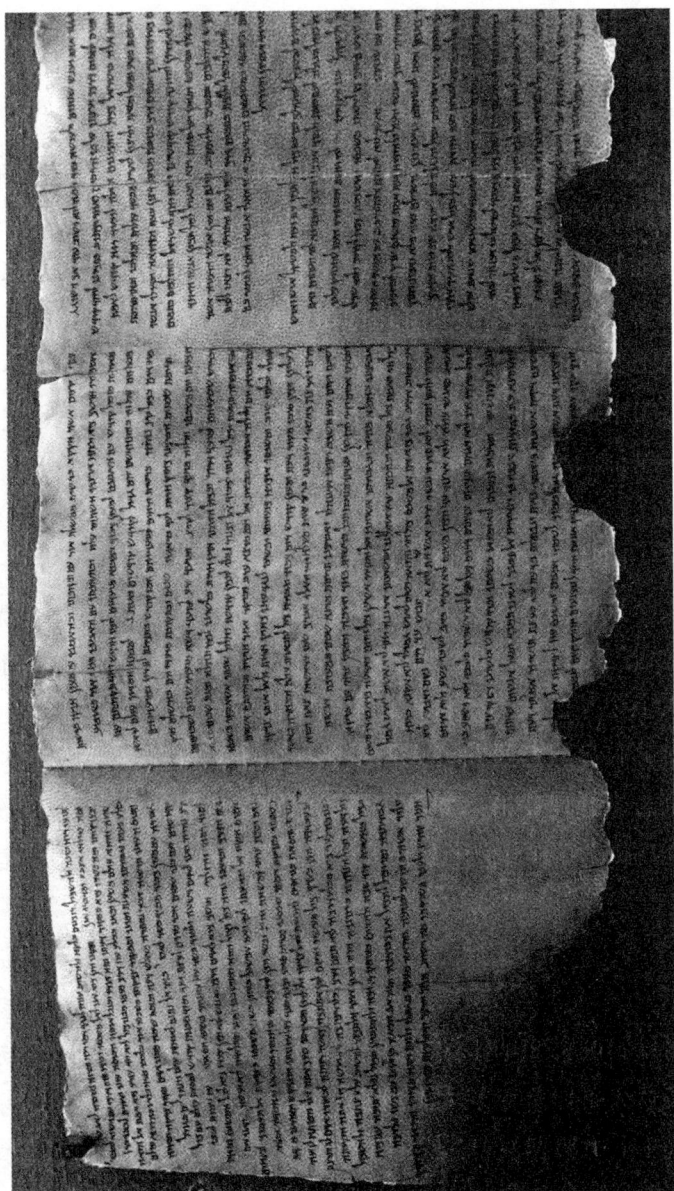

⊙ 1947 年在库兰出土的《死海古卷》。

或者，根据古卷追本溯源，上帝创世的奥秘（上帝之言）能否就此获得一劳永逸的解答，进而使得基督教的事实、逻辑与教义，实现真正意义上彼此的抵达？

按照《死海古卷》的英译者加斯特的说法，这些问题的回答都是不确定的——可以肯定，也可以否定。加斯特的态度貌似依违两可，体现的却恰恰是诚者的审慎。其实原因是显而易见的：一方面，我们必须承认，《死海古卷》具体而微地描述了施洗约翰进行工作的宗教氛围和文化氛围（也是耶稣最初所受教育的环境）。毫无疑问，这是孕育基督教的温床，也是福音缭绕的圣地。从这个意义上可以说，死海古卷可以视为基督教的先驱文献。但另一方面，奇怪的是，诸如道成肉身的神性、原罪、十字架的救赎、圣餐等，在《死海古卷》里居然连只言片语也找不到。库兰宗团所谓的"新约"、洗涤的礼节以及公共聚餐等，与基督教的《新约》、洗礼以及圣餐的关联，更是不知道从何说起。基于这一系列内涵丰富的考察结果，加斯特告诫我们："假若说，试图使《死海古卷》基督教化是不幸的，同样也可以说，企图使它历史化——即使其与特定的历史事例联系起来，也是不幸的。"

《宽宽信箱与出埃及记》中，冯象有两封书简谈到了贯古通今的解经学，不妨视作关于加斯特的态度和《死海古卷》这一话题的深度阐发，对于今人理解《圣经》奥义似也不无小补。在《哪怕摩西再世》一篇中可以看到，今天的解经学实际上已经走得更远。它相信真理源于上帝之言，一切教义基于经文，圣书的秘密是创世的大智慧，以人类孱弱的理智，显然难以与之共通款曲。《马太福音》云：被传唤者众，而被选中者少。可是在解经学看来，即便是上帝降恩特许，与他"一同行走"，也未必有一终极定论。所以我们不难理解，奥古斯丁在《忏悔录》中为何会有这样貌似极端的表述："哪怕摩西再世，亲口告诉：'我是这个意思'，我们也仍旧会［对那不变的真理］看法不一，诚然我们信他！"

在《天国的讽喻》一篇里，这个话题从讽喻的效能和解经的策略的角度，被作者重新提起。但在这一转换中，它变成了对彼岸的热切期待和这种期待在圣言中的消解——为何彼岸似乎触手可及却又如此遥不可及？冯象说，从文本上看，经文的记载或许充满矛盾与悖论，但要旨却在于，对于作为"被造之物"的人类而言，"天国的秘密"是隐而不彰的，甚至连耶稣也无法向子民们细说，而不得不诉诸讽喻。它要求借助修辞的联想，专注于信仰的体认。换言之，那些讽喻是以信仰为边界的，其核心乃是对"言成肉身"的确信——虽然对于我们来说，信未必能知，知也未必及义，更不用说仰赖那些远古遗存和隔代文本，为"上帝之言"寻找牢不可破的诠释与译文了。

简捷地说，大概可以这么理解：历代解经者和译经者皓首穷经，或追寻圣言的微言大义，或为穷竭真理争执不休，坦率地说，用意固然甚善，但如果试图以一己之见截断众流，却可能曲解圣灵降临的叙事，导致对真与爱的戕害。所以，与其殚精竭虑为《圣经》作历史目的论式的过度阐释，不如将注意力集中到不同宗教理念的会通和合上来。这样，我们也许能以更加宽博的眼光，来看待从《死海古卷》引发的辩难直到今天冯象式的重新译经。静心一想，不正是因为基于对《圣经》大智慧的心悦诚服，一代代读书人才朝着这一伟大文本的开放性发起挑战么？多少年来，从马丁·路德、圣杰罗姆到圣徒西里尔、廷代尔再到吾国的吴经熊、朱维之、徐怀启，一束束微弱而执着的思想之光，就在每一次的捧起、翻开和诵读之时，悄然射进《圣经》文本的混沌之处——从此岸物欲横流的名利场出发，照亮了彼岸奶与蜜的迦南地。

《圣经》笔记之二：
"摩西将耶和华的命令都写上了"

　　寒假买到台湾中研院李奭学的《得意忘言》，满心欢喜。可惜由于事忙，直到最近睡前方才展卷细读。第一篇谈的就是"翻译与神意"。作者自云，以前不甚注意七十子本的《旧约》，但是后来发现，在武加大本(Vulgate)《圣经》之前，这部希腊译文的权威，居然经常高过希伯来文"原作"。因此他认为，翻译也必须"假手神意"。在这一点上，柏拉图所谓"三度隔离说"稍显窒碍难通，"原作"与"译作"其实关系对等，未可以"肋骨"视之，所以，李奭学呼吁把译家提升到"先知"的地位。此言颇见巧思，但读后却不免有话想说：对于《圣经》文本而言，经典究竟如何确认？

　　徐怀启先生在《古代基督教史》中，曾辟专章谈《旧约》和《新约》的意义。其中一段文字言深旨远，可惜关注者不多。他说："某些著作之所以能够跻身经典之列，并不仅仅因为是某些人写出，也不仅仅由于为某些教会会议的决议所规定，而是在长期的自然和历史发展中，通过广大信徒在崇拜中和个人的灵修中（即个人的祈祷和沉思中）非意识地选定的。"在这里，徐先生虽然看重启示和圣灵的指引，但言辞之中对经典历史意义的强调一望可知。"从作者获得启示开始，通过显著人物的影响和教会会议的决议，一直到今天的信徒群众的使用，这整个过程都是在圣灵的指引下进行的。正是在这个崇高的指引下，基督教教会才拥有着作为信仰根据的经典著作。"

按照徐怀启的理解，神固然是超自然的、超历史的，但由于人有自然和历史的一面，所以当神与人发生关系的时候，这种关系不可避免的也有自然和历史的一面，因而约也要发展，从低级到高级，从外部到内部，从不完备到完备。比如，新、旧约这两则文本，一套是基督教从犹太教接受过来的经典著作，一套是基督教自己所产生的经典著作，其权威性究竟如何确认？徐怀启引用保罗在《加拉太书》第3章第24节谈到律法与基督的关系时说："律法是我们训蒙的师傅，引我们到基督那里，使我们因信称义。"虽然保罗在这里还没有意识到自然及历史发展的规律和过程，但他确实看到了启蒙与完成之间内在和必然的联系。因此，保罗指出，在引导到耶稣基督的过程中，律法起着训蒙、启蒙、准备的作用。律法既然如此，以律法为中心的《旧约》更应如此。值得注意的是，保罗在谈到他所宣传的福音的依据（特别提到犹太教经典在这方面的作用）时，甚至径直称犹太教经典为《圣经》。根据典籍记载，这一看法已经是当时使徒们比较普遍的认识。这也说明基督教教会已经把犹太教经典视同自己的信仰依据了。所以，摩西与犹太民族立约时，"摩西将耶和华的命令都写上了"，且命名为约书。那么，述说约和律法的犹太教全部经典，毫无疑问也应当以"约书"视之。以这种眼光来看待基督教的经典，则更在情理之中了。

　　抄书至此，不由想起去年春天听冯象谈翻译圣经。当时正在读《宽宽信箱与出埃及记》，颇有会心。后来以读书听课心得，匆匆写成短文，略约涉及对《死海古卷》的看法。文中转引加斯特的话说，"试图使《死海古卷》基督教化是不幸的"，而"企图使它历史化——即使其与特定的历史事例联系起来，也是不幸的"。现在看来，这一说法并没有大错，但文章进而对译经的判断，却显得模棱两可："与其殚精竭虑为《圣经》作历史目的论式的过度阐释，不如将注意力集中到不同宗教理念的会通和合上来"。自然，我们无须像某些研究者那样，根据死海古卷羊皮纸质地来确认其经典地位（这可信而不可爱），也无须对后人译经行为揄扬过甚（这可爱而不可信）。雷蒙·阿隆的话倒是值得记取："历史是由活着的人和为了活着的人而重建的死者的生活。"站在历史的视野而不是想象的云端，经典的意义与价值才能获得理性的观照。

《圣经》笔记之三：
《圣经》密码何处寻

　　"河图洛书"与《推背图》能否预示王朝的更迭？大观园衰亡的先声，为何事先回荡在太虚幻境的"正册"、"副册"与"又副册"当中？一百年前，是否有羊皮书记载马孔多小村的"百年孤独"？人世间诸多不可知与不确定，让人性与历史呈现出混沌之像，也引诱着人们从宇宙中探询奥义，从经典中聆听神启，从谶语和占卜师那儿获得安慰。时至 20 世纪，一位叫迈可·卓斯宁（Michael Drosnin）的新闻记者，更是经过五年调查，在《圣经密码》（*The Bible Code*）一书中报告，经过哈佛、耶鲁、希伯来大学的数学家与美国国安局解码专家的努力，利用电脑印证了《圣经》中隐藏着一套"密码"。三千年来的人世变化，都在这套密码的预言当中——纳粹兴起、广岛核爆、人类登陆月球、海湾战争，无不一一验证、历历如绘。

　　这种惊世骇俗却又匪夷所思的《圣经》重读，其依据究竟从何而来呢？该书转引一位有"维尔纳天才"（Genius of Vilna）之称的 18 世纪圣人的话语："律法有云，过去，现在，到时间终了，一切都包罗在摩西五书（Torah，即《创世纪》

《出埃及记》《利未记》《民数记》和《申命记》）当中，从第一个字到最后一个字，而且不单是泛泛之论，更详述每一种生物和每一个人，从出生之日到死亡之日的一切，巨细靡遗。"参与此次《圣经》密码解析的数学家芮普斯说，《圣经》密码的初露端倪，正是因为一位犹太教教士在《创世纪》中发现，每隔五十个字母跳读，可以拼出"Torah"。在《出埃及记》中以同样的间隔跳读，同样可以拼出"Torah"，在《民数记》与《申名记》中亦然。

这的确是一个有趣的发现。晚年牛顿亦曾据此写了一百万字的手稿，来探索《圣经》密码。不过，据经济学家凯恩斯回忆，不管牛顿利用什么数学模式，努力终归徒劳。而正是拜电脑技术之赐，当代数学家才让《圣经》密码的排列组合终于曝光。结果显示，"《圣经》的结构犹如巨大的纵横字谜，从头到尾都是以密码写就的文字，环环相扣，诉说一则则暗藏的故事"。芮普斯解释说："每一道密码都是以相隔第四、第十二或第五十个字母一一相加，即可相成一个字。跳过 X 间距，加一个 X 间距，再加一个 X 间距……即可拼出隐含的信息。不过，它不仅仅是跳跃码而已。纵横交错于我们已知的经文之下，隐藏在原版希伯来文旧约之中的，是一套字词和片语组成的网络，是崭新的启示录。"所以，该书作者借数学家之口，称上帝口授摩西的《圣经》，其实是电脑程式——先刻在石板上，之后写在羊皮卷中，最终编纂成书。看来，数学家们解释《圣经》密码的惊心一跃，依靠的还是人类理性的跳板。在数学排序的基础上，实现文本的排列组合，以及希伯来语能指与所指的重新链接。

的确，当文字符号成为魔方和万花筒，有心之士信手翻转之间，文本自然"新意迭出"。不过，这首先应该是语言的奇妙，而非科学的高明。宋朝李禺回文诗云："枯眼望遥山隔水，往来曾见几心知？壶空怕酌一杯酒，笔下难成和韵诗。途路阻人离别久，讯音无雁寄回迟。孤灯夜守长寥寂，夫忆妻兮父忆儿。"顺读倒读，妙韵天成。还有热心者将李商隐名篇《锦瑟》解构复重构："锦瑟蝴蝶已惘然，无端珠玉成华弦。庄生追忆春心泪，望帝迷托晓梦烟。日有一弦生一柱，当时沧海五十年。月明可待蓝田暖，只是此情思杜鹃。"新作与原作意境相似，别饶佳趣。英语语言符号的特殊性，则令文本重组稍显繁难。以回文为例，诸如："Madam I'm Adam."（"夫人，我是亚当。"）"Sex at noon taxes."（中午性爱叫人苦）。与中文符号的进退自如相比，大概只能算游戏笔墨。而希伯来文《圣经》历经重构，其文本新意层出不穷，或许证明的恰是希伯来语言符号的活性、弹性与粘性。

　　如果重组《圣经》密码的努力仅止与此，那么数学家的科研行为与重组李商隐的文学创作，其实并无二致。然而，在追寻密码的过程中，对象是神圣的《圣经》，重组方法却是电脑程序。也就是说，通过理性的数理逻辑，数学家试图重构《圣经》的话语系统，进而获得对于《圣经》的阐释权力。此举则不免令人心惊。《圣经》是上帝的语录，而探询上帝的隐语，其潜台词恰恰是不惜以理性掠夺信仰的领地。上帝想要通过密码传达什么信息？人们能否通过电脑，想象上帝的另一种面貌？人类所有命运都是预定的，还是可以预知而予以改变？人们将要面对的又是何种劫难或希望？其实，当数学家们越是不停地追问，就越可能陷入荒诞和失语的状态——"天机"怎么可能轻易泄露？

在《圣经密码》当中，数学家们大概也意识到了这一尴尬的境遇。"《圣经》宛如有几千片拼图块，而我们手中只有几百片。"他们承认，《圣经》密码是提早三千多年就预先记录好的人类历史。这部历史并不是按照时间顺序，来讲述人类的故事，而是一次同时讲完。现代事件和古代事件重叠在一起。未来就密写在叙述古代《圣经》故事的章节里。换言之，《圣经》的一个章节，可能同时包含了当时的故事、现在的故事以及一百年后的故事。似乎这样一来，《圣经》密码是上帝的"文章本天成"，电脑程序不过是后人的"妙手偶得之"。然而，"物理学已经放弃了。"诺贝尔物理学奖得主费曼抱怨说，"我们没有办法知道，在特定的情境下会发生什么事。我们唯一可以预测的，是不同事件发生的可能性。我们只能预测或然率。"因为确定无疑的是，"测不准定理"描述了大自然的基本特质。

在《启示录》里，"天启末日"说是由"七个封印"所密封，唯有弥赛亚能打开："我看见宝座的右手有书卷，里外都写着字，用七印封严了……在天上、地下、地底下，没有能展开能观看那书卷的。"同则故事的原初版本见《但以理书》。天使向希伯来先知但以理揭示终极未来，然后告诉他："可是，但以理啊，你不可泄露这些话，要把书卷封存起来，直到最后的日子。"也正是这两句话，引发牛顿在《圣经》中搜寻密码的冲动。牛顿在晚年的神学笔记当中写道："《圣经》的精髓在于对人类历史的预言。"一度坚信"上帝不会掷骰子"的爱因斯坦，曾竭力以统一场论调和相对论与量子力学，却终告失败。他后来也承认："过去、现在和未来的区别，终是虚妄。"

诗人旋转花瓣，打开整个天国；数学家设计程序，探听上帝的隐语。《圣经》密码如果真的存在意义，是因为数学家最终也不得不承认，不确定性其实是现实的一部分。怀疑与无知足以吹冷最坚定的信仰——认为借助数学程序，可以认清上帝纯洁的深思，不啻"为混沌凿七窍"，反衬人类理性的贫瘠与狂妄。或许数学家们追问《圣经》密码，是对上帝神思的不倦探索，希望借助《圣经》奥义的开掘，揭开动荡不安的世界复杂的面纱。只可惜，从一开始，他们大概就忘记了维特根斯坦的隽语："不可说者，保持沉默。"

20 世纪的书：
说吧，记忆

　　2003 年最后的读书日记，被一册厚重的书占据着。八百页的《20 世纪的书——百年来的作家、观念及文学》，巨细靡遗地打捞了从 1896 年到 1997 年间《纽约时报书评》上的锦绣文章。寒夜闭门，一书在手，仿佛把玩一枚被时间之流濯洗得五彩斑斓的水晶球，一个世纪的阅读记忆在这里熠熠闪耀。

　　该书在扉页勒口处宣称，将"带领读者踏上一个世纪的文化旅程，勾勒出当代重要作家及思想家最令人难忘的图像"。这话仿佛是广告商玩起了魔术家的飞刀，出手却未脱手。倒不如编者查尔斯·麦格拉斯在《导言》中的说辞来得通达诚恳："阅读一百年来的《纽约时报书评》让我强烈地感受到，几乎没有任何事可以天长地久。"然而，必须承认，如同葡萄牙作家佩索阿所言，"写下就是永恒"，这些书评多多少少成为历史的见证，折射出一百年来，爱书人在灯下读书时温馨的目光。

　　于我而言，这本七十五万字的大书的真正价值，尚不在书评者与作者的闻名遐迩：尤多拉·韦尔蒂讨论怀特的《夏洛的网》，约翰·厄普代克评塞林格的《布兰妮与卓埃》，奥登激赏托尔金的《魔戒团》……固然令人逸兴遄飞，但相比之下，我更偏爱该书副标题所试图揭示的内容：一百年的作家、观念及文学。其实，如果仔细阅读百年书评，就不难像年鉴学派的史学家那样，从"长时段"中窥探到隐匿其中的变迁与趋势——即使算不上永恒，但也发人深省。比如，海明威、德莱塞、菲茨杰拉德等人，用如椽之笔，为作家时代的不期而至剪彩；在第一次世界大战后，文学开始移步换景，视觉焦点逐渐转移到美国。或者，在20世纪50年代至60年代，儿童文学灿若星辰，以顺应婴儿高峰期的涌现；20世纪70年代则诞生了独特的原创小说；之后，传记的伟大年代似乎接踵而至……从这个意义上看，《20世纪的书》不仅仅充当了上个百年文学潮音的留声机，也成为20世纪社会学的特殊检测仪，测出了文学与社会的血温脉跳。

让人感慨的还有，从《20世纪的书》中可以看到，在百年来日复一日、业已泛黄的新闻纸上，文学的盛名如同潮汐般起起落落。一度被奉为神明的作家，在勇敢前行了数十载后，就沉入了历史幽暗冰冷的海底，再也泛不起一丝涟漪。同样，曾经蜷缩在书店一角，被蛛网、灰尘和书报检查令封锁的小册子，在某个黎明，突然像出土文物般被发掘出来，变得奇货可居光彩照人。不过，中国作家和中国作品的缺席，不免让人稍稍有一丝惆怅。

在这本包罗万象的书里，我们还可以看到，爱丽丝·托克拉斯回想爵士时代的巴黎，苏斯博士笑谈儿童的幽默感；可以看到对名家的初次书评，如弗吉尼亚·伍尔夫、乔治·奥威尔、索尔·贝娄；可以听到米兰·昆德拉、弗拉基米尔·纳波科夫在访谈中的声音，清晰有力；可以从读者来信中看到敏锐而不乏意外的洞见，如艾伦·格林斯潘为艾恩·兰德的辩护，威廉·曼彻斯特回忆门肯对美国语言的贡献……当然，不可忽略的，还有短小精悍的书缘眉批，论士衡文，剀切中的，文笔当得上"戚而能谐，婉而多讽"的评价，仿佛大洋彼岸另有一个郑逸梅，在为《纽约时报书评》作《艺林散叶》式的补白。

生活在别处：
两个世纪三本书

　　世纪末的怀旧之风与对未来的种种揣想，让两个世纪的交界处变得暧昧不清。好在阅读安抚了人们疲惫的神经，让他们像翻动书页一样翻动着属于两个世纪的心情。如果检点我个人的 2000 年的阅读，最难忘的也许是下面将要提到的三本书。不仅仅因为它们在枕边伴我度过了 20 世纪最后的时光，更重要的是，它们让我有机会在这世纪交替的时刻，对逝去的这一百年加以精微的审视与谛听。

　　首先不能不提到中国社会科学出版社出版的"西方现代思想丛书"之一的哈耶克的名著《致命的自负》。这位 1974 年诺贝尔经济学奖得主，在他生前这部重要著作的导论中开宗明义："本书所要论证的是，我们的文明，不管是它的起源还是它的维持，都要取决于这样一件事情。它的准确表述，就是人类合作中不断扩展的秩序。"这一论点的出发点，正是哈耶克将近代世界视为一种以自由市场秩序为特征的文明。显而易见，这一秩序只能在自由竞争与反复试错中才能产生，而与计划和强制无缘。事实上，《致命的自负》也从另一个角度，对市场秩序的形成与个人自由的关系，以及这种文明受到威胁的原因进行了有力的论证，结论正如 F·荷尔德林所言："那些使一个国家变成地狱的东西，恰恰是人们试图将其变成天堂。"因此也不妨说，在某种意义上，《致命的自负》也是哈耶克反极权主义思想的一次总结。可惜，正如我们知道和经历的，20 世纪没有逃脱哈耶克的不祥之音。试图一劳永逸地为人类社会的发展设定方向的唯理主义思潮，不仅冲决了理性的最后堤坝，而且淹没了理性本身。自负的乌托邦主义者，非但没有将人们送入他们描绘的自由与繁荣的国度，反而以一种伟大的名义，将人们引向了一条惊心动魄的通向奴役之路。

第二本并不新的著作《生活在别处》（作家出版社，1991）正是诞生于哈耶克笔下 20 世纪的阴霾之中。M·昆德拉在《被背叛的遗嘱》中对自己这部作品的界定，也如同这个时代一样错乱纷繁而又充满莫衷一是的隐喻："在《生活在别处》，我曾把一位我们时代的诗人的生活，置于欧洲诗歌的全部历史的画面之前，为的是使其步伐与兰波、济慈和莱蒙托夫的步伐合在一起。"在这本原题为《抒情时代》的作品里，主人公、诗人雅罗米尔高扬兰波的名句——"生活在别处"奔跑在布拉格的大街小巷，青春、爱情与革命像星星一样镀亮了他头顶的天空。可是，他的生命却交织着崇高与邪恶，勇敢与虚弱，正直与消沉。他追问他的身世，但他的出世莫名其妙；他拥抱"红头发姑娘"、"黑头发姑娘"，可他的爱情原野上收获的只是欲望。他在传单纷飞的广场上游行、辩论、喊口号，将语录和诗歌愤怒地掷向对手，可是革命女神没有降临，死神却在背后蒙上了他的眼睛。《生活在别处》是一部关于雅罗米尔及其20世纪同时代人的精神简历，一部为中国人熟悉而又感慨万千的精神简历。他们的经历用丹尼尔·贝尔在《资本主义文化矛盾》中的话来说，就是革命的设想使某些人为之迷醉，但真正的问题都出现在"革命的第二天"。这大概是20世纪留给人们的叹息与启示。

这样的叹息同样贯穿于《人有病，天知否——一九四九年后中国文坛纪实》（人民文学出版社，2000）的始终。俞平伯在旧时月色下叹息，沈从文在午门城下叹息，老舍在太平湖边叹息，还有丁玲、赵树理、郭小川、汪曾祺、浩然的叹息，可在当时，谁能真正理解这些叹息呢？陈徒手俯身拾起了这一串串叹息，以别出心裁的叙事策略，通过"人证与史证"（王蒙语），展现了中国当代思想史中一个个令人震撼的断面。"史无前例"年代里的政治风暴，在思想文化界内部卷起的无休止的斗争，竟然同样是"上疆场彼此弯弓月，流遍了，郊原血"。俞平伯在去世前几年留下了"卫青不败因天幸，李广无功缘数奇。两句切我生平"、"人心似水，民动为烟"、"赤条条来去无牵挂，心静自然凉"的句子；沈从文在古代服饰中消磨尽一生最后的时光；老舍的身影则随着夜色，永远沉没在幽暗冰冷的湖底……这些当事人叙述的历史片段，构成了陈徒手视野中当代中国文学史的长链，也暗示了思想史写作的另一种路径。当然，这是时代的进步，让我们有机会面对"人有病"的真实，发出"天知否"的诘问：究竟是什么力量让这些鲜活的人从希望堕入绝望，在彷徨中渐渐褪去生命？

第三辑

本辑记录读书行路的履迹和心迹。那是远游客的好奇与淘书族的惊喜，更多则是书房里的遐思玄想，从中可窥作者的宽博情怀与人生趣味。

语言：
世界的七巧板

　　语言与世界的关系是怎样的？这的确是一个问题。据说，上帝为了终止人类营造通天的巴比塔的宏伟计划，设法利用复杂多变的语言，扰乱人们正常的信息交流，修塔之事遂中道夭折，人类依然只能匍匐在上帝的巨大身影之下。这则故事的"微言大义"，也许正是被众多语言学者和哲学家揭示的、语言与现实世界之间的紧张关系———一方面，人类试图通过语言的多棱镜来认识整个世界，另一方面，语言又在人们的思维空间里，拼贴出"另一个"世界的版图；一方面，人们不断地用语言来表述、修正、传递思想，而另一方面，语言所构筑的思想磁场，也反过来不断磁化人们对实际世界的理解。因此，古往今来，这样的问题始终盘旋在人们的脑际：语言能否真正准确地描绘我们生存的世界？人们能否通过语言来调整人与世界的关系？人们能否超越语言直抵世界的核心？

　　在人类构建属于自己的知识、思想与信仰世界的漫漫历程中，语言确实扮演着十分奇特的角色。公元前三到四世纪，惠施、公孙龙等名辩之士，将语言的思辨，从传统的思想体系中分离出来，提升为一门形而上的学术。这既是基于名实关系具体争论的产物，也是形而上的语言思索的结果。在诸如"白马非马"和"离坚白"的激烈辩论中，语言世界与现实世界的差距，能指与所指的界限，被哲学家们有意无意地疏离。语言纯粹以一种符号系统参与论辩，进而成为主要的内容。语言与现实世界之间原本确定的链接，第一次在名辩之士们你来我往的声声论辩中风化瓦解。

到了唐代佛教唯识的著述与禅宗的公案里，语言的思辨与分析又一次风生水起，而且，禅宗语录因其文学化的形式，与传统文人的心理底色深度契合，影响广泛波及深远。把宗教话语当成艺术语言来体验，将包含深刻哲理的语句置换为诗歌，禅实现了对宗教严肃性与理论深刻性的突围。从表面上看，这是典籍中的书面语言被"饥时吃饭，困时睡觉"等日常生活语言取代，又逐渐转向貌似针锋不接，实则机锋迭出的艺术语言。但从深层次看，其实是语言从承载着意义的符号变成意义本身，从传递真理的工具变成真理本身。说这是语言对自身习惯性执着的一次"拯救与逍遥"也好，说这是一种语言溢出常态的大众游戏与"脱口秀"也好，总之，禅宗以一种奇特的形式，完成了对语言多意性、含混性与不确定性的一次大检阅。

而就在一百年前，当白话文的潮汛裹挟着民主、科学、革命、现代化，从红墙高筑的紫禁城和报章新闻中呼啸而过时，似乎在一夜之间，就冲决了文言文的坚固堤坝。中文世界传承了数千年的语言形式，从此画上了休止符。而对于中国社会而言，更严重的后果在于，白话文的出现，让当时中国人的心灵天平发生了前所未有的巨大偏转。从那时起，大众化的白话文本身，就成了反对专制、倡扬独立的檄文，成了唤醒民众心灵的号角，也成为近代中国对未来社会深情眺望的平台。

拂开笼罩在语言演变之上的历史烟云，一场场思想与社会领域旷日持久而又复杂纷纭的运动"你方唱罢我登场"。正如 T·S·艾略特在《磐石》合唱词中写的："思想与行动无尽的循环 / 无数的发明，无数的实验 / 带来运动着，却不静止的知识 / 急于表达，却非沉默寡言的知识 / 用词语构成的知识，以及对词语的漠视。"语言实际上成了一幅特殊的风云气象图，通过它看到的是社会与思想更为广泛的变迁———一种与语言变迁密切相关的变迁，让身处其中的人如鱼饮水冷暖自知。不同群体、不同时代所运用的不同语言，意味着不同的价值尺度与价值评判，也昭示了不同的感情强度与观念差异。惠施、公孙龙着力凸显了语言符号性的一面，正是出于对当时思想界，关注社会秩序、宇宙时空等"宏大叙事"的反拨。禅宗语言大行其道的时代，也是佛教的经典与教条倍受厌倦的时代。佛教徒理论兴趣的衰退和传教者力图将佛学理论传之久远的雄心，构成了 8 世纪以来佛教话语系统的内部紧张，也制约了其未来发展的总体走向。而 20 世纪初王纲解纽，礼崩乐坏，接受还是拒斥白话文，抛弃还是固守文言文，甚至成了衡量激进与落后、革命与保皇、开放与封闭的试金石。历史证明，社会史与观念史发展曲线的细微波动，都可能引起语言从形式到内容的剧烈震荡。在文化气候变动不居的季节里，语言的七巧板不断地拼接新词、拆毁旧词，实现着语言和语言的使用者，对社会强势的隐性投诚与皈依。

德国哲学家马克斯·韦伯曾用价值理性与工具理性，对人类理性做出区分。如果说，语言是人类历史与理性的产物的话，那么，它究竟属于工具，还是归于价值？这个问题的确令人捉摸不定。在不同的视角和不同的语境中，语言似乎永远在工具与价值之间，作无尽的徘徊，很难让人做出执于一端的回答。另一方面，从广义上讲，语言更应该包括语言的运用，因为这既是语言实现自身价值的必由之路，又是语言进化的基本动力。而在实际生活中，语言的真实外形与实际价值，更是游移不定暧昧不清。一个词语，在此时也许意味众生平等，在彼时却可能导致族群憎恨；一种语式，在这里代表心思缜密，在彼处却表现出繁复冗长；一种语气，在同学聚会时可以传达亲昵，而在谈判桌上却可能闪动轻佻。

因此，不难理解，为什么在历史上，语言既可能导向血雨腥风的精神圣战，也可以营造咳唾成珠的沙龙气氛。这样的画面也一次次在人们的心灵底片上感光。乔治·奥威尔在《1984》中"新词的用法"一节中揭示，花样翻新的政治话语背后，实际上折射出专制政权下民众心灵的麻木单调。而与此相映成趣的是，法国"热月革命"风暴后，巴黎街头市侩话语的横行无忌，则意味着革命风暴过后淑世主义的必然回归。因此，我更愿意借用哲学家哈贝马斯倡导的"交往理性"，来描绘不同语言在不同时代的基本境遇。哈氏是主张交往的热心人。他的交往行为理论，致力于解释"作为社会性的活动是怎样成为可能的"，以及"社会秩序是如何可能的"这两个基本问题。而语言，正是人类在社会交往过程中逐渐形成

⊙ 乔治·奥威尔著《1984》书影。

的一个智慧磁场，反过来，它又深刻影响着人类的社会活动与社会秩序。但历史上，没有哪一种语言真正具有金刚不坏之身。确定无疑的是，人与人、人与社会以及国家、民族、宗教乃至文明之间，只有在热忱开放而平等的交往中，语言的七巧板才能完成优化重组，实现自身价值的创造性转换。否则，任何语言都只是一堆杂乱无章的碎屑——聒噪的声波和凌乱的字符。

老子在《道德经》中说：大音稀声，善言不辩。维特根斯坦在《逻辑哲学论》的结尾处也深刻地指出："一个人对于不知道的事物就应该保持沉默。"这是从语言边缘上传来的清澈的智者之音。语言也许是人类最得意的作品之一。从诞生的那一天起，人类就努力地用语言，探知世间万物终极的奥秘，但却永远没有抵达那里，就像搭建巴比塔的计划终归失败一样。好在东西方的哲学家们，共同为人类的语言划出了一条合理边界，熄灭了多嘴多舌的人类更多的妄想。我们还不是上帝，只是一群拼接七巧板的孩子。在一次次或大或小的口舌之辩过后，我们的确应该对语言之外的事物，保持必要的谦卑和敬畏。

智能：
道是"有序"还"无序"

　　20世纪末那场举世瞩目的国际象棋"人机大战"，以电子计算机"深蓝"战胜大师卡斯帕罗夫而告终。撇开这场比赛的游戏规则与评判尺度不论，这一令人瞠目结舌的结果，带给人们的震撼是不言而喻的。在现代电脑技术君临天下的时代里，机械仪器是否具有思维，是否具有意识与情感的问题，被重新赋予了冲击力和迫切感。电脑能最终代替人脑甚至超过人脑吗？当人工智能专家再一次复活了还原主义的幽灵，将这样的诘问摆在我们面前的时候，"人机大战"这一结局背后隐匿着的，与其说是一个单调的形而下的技术问题，毋宁说是一系列相互纠缠的、闪烁着哲学光彩的本体论与认识论问题。

　　事实确实如此：随着科学技术的突飞猛进，牛顿的力学方程、麦克斯韦的电磁波和爱因斯坦的相对论，为人类社会的发展安装了引擎，也让人们的自信心空前膨胀。特别是20世纪电子计算机的诞生，带来的科学与哲学上的变革，是前所未有的。在键盘的敲击声中，信息、资金和能源，迅速地从大洋的这边流动到那边；五花八门的符号与公式，在电脑荧屏前彻底臣服……这种"头脑风暴（Brain-storming）"，让人工智能专家在科学幻想的蛊惑下，坚信人的精神不过是"肉体的电脑"；坚信通过人类无远弗届的理性，在严密的程序（有序的算法行为）的指挥与控制下，痛楚与欢乐、对美丽星空与夜莺之歌的鉴赏，以及意识与自由意志，将在电子计算机里自然涌现。也许只有套用曼杰斯塔姆的诗句，才能描绘这种难以言喻的心态："理性在天上舞蹈，命令我歌唱。"

然而，就在这样的氛围里，罗杰·彭罗斯却在他的《皇帝新脑》一书当中，扮演着对强人工智能发起攻击的斗牛士的形象。它的副标题："有关电脑、人脑及物理定律"，暗示了这位英国科学家试图"一石三鸟"的野心。虽然彭罗斯在他的著作中广泛地涉及到相对论、量子力学和宇宙论，但他关心的焦点，还是"精神—身体关系"的问题，或者说"精神物理"问题。在系统考察了电脑科学、数学、物理学、宇宙学、神经和精神科学以及哲学后，彭罗斯的论断斩钉截铁——"就像皇帝没有穿衣服一样，电脑并没有头脑。"

简单地说，彭罗斯的论证基于这样的逻辑底线：希尔伯特曾经提出过一个宏伟的规划，那就是，一旦公理和步骤法则被给定，一切真理都应该能被推导出来。然而，具有颠覆性的哥德尔定理，却让这一宏图成了看似触手可及、实则遥不可及的"镜花水月"。这一定理针锋相对地指出，那种试图以算法来获取真理的手段是极其有限的，因为在任何一个形式系统中，总存在不能由公理和步骤法则证伪的正确命题。一言以蔽之，世界的复杂性不可能由可列的算法步骤来穷尽。

因此，彭罗斯对柏拉图的数学世界由衷赞美并奉为圭臬。

他在截然划分了可计算性与数学的精确性之后说，在精确的柏拉图的数学世界里，具有人们要多少即有多少的神秘和美。而大部分神秘从一些概念中得来，这些概念属于柏拉图数学世界中，较有限制的算法和计算以外的事情。在他看来，意识只不过是从复杂的计算中"突围"而来的。换言之，在具体的技术细节下隐含着一个人们习焉不察的感觉：意识的精神活动不像电脑运行一样，是"显而易见"的。所以说，灵感和直觉在发现真理上，往往比逻辑推导要重要得多。从更广义上，我们也许可以说：人类天生好思索，而上帝却偏偏喜欢微笑着掷骰子。

但是，彭罗斯的论证在高歌猛进的同时，也留下了一丝罅隙。那就是，由于人类意识常常是照亮其他东西，而自身总是处于浓密阴影之中。因此，它的这种特殊的不可自明性，决定了它只能在主体与客体、想象与现实之间作永远的徘徊。在这种情况下，人类的意识无可回避地卷入一场又一场真理与谬误的博弈之中。而这一点，在统一场论没有真正建立之前，是无法得到清晰论证的。显然，这种困境在彭罗斯的面前，挖下了一条似乎难以弥合的鸿沟。因此，《皇帝新脑》中的相当一部分篇章，还只是彭罗斯的一种揣想，一种关于人类意识与人工智能的小心纠错。这一点连他本人也认同："我在这些章节中提出的论证也许是过于曲折复杂。我承认有一些是猜测性的。同时我相信，有些是不可避免的。"——当然，这不是彭罗斯的过错，而是人类理性的限度束缚了他。

有趣的是，在读法国人埃德加·莫兰的《迷失的范式：人性研究》时，我才知道，数学家、电脑的发明者冯·诺依曼对电脑（人造机器）与人脑（生物机器）的本质区别，有着另一种别致的阐释。这种阐释，恰到好处地弥补了彭罗斯的理论空白。冯·诺依曼在他生命的最后几年，将思维的灵光集中到自动机理论上。他提出，人造机器和生物机器的基本区别在于：前者从它被建造好开始，就注定逐步退化，而后者在一段时间里不会退化，甚至进化，也就是逐步增加它的复杂性。这里，"复杂性"的确是个关键词。这不仅因为复杂性意味着，生物机器比人造机器调动了数量无限多的组成要素，使之处于相互作用之中，同时也表明生物遵循着一套完全不同的运行和发展的逻辑。在这套逻辑中，不确定性和偶然性，作为高级组织或自组织的要素发挥着作用。这套生物的逻辑，显然比我们的理智应用于事物的逻辑更加复杂——虽然我们的理智也是这个逻辑的产物之一。

两位作者的观点的确"精妙世无双"。对于人类意识而言，人工智能之所以不能实现"彼可取而代也"的计划，从核心意义上说，或许正在于生物系统（包括人类意识）是"无序"的。它的一切复杂性、偶然性与不确定性，都是"无序"的题中之义。而人工智能从它诞生的那一天起，就打上了"有序"（理性）的烙印，是人类思维在有序状态下的产物。热力学第二定律表明，分子无序化和组织解体的趋向，意味着熵的增长；而生命则相反地意味着组织化和复杂化的增长，即负熵。因此，生物组织存在一个悖论：生物组织随着时间建立起来的信息的有序，看来与时间扩散的无序的原则背道而驰。冯·诺依曼的观点，正是基于对这一悖论清醒的洞察。换言之，正是这种自组织现象，给予生物系统以机械仪器所没有的灵活性与自由度，而人工智能则完全被程式化，也就是说，自组织系统越是没有被严格决定，就越是复杂的。这也正是人之为人的本质所在，就像法国诗人兰博自豪地描述的："我终于发现了我精神中的无序的神圣性。"

其实，关于人类意识与人工智能的追问，还只是刚刚开始。它长久地处于搁浅状态，等待着新一轮思想潮汛的来临。爱因斯坦曾说："我所真正感兴趣的是，上帝是否能以不同的方式来创造世界；也就是说，必要的逻辑简单性是否为自由选择留下任何余地。"彭罗斯在他的这本四十余万字的著作里，为爱因斯坦的问题，提供了许多积极而启人心智的猜测与启示。从人工智能道是"有序"还"无序"的情况来看，人类首先有必要为理性划出一条合理的边界，而不是盲目地充当理性世界里仗剑击风车的堂吉诃德和推滚石上山的西西弗斯。这大概就是 1953 年诺贝尔医学或生理学奖得主康罗·洛伦兹在《攻击与人性》一书中，所转引的那段箴言的内涵吧——"那是人生最大的快乐，想到自己已经对能探究的加以探究了，然后平静地崇敬不可探究的部分。"

东方：
萨义德的表述

  "东方"究竟应当以一种怎样的方式表述自己？这的确是一个延宕已久却悬而未决的问题。1975—1976 年黎巴嫩内战期间，一个法国记者站在贝鲁特的废墟上，面对满目疮痍，无限感慨："它让我想起了……夏多布里昂与内瓦尔笔下的东方。"在欧洲人眼里，"东方"几乎是被他们"凭空创造出来的地方"。浪漫的故事、美丽的风景、难忘的回忆、非凡的经历，在这块土地上繁衍生息。只是，"它正在一天一天地消失；在某种意义上，它已经消失，它的时代已经结束"。而富有反讽意味的是，在此过程中，东方人所面临的生死攸关的抉择与经历的苦痛，却显然游离于那位法国记者的"无限感慨"之外。《东方学》的作者萨义德似乎是漫不经心地道出了其中真谛："这位欧洲来客最关心的，不是东方的现实，而是欧洲对东方及其当代命运的表述。这对这位记者及其法国读者而言，有着重要的价值与意义。"

  的确，表述的命运属于东方，而命运的表述却由西方来完成。当萨义德在这种离奇的状态下，从"东方主义（Orientalism）"一词里剥离出"一种学术研究学科、一种思维

⊙《东方学》的作者萨义德。

方式、一种权力话语方式"的时候，他的思想重音显然落在最后一个声部。可以看到，福柯的权力理论在这儿留下了深重的投影。今天，"东方"已经成了一个含义暧昧身份模糊的异乡客，一个急需到西方怀抱里寻求文化认同的"他者"。停驻在历史记忆中的东方，是博大精深的国家体系与官僚机构，是取之不尽的石油、橡胶和水稻。在孔子、佛陀及穆罕默德的灵魂照耀下，东方永远属于衣冠简朴古风存的时代，属于让马可·波罗惊叹不已的年代。正像迪士累利在小说《坦克雷德》中所说的，东方是一种"谋生之道"，"年轻聪明的西方人会发现，东方将会引发一种可以令人废寝忘食的激情"。

　　而这一切，转变得如此迅捷。对照地理大发现和工业革命后的西方，东方则"戏剧般"地成为殖民者船头的新大陆轮廓。沃勒斯坦的《现代世界体系》及布罗代尔的《15—18世纪的物质文明、经济与资本主义》两书，虽然未能完整地从文化意义上对东方学理论做出梳理与整合，但他们从世界市场网络的建立与扩展的角度，对西方文化霸权日趋强大的历史事实，提供了重要的"参证文本"。在东方学者眼中，面对新兴工业文明的崛起与全球市场的开拓，东西方权杖的转移和避无可避的"血光之灾"，是完全"合乎理性"的。正是从这个时刻开始，在非逻辑的历史发展节奏中，卡尔·马克思在《路易·波拿巴的雾月十八》中的判断终于兑现："他们无法表述自己，他们只能被别人表述。"一百多年后，萨义德在他的《东方学》中呈现出一个更深刻的事实："东方学"是启蒙时代之后，欧洲文化据以在政治学、社会学、军事、意识形态、科学和想象各方面，塑造甚至"制造"东方的一个极为系统化的学科。

难怪，福山断定历史已经"终结"。而在历史终结的背景下，作为对手的"东方"也在被西方大众文化重新"制造"。就像当年撒切尔夫人站在"FORWARD"（向前进）的广告牌下演讲的照片，发表时被斩头去尾，处理成站在"WAR"（战争）的标语下叫嚣的战争贩子那样，无处不在的"东方主义"也在为东方做出"善意的形象宣言"。于是，欧美报刊的版面上，常常可以看到，高大的沙漠石油井架前，站着一个阿拉伯人打扮的中东人。他有着鹰隼般锐利的眼睛和神秘的笑容。这样的画面完全能够激发人们的阅读感觉。这位"东方形象代言人"的面容里，显出某种深不可测的企图。它足以让众多"热爱和平与安宁生活"的"世界公民"心生疑惧——这些东方人在谋划什么？是暗杀无辜、绑架人质，还是妄图扼断石油输出管道？

这仅仅是一个平庸的事例。可是，多少年来，东方就在这样的表述中打造自己的脸谱，同时，也在更加复杂的空间里生存。从表述方式看，东方学是一种话语权力的指称。它属于文化批评，属于社会学，也属于资本主义史，但从根本上看，它的源头仍落脚于东西方政治、经济、文化的巨大落差。萨义德在其新著《东方学》中，将这种状况推到读者面前，使得在 20 世纪后期，东方这个特殊的"群落"，有机会比较清晰全面地意识到社会发展、历史现实与话语权力的关系，意识到自我与他人、个体与群体在不同时期的角色转换关系，还有现代世界体系中文化间的冲突。

错觉：
钱钟书谈周作人

　　周作人的《中国新文学的源流》一书，系 1932 年 2、3 月间，作者应沈兼士之邀在辅仁大学的讲演稿。戋戋一册，由邓恭三（广铭）记录，北京人文书店印行。最近翻看几本钱钟书评传，发现钱氏在清华大学读书时，对周作人的这次演讲曾有批评。于是找来周氏此文对比参证。旧书新读，颇有兴味。

　　在这篇发表于《新月月刊》4 卷 4 期（1932 年 11 月）的书评当中，钱钟书对周作人的批评，主要集中在两个方面：其一，钱钟书认为，在中国的"文学"概念中，"文以载道"与"诗言志"只是分工不同，原本是并行不悖的，无所谓两派。所以，许多载道的文人，作起诗来往往抒写性灵而言志。因此，钱钟书批评周作人的讲演，犯了"文以载道"和"诗言志"概念不清、简单交替以及循环论证的毛病。后来，钱钟书在《中国诗与中国画》一文中，又对此进一步阐发，略谓"文以载道"和"诗言志"只规定各别文体的功能，并非概论文学——"文"指的是散文或古文，以区别于"诗"、"词"。因此，在钱钟书看来，这两句话看似针锋相对，实则水米无干或羽翼相辅。文、诗、词是平行的，但不是平等的，"文"为最高。而且，钱钟书指出，西方文艺理论灌输进来成为常识后，人们容易将"文"理解为广义的文学，把"诗"认为是文学创作精华的代名词。传统文评中有它的矛盾，但是"文以载道"和"诗言志"这两句，不能算是矛盾的口号。因此，钱钟书认为，周作人是"把外来的概念应用得很不内行，就产生了这样的一个矛盾的错觉"。

其二，钱钟书认为，周作人对于文学"源流"的推断存在"根本的误解"。因为，周作人是依据"公安派没有成为正统文学这一事实，而不是文学本身"。钱钟书反驳的理由是，"推而上之，像韩柳革初唐的命、欧梅革西崑的命，同是一条线下来的。因为他们对于当时矫揉造作的形式文学都不满意，而趋向于自我表现。韩的反'剽贼'，欧的反对'捃摭'，与周先生所引袁中郎的话，何尝无巧合的地方呢？"

初看起来，钱钟书的反驳，似乎真的如诸多评传作者所言，"持之有故，言之成理"。但细读周作人的《中国新文学的源流》可以看到，钱钟书的这两点意见，与周作人在文章中所阐发的观点，竟然是针锋不接。换言之，真正产生"矛盾的错觉"的，恰恰是当时二十二岁的钱钟书。

钱钟书对《中国新文学的源流》的批评，主要集中在该书的第二讲，即"中国文学的变迁"。在这一讲中，周氏开宗明义："上次讲到文学最先是混在宗教之内的，后来因为性质不同而分化出来。分出之后，在文学的领域内马上有了两种不同的潮流：（甲）诗言志——言志派（乙）文以载道——载道派"。"这两种潮流的起伏，便造成了中国的文学史。我们以这样的观点去看中国新文学运动，自然也比较容易看得清楚"。

　　显然，周作人在这里对中国文学作"言志派"与"载道派"的划分，只是对传统文论中"诗言志"与"文以载道"的说法的借鉴，并非如钱钟书所言，生硬地将"言志"文体定为"诗"，将载道文体归为"文"。事实上，在之后的阐释中，周作人也始终把"言志"与"载道"，纳入了相对广义的文学范畴中，并不曾刻意划分出诸如钱钟书所谓的文、诗、词之间平行、平等之类的关系。但是，在钱钟书那里，周作人所说的"言志"与"载道"，反被坐实成对于"诗"、"文"两种具体文学体裁的特征描述。似乎随着"言志派"与"载道派"的兴衰，中国传统文学成了"诗"与"文"两种文体的竞技场。这显然与常识相悖，也与周作人的观点大相径庭。

　　其次，钱钟书在文章中指出一个有意思的现象，那就是许多"载道"的文人，作起诗来往往抒写性灵而言志。似乎这一现象，是对周作人的"言志"与"载道"观的又一次颠覆。客观而言，钱钟书所谈就作家个体来说大致不差。然而，从长时段的文学史来看，作家与时代的旨趣、风格、追求，却又具有相对恒定的共性。形塑这一共性的因素，既有一个时代社会风潮、意识形态等外部因素的横向拉动（体现为"载道"），也有文学创作者内在个性追求的纵向制约（体现为"言志"）。因此，周作人说，"文学方面的兴衰，总和政治情形的好坏相反背着的"。而他之所以用"言志"、"载道"来划分文学潮流，就在于他认为"中国的文学，在过去所走的并不是一条直线，而是像一条弯曲的河流，从甲处流到乙处，又从乙处流到甲处。遇到一次抵抗，其方向即取一次转变。"至于韩愈、柳宗元的文学立场对初唐文风的纠正，欧阳修、梅尧臣的文学态度对西崑派的抵抗，确如钱钟书所言，是"对当时矫揉造作的形式文学的不满意"，与袁中郎的话"不无巧合"。但是，这并不能否认周作人关于中国传统文学中，"言志派"与"载道派"此消彼长的观点。或者说，从逻辑上看，钱钟书观察的是局部，周作人关注的是整体；钱钟书看到的是个案，周作人评价的是趋势。

那么，周作人此文是否全无可议之处呢？其实，钱钟书的文章已有触及，可惜语焉不详。那就是，周作人将"新文学的源流归结为公安派没有成为文学主流的事实，而不是文学本身"。周氏此文的薄弱之处，正是在于他"主题先行"的意图过于明显。他明里追溯新文学运动的源流，实则要为中国传统文学的发展脉络下判词。不难看到，作为五四新文学运动的主将，为了给新文学张目，周作人不惜在演讲中扬"言志派"而抑"载道派"，却只是笼统地认为，"明末的文学，是现在这次文学运动的来源；而清朝的文学，则是这次文学运动的原因"（第三讲）。在这一点上，《中国新文学的源流》缺乏或者回避了对于中国传统文学的全方位体察。这大概就是钱钟书敏锐地觉察却未能拈出的"文学本身"的含义。

在这种扬"言志派"而抑"载道派"的旨趣之下，周作人对晚周、魏晋六朝、五代、元、明末、民国的文学成就，评价甚高，而对两汉、唐、两宋、明、清的文学创作颇有微词。周氏的观点是，政治一稳定，社会较统一，文学就走上了"载道"的路子；反之则"言志"。因此，周作人推崇魏晋

六朝时的《世说新语》《洛阳伽蓝记》《水经注》《六朝文絜》
以及晚明公安三袁和张宗子的作品。不难看出，其中隐含了
周氏自身的创作兴趣和新文化运动的重视个性的内在诉求。
因此，从另一个侧面也就可以理解，为何周作人对唐宋八大
家的文章如此不屑一顾："虽然韩愈号称文起八代之衰，六朝
的骈文体也的确被他打倒了，但他的文章，即使最有名的《盘
谷序》，据我们看来，也实在作得不好。"又如，"苏东坡总算
是宋朝的大作家。胡适之先生很称许他，明末的公安派对他
也捧得特别厉害，但我觉得他不是文学运动方面的人物。他
的有名，在当时只是因为他反对王安石，因为他在政治方面
的反动。"

这样的评价，又是出自一代宗师之口，颇能俘获当日的
文学爱好者。就连以《中国史纲》名世的史学家张荫麟，在
《传统历史哲学之总结算》中写道："吾人若以循环之观念为
导引以考察人类史，则每可得惊人之发现，此则吾所确信不
疑者。"为了论证这一"循环之观念"，他所援引的例子正是
周作人的《中国新文学的源流》。不过，以今日的眼光平心视
之，只能说周氏此言失之偏颇。高步瀛先生《唐宋文举要》
的选目，就直奔韩潮苏海而去，并不在那些浅俗的作品上流
连。最近翻读沈德潜为《唐宋八大家古文》所作的序，注意
到他针对"后之学者，唯应于宋五子之书是求"，指出"宋五
子书，秋实也，唐宋八大家文，春华也，天下无骛春华而弃
秋实者"。他还幽默地说："若舍华就实，而徒敝敝焉，约取
夫朴学之指归，穷其流弊，空有等于兽皮之鞈者，吾未见兽
皮之鞈，或贤于虚华之饰者也。"而金性尧先生在《竟陵派的

散文》中的说法，就更简洁了："在中国的散文大厦里，起栋梁作用的毕竟还是唐宋诸家的大品，不能因为被冬烘先生摇头晃脑地赞美过就如此鄙视。"金先生还说，"因为唐宋散文中那种铿锵作声的'气'，读起来确实获得了一种音乐上的快感"。晚明诸家的小品，大约正是"趣"有余而"气"不足，终不能敲响中国传统文学的黄钟大吕吧？

翻译：
葡萄美酒欧洲杯

　　唐朝诗人王翰有名句："葡萄美酒夜光杯，欲饮琵琶马上催。"第十二届欧洲杯正在伊比利亚半岛举行，东道主葡萄牙也因此吸引了世界的目光。有报章遂以"葡萄美酒欧洲杯"为题，从"葡萄牙"引申到"葡萄"，借古人的酒杯，过今日的球瘾。

　　其实，"葡萄牙"与"葡萄"风马牛不相及。葡萄牙是（Portugal）的音译，实在不能从字面上来理解。试想，"葡萄"如何会长"牙"呢？根据周振鹤先生的研究，古人之所以将"Portugal"翻译成"葡萄牙"，采用的是闽南方言。这是19世纪西方传教士来到中国沿海，学会闽南语之后"因地制宜"的结果。当时，在传教士所办中文杂志《东西洋考每月统记传》中，就出现了"葡萄牙"的名字。后来，福建巡抚徐继畬在其编辑的《瀛环志略》（此书在很长一段时间里，是日本的地理教科书）当中，也采用了此一译法。这应当是19世纪三四十年代的事情。

　　其实，早在明武宗正德年间，葡萄牙人就与中国有往来。张星烺所编订《中西交通史料汇编》中辑录资料甚详。《明史》之《满剌加传》《爪哇传》《苏禄传》等以及《西域周知录》、魏源《海国图志》等著作中所记的"佛朗机",即指葡萄牙人。当然,也有将葡萄牙译作蒲丽都家、博尔都瓦尔、香山嶴夷的——前二者是音译,与 Portugal 的发音相去不远,以官话翻译之故;后者为意译,因当时葡人多啸聚广东香山濠镜嶴。其时,葡萄牙人征服满剌加(Malacca,今马来半岛马六甲),故《明史》谓其"地近满剌加"。加之其时南洋各地波斯阿拉伯人甚多,故泛称欧洲人为佛朗机(Franks),即取唐代"拂菻(即东罗马帝国)"之音译,至明代则专指葡萄牙人。

《明史》对葡萄牙人有颇为生动的描述:"其人长身高鼻,猫睛鹰嘴,拳发赤须,好经商,恃强陵轹诸国,无所不往,后又称干系腊国。所产多犀象、珠贝。衣服华洁,贵者冠,贱者笠,见尊长辄去之。初奉佛教,后奉基督教。市易但伸指示数,虽累千金,不立契约。有事指天为誓,不相负。自灭满剌加、巴西、吕宋三国,海外诸藩,无敢与抗者。"

至于葡萄(grape),则是典型的音译外来词。一说是希腊文 batrus 之译音,另一说是伊兰语 budawa 之译音,未知孰是。据《简明中国大百科全书》介绍,欧洲葡萄起源于地中海、黑海和里海沿岸。现代主要培植区在北纬 20 度到 52 度及南纬 30 度到 40 度之间,以西班牙、意大利、俄罗斯、法国最多。中国主要在北方,以新疆为最多。而在四千年前埃及墓葬中,即有一幅挤压葡萄取汁的壁画,似可说明当时埃及人已种植葡萄且有能力对其进行"深加工"。《圣经》中关于葡萄的记载更是比比皆是,以《旧约·雅歌》为例,如"无花果树的果子渐渐成熟,葡萄树开花放香"(2:13),"愿你的两乳,好像葡萄累累下垂。"(7:8)隽语妙喻,美不胜收。

关于葡萄是否为中国土产，其实颇有争议。前引《简明中国大百科全书》谓，中国新疆南部在汉代已有种植。但更广泛的说法是，葡萄系张骞通西域才引进中国。《史记·大宛传》即称"汉使自大宛取葡萄实来"。明代李时珍在《本草纲目》中总结陈词："葡萄，《汉书》作蒲桃，可以造酒。人醉饮之则陶然欲醉，故有是名。""人醉饮之则陶然欲醉"，所以叫"葡（醉）萄（陶）"，这种充满后现代风格的语义阐释学，足以令语言学家折服。李时珍也注意到，"《汉书》言张骞通西域还，始得此种。而《神农百草》已有葡萄，则汉前陇西旧有，但未入关耳"。可惜时光无法倒流，否则定要回到汉朝，将"葡萄"产权一查到底。

中国古代典籍中，多将葡萄写作"蒲桃"、"蒲陶"。"蒲桃"一词，甚至从汉朝沿用到唐朝直至今日电脑输入法的字库当中。幼时背诵李颀《古从军行》，末二句"年年战骨埋荒外，空见蒲桃入汉家"，以为颇得边塞诗的旷远之旨。据学者考证，直到元代，今天使用的"葡萄"译名才正式出现。蒋天枢编著的《陈寅恪先生编年事辑》一书中，曾转引蓝公博先生的回忆："有时（陈寅恪）先生也教我们喝葡萄酒，我们便问其来历，他于是把葡萄酒原产何处，原名什么，最早出现何处，何时传到何处，一变成为为何名，如此这般，从各国文字演变之迹，看它传播之途径。这些话我们当时都记在小册子里。"能亲炙大师，真是一件幸运的事情。只可惜蓝先生的小册子没有留下来，不然，定当与爱克曼的《歌德谈话录》相媲美。陈先生的咳唾珠玉，就这样随风飘逝了，现在大约不会再有人对这些话题感兴趣了吧？

食物：
始诸饮食

历史学者何炳棣在《读史阅世六十年》（广西师大出版社，2006）中，用相当多的篇幅谈及家族制度对于个人成长的影响。其中一个细节颇有趣味："除父亲外，身教言传对我一生影响最深的莫过于外祖母张老太太。……最使我终身不忘的是我吃饭时，外祖母不止一次地教训我：菜肉能吃尽管吃，但总要把一块红烧肉留到碗底最后一口吃，这样老来才不会吃苦。"

这一细节之所以印象深刻，因它让我想到幼年时代，祖母也曾有过类似教诲。不过，和张老太太的观点不同，祖母特别强调米饭的重要性。她经常在餐桌边说，无论在外已有应酬，还是刚刚吃过零食，或是正餐时吃菜太多，总之，每餐饭最后一定要多少吃些米饭，"盖在（已吃过的东西）上面"。只有这样，一餐饭才能真正"经饱"（耐饿）。

这两种"始诸饮食"的家庭教育，虽然在肉和饭的选择上存在差异，但同样证实了何炳棣的感慨："请问：有哪一位国学大师能更好地使一个五六岁的儿童脑海里，渗进华夏文化最基本的深层敬始慎终的忧患意识？！"

那么，如何理解餐桌上那"最后一口"肉或是饭的差异？考古学者张光直在《中国古代的饮食与饮食具》一文中，借阴阳五行之说，描述中国古代的餐饭制度和饮食习惯的秩序。他认为，从广义上说，"饮食"可分为"饮"（水）与"食"两个部分。所以，在《论语》等先秦典籍中，可以读到许多与此相关的表述。比如："一箪食，一瓢饮，在陋巷，人不堪其忧，回也不改其乐。"（《论语·雍也》）又如："子曰：饭疏食饮水，曲肱而枕之，乐亦在其中矣。"（《论语·述而》）这些描写，部分证实了张光直的结论："一餐饭最低限度应包括一些谷类食物（以粟为主）和一些水。"如果沿着这一基本饮食结构往上走，走到"士大夫甚至王公的餐饭"，张光直认为，就需要在"食"与"饮"之外，再加上第三个范畴，即"菜肴"。这就是说，从狭义上看，"食"又可细分为"食、饭"与"膳、羹"两个部分，即饭或谷类食物与作为菜肴的肉类与蔬菜（即现代的"菜"）。这一中国饮食方式的结构本质，从晚周直到今天一直未变。

显见，就菜肴部分而言，相对于蔬菜，肉食在中国人的饮食体系当中无疑是"一种最低限度的生活上所不必需的奢侈品"。这也正是张老太太对最后一块红烧肉情有独钟的根本原因。因此，中国人餐桌上饭与菜的搭配关系，呈现出一种微妙的张力。从高端看，菜与肉较之饭食更为高贵，因此最后的那块红烧肉是由苦到甜的隐喻；从低端看，饭食较之菜与肉更为朴实，所以最后的一口米饭，成了基本生活保障的象征。对此，赵元任的夫人杨步伟在 *How to Cook and Eat in Chinese* 一书当中，有一段有趣的描述："在各处都有一个重

⊙ 杨步伟著 *How To Cook and Eat in Chinese*（《中华食谱》）。

要的观念是'饭'与'菜'之间的对照。多半的穷人主要吃米（如果吃得到的话）或其他谷类食物为主食，而吃菜吃得很少。菜只是配饭的。……但即使是富家的小孩，如果他们肯多吃饭也是会被称赞的。"正是这种餐桌上的实用理性，使得中国父母既遏制了小孩对菜肴的无节制的享受——正如湖南方言所说："菜是咽饭（下饭）的"，同时也实现了儿童营养结构的隐性平衡。杨步伟女士的这一态度，与我的祖母强调米饭的重要性，似乎不谋而合。这大概就是孔子所谓的"肉虽多，不使胜食气"（《论语·乡党》）的余绪吧。

何炳棣这段深情回忆，也让人想到《唐会要》中所载粟特商人教育小孩的方法。粟特人生了小孩后，必定要喂新生儿吃蜜糖，并在他们手上涂胶水。这是希望小孩长成后，既甜言蜜语，又能拿钱如胶水粘物，也就是"擅长商道，争分铢之利"的意思。这种"甜蜜的祝福"，大概比《颜氏家训》中那位士大夫教其子"鲜卑语及弹琵琶"，"稍欲通解，以此伏事公卿"，显得更有人情味，也更为宽容自由。不过，就我的童年体验来说，还是更喜欢张老太太碗底的红烧肉以及祖母最后舀上的米饭。记得《战国策》当中，老大臣触龙曾经语重心长地对赵太后说："父母之爱子女，必为之计深远。"其实，"父母之爱"又何必往深远处"计"呢？数千年来，这份朴实而温暖的舐犊之情，不就埋藏在每天餐桌上的那一粥一饭之中吗？

【附：故乡春卷】

阳春三月，去上海市郊的南汇参加友人婚礼。午餐桌上有春卷一碟，颜色澄黄，小巧可爱，可谓应景。沪上饮食偏甜，春卷馅料所用多是豆沙，食之甜糯可口，当地人有所谓"甜馅春卷"之称。可惜，婚宴的春卷大都是提前炸好了，只在端上桌之前匆匆回锅，尝起来外热内冷，而且不够"硬衬"，少了好些风味。

说起春卷，其实是南方北方都有的市井小吃。北方用小面团擀成薄饼，烙成"皮子"，裹上菜肉即可食用，类似于今日烤鸭的吃法。民国时候的《天津志略》写道："是月如过立春，多食春饼，备酱、熏及炉、烧、腌、鲜各肉，并各色炒菜：如菠菜、韭菜、白菜、粉干、鸡蛋等，而以面粉烙薄饼，卷而食之。"这大概写的是有钱人家的排场，老百姓的吃法则更显简洁。梁实秋在《雅舍谈吃》中，曾亲见山东友人某君吃春饼，别无他物，只取粗如甘蔗的潍坊大葱数根，用利刃斜切成片，然后以皮子卷好，抹上面酱，张口就咬，一口气竟吃了十余张，直到大汗淋漓、连呼过瘾才罢。大葱味辣，为五辛之一，春饼以五辛佐食，当是古代立春饮食的遗俗。

南方的春卷，则多以油炸而成。先将面粉和水搅成面糊，摊在平底锅中以小火烘成薄饼，即是皮子。包馅后下锅，炸至金黄色捞出，并无特别之处。清人在《调鼎记》中记载用干面皮包火腿肉、鸡肉等物，或四时菜心，作春卷馅，油炸供客。钟叔河先生文章中也说，五十年前长沙的"高档春卷"，也有放鱿鱼、火腿、里脊肉丝，用作酒席上的点心。如今读起来都只觉得豪奢。在我的记忆中，长沙春卷个头较上海为大，宽约三四厘米，长约十厘米，多取半精半肥的腊肉，切成小块，拌上香椿、韭菜和冬笋作馅，油炸而成。据说春天香椿芽价格较贵，因此不少春卷中其实并不放香椿芽，但腊肉、笋子却缺一不可，哪怕用泡发后的笋干细细切碎也可以，大概是取其清香的缘故。

小时候，邻居彭姓人家老母亲背驼，但春卷炸得最好。看她手脚麻利地擀出一张张又匀又薄的皮子，也是享受。旧时所说的女人能干，可算一例。当时读小学，回家时经过她在司马里巷口支起的油锅，常常买下一两枚春卷尝鲜，顺便看她施展烫皮、包馅、油炸、出锅的手艺，自以为比做数学题要好玩得多。春寒料峭的时节，站在摊边趁热吃下，香脆可口的回味，至今思之仍垂涎不已。《世说新语》中张季鹰看见秋风渐起，想起了家乡的莼菜与鲈鱼，感叹"人生贵在适意，岂能羁宦千里以求名爵乎"，遂辞官回家。我如今也在离家千里之外的地方"求名爵"，羡慕张翰的心情，却没有他的勇气，只能胡乱尝几口外乡的"甜馅春卷"，也算是聊胜于无吧。

性情：
角先生

　　立秋好久，天气却一天比一天热。卧读《万象》2006年第四期，先看的是钟叔河的《角先生、肉苁蓉及其他》。其中，第一节有"《阅微草堂笔记》所述被误作下酒物切条装盘'举座不知何物'的'藤津伪器'"云云。按，此则文字应见《聊斋志异》卷六之《狐惩淫》。"蒲"冠"纪"戴，应当是钟先生一时的疏忽。

　　《狐惩淫》一篇分两节，下节即谈"藤津伪器"事。其文不长，抄录如下："某生赴试，自郡中归，日已暮，携有莲实菱藕，入室，并置几上。又有藤津伪器一事，水浸盎中。诸邻人以生新归，携酒登堂，生仓卒置床下而出，令内子经营供馔，与客薄饮。饮已入内，急烛床下，盎水已空。问妇，妇曰：'适与菱藕并出供客，何尚寻也？'生忆肴中有黑条杂错，举座不知何物。乃失笑曰：'痴婆子！此何物事，可供客耶？'妇亦疑曰：'我尚怨子不言烹法，其状可丑，又不知何名，只得糊涂脔切耳。'生乃告之，相与大笑。今某生贵矣，相狎者犹以为戏。"

　　钟叔河在文中认为，这节"藤津伪器"的描述，尽管出现在前，文献价值却比不上他所征引的清朝道光年间《林兰香小说》中的相关记述。因为《林兰香小说》里的那段文字，记述了一百六十多年前，"角先生"在京城公开出售的情景，"老媪或幼尼"购买时的交易方式，有"性统计学和性商业史的意义"。

不过，《聊斋志异》中的这段描写不避琐屑，借夫妻之口，将"藤津伪器"的购买渠道（"郡中归"时与"莲实菱藕"同得）、保管及使用方式（"水浸盎中"）、形状质地（"黑条杂错"，可"糊涂胬切"）以及旁人评价（"相狎者犹以为戏"）娓娓道来，当日的世风以及百姓的性观念、性心态也历历可见，也可以算得上是很有意思的文字。李零在《中国方术考》中考释"祖"名的时候，对生殖崇拜物以及"触器"（男根模拟物）的历史作过细致的爬梳。蒲松龄在《聊斋志异》中所谈的"藤津伪器"，也正是所谓"触器"之一种。明代小说《绣榻野史》等当中有记载，当时一些春宫画册中也常常可见。蒲松龄生活的年代距明朝不远，因此，他的记述虽然只是"小说家言"，也自有其特殊的史料价值。

钟文谈到的"角先生"，熟悉周作人译著的人应该都不会陌生。在周氏所译海罗达思《希腊拟曲》的《昵谈》中，女主人和女客人促膝而谈的即是此物。在这出谈话中，女主人珂列多对女客人美忒罗说："那时我——美忒罗，那时他（按，即'角先生'制作者克耳敦）带了两个到这里来，——一看见，我几乎把眼睛都突出来了。那两个东西比男人们的——这里没有别人，我告诉你，——还要结实，不但这样，还柔软得像水绵，而且那带子像羊毛一样，简直不是皮条。你即使去搜寻，再也找不到一个给女人做工更好的皮匠了。"

在《希腊拟曲》这则短促的《昵谈》中，透露了好些与"角先生"有关的信息。比如，生产方式（"他在家里工作"）、销售途径（"偷偷地出售，因为家家都怕那税吏"）、制作水平（"在手工上他是纯正珂思派的，你看见了会疑心是雅典娜女神亲手所做，不是克耳敦的"）以及信息传播渠道（"这是鞣皮的甘达思的妻子亚耳台米思，将我的住处告诉他，叫他来的"，"亚耳台米思总是寻到什么时新东西，在这虔婆行业简直超过达罗了"）等等。生动的描述，足以让今天的读者从闺房的昵谈当中，窥探到两千多年前亚历山大时代的绮思丽韵。

尤其值得称道的是，周作人在此则拟曲结尾处，写下了千余字的长注。他征引了 Suidas 辞典、古喜剧的注释、唐朝义净的译经、日本人南方熊楠著《南方随笔》、蔼理士著《性的心理研究》、勃洛赫著《现代的性生活》以及列希兹著《古希腊的性生活》等，足可视作一篇《"角先生"小考》。周氏对此颇为自得。就我记忆所及，在他晚年撰写的《知堂回想录》中，至少有三四处谈及翻译《希腊拟曲》时碰到"角先生"一事。在《北大感旧录》中，周作人写道："关于这册译稿，还有这么一个插话，交稿之前，我预先同适之说明，这中间有些违碍词句，要求保留，即如第六篇拟曲《昵谈》里有'角先生'这一个字，是翻译原文'抱朋'（按，即希腊文 baubon）这字的意义，虽然唐译苾刍尼律中有'树胶生支'这一名称，但似乎不及'角先生'通俗。适之笑着答应了，所以它就这样印刷着，可是注文里在那'角'字右边加了一道直线，成了人名符号，这似乎有点可笑，——其实这角字或者是说明角所制的吧。"

而在同书《北大的南迁》中，周作人又一次谈到了翻译《希腊拟曲》的事，角度却有不同："因为是描写社会小景的，所以有地方不免大胆一点，为道学家们所不满意，容易成为问题。海罗达思拟曲的第六篇《昵谈》中便有些犯讳的地方，里边女客提出熟皮制成的红色的'抱朋'，许多西方学者都想讳饰，解作鞋帽或是带子，但是都与下文有了矛盾，实在乃是中国俗语所谓的'角先生'，这我在译文中保留了下来。"

在这一段文字之后，周作人紧接着谈到，后来读《林兰香小说》，第廿十八回署名"寄旅散人"的批注中也曾说及此物。这正是钟叔河一文所引用的京师卖"角先生"的例子。周氏感概道："此说亦曾得之传闻，其见诸著录者殆止此一节乎。……友人蔡谷清君，民国初年来北京，闻曾购得一枚，惜蔡君久已下世，无从询问矣。文人对于猥亵事物，不肯污笔墨，坐使有许多人生要事无从征考，至为可惜。寄旅散人以为游戏笔墨无妨稍纵，故偶一着笔，却是大有价值，后世学人皆当感激也。"

钟叔河在文章中，以"角先生"和肉苁蓉为例，着意说明女子自慰时，既使用人造的工具，也曾利用自然物。钟文引用的晚清小说以及《五杂俎》等笔记，足可补潘（光旦）注《性心理学》相关章节之缺失。不过，女性自慰，除用人造工具及自然物外，还曾取阉割下的男性生殖器。这一点却是从周作人到潘光旦再到钟叔河所忽略的。俄罗斯汉学家李福清（B·Riftin）的《神话与鬼话——台湾原住民神话故事比较研究（增订本）》（社会科学文献出版社，2001），就不惜笔墨记录了数则女性部落中的此类故事。

1995 年，李福清在台中县和平乡达观村采录到一则女人村的故事，称昔日在女人部落有一个男人，他要满足所有女人的性欲。但是，有一个美丽的女子想独占这个男子，就请他到家中并设酒宴，然后用砍草刀将他的阴茎割下私用。那男人也因此丧命。后来，女人把他的阳具挂在树枝上晒干时，却被一只乌鸦衔走了。

据李氏介绍，20 世纪 30 年代日本学者也曾记录这则故事。故事记述一个男人进入女人部落，被迫与许多女子交媾，筋疲力尽而死。有个女人割下他的阳具，撒上盐，贮藏起来以备不时之需，但数日后被鸟衔走云云。从另一角度看，在台湾原住民较原始的神话中，男人进入女性部落后命运往往是不幸的。而"割下阳具"一事，则是其中一个重要的母题。从中也不难看到，残余的母系社会部落在父系社会部落那里，是如何被想象、体验和言说的。

其实，说这类记述曾被"忽略"也并不准确。不记得周作人是在给江绍原还是郑振铎的信函中，就谈到曾在某本旧小说中，看到过新婚之夜取新郎男根事。可惜周氏语焉不详，未能让后来读者看到他对于这一话题的深入见解。犹记人类学名著《野蛮人的性生活》里，作者马林诺夫斯基对土著部落社会关于两性关系及性器官的认识，也有过十分精到的描述。只是手头无书，无从征引。在马林诺夫斯基和李福清那里，大概较少中国传统文人那种"对于猥亵事物，不肯污笔墨"的顾虑，"故偶一着笔，却是大有价值，后世学人皆当感激也"。

【附：乐举高升】

　　上海书店出版"民国史料笔记丛刊"之一种《上海鳞爪》（作者郁慕侠），记录20世纪二三十年代沪上掌故甚夥。其中一则涉及"角先生"：

　　"'角先生'为闺中秘物，除中国自制外，而日本每年输入之品也很多。从前开设春药的小药房都有出售，并美其名曰'女用愉快机'，其实就是此物。唯这种东西，在法律方面看来那是违禁品，故禁令森严，不敢公然出卖。又闻某某几家寿衣店铺也有出售，前去买时须叫出隐名曰'乐举高升'，才可以买到。不过寿衣店里出卖'角先生'，也算是想入非非、生面别开了。"

　　去年写《角先生》时，曾转引钟叔河的文章，据道光年间《林兰香小说》记述，当时"角先生"在京城出售，"老妪或幼尼"购买时付款毕即匆匆而去，"不必更交一言"云云。现在看到郁慕侠的记叙，才知道"角先生"的零售方式也在"与时俱进"。

　　文末作者的感喟颇有意思。当年《湘报》记载，科举废除之后，国家倡行西学。有趣的是，读书人想买的声光电化之书，在湖南长沙的书店里居然找不到，要去酱园里才购得着。难怪有人在文章中谈及此事时，连称"殊有韵致"。这类寿衣店里卖"角先生"、酱园里出售西学书的搭配，今天看起来"想入非非，生面别开"，不知在当时又包含了怎样的社会信息？

远行：
为游记敲响丧钟

　　"每一个人，身上都拖带着一个世界，"夏多布里昂在他
的《意大利之旅》中写道，"由他所见过的、爱过的一切所组
成的世界，即使他看起来是在另外一个不同的世界里旅行、
生活，他仍然不停地回到他身上所拖带着的那个世界去。"这
段话仿佛一个隐喻，恰到好处地呈现出人类远行的意义。

　　夏多布里昂生活在一个兴奋过度的文明肆意扩张，将海
洋的沉默彻底打破再也无法还原的年代。哥伦布、麦哲伦"行
者无疆"式的远航早已结束，并成为后人仰之弥高的精神标
杆。新兴资产阶级戴着三角帽、扛着毛瑟枪的身影，从雾霭
沉沉的英伦三岛，风风火火地闯到了密西西比河畔。而斯威
夫特的《格列佛游记》和笛福的《鲁滨逊漂流记》，则摊在欧
洲人的枕边，撩拨着他们那颗跃跃欲试的心。当远行真的成
为人们内心真实而强烈的愿望，"生活在别处"的梦想，就将
在远行者睡眼惺忪的黎明实现。

　　这种远行的愿望，可能与人类与生俱来的理性有关。对
不可知的时间空间的好奇，让他们将目光投向了历史的深邃
和宇宙的邈远，投向了烟波浩渺的天际线和长路尽头。怀着

无须告人的梦想，一代代探险者背着行囊，义无返顾地踏上了远行之路。可以想象，当他们面对飓风、黑森林与荒漠时的悲苦无告；也不难体会，新大陆的轮廓在船头浮现时，他们内心的自信与昂扬。色彩斑斓的地图就这样在他们眼前徐徐展开。探险者们以挑战者的姿态，让未知世界在脚下节节退缩。地图上的颜色与符号渐渐丰富起来。传说中海妖歌唱、群魔乱舞的地方，被标上了海拔与植被。原本"烟涛微茫信难求"的未知世界，变成了"云霞明灭或可睹"的洞天福地。

　　对于绝大多数人而言，远行的意义当然没有探险那样惊心动魄。培根语重心长地说："远行，对年少者来说，是一种教育；对年长者来说，是一种经验。"在"后英雄时代"里，远行更多地打上了平民主义和商业主义的多元烙印。戴着遮阳帽的观光客来了又去，蓬头跣足的流浪者在异地的黎明睡了又醒，朝远方的佛光塔影前行的信徒拜倒又起来。美国人罗伯特·詹姆斯·沃勒在《廊桥遗梦》扉页上写下的真情告白——"为天下远游客"，不知打动了多少月光下孤独的心。似乎只要背上行囊，挎着照相机，嘴里含一支骆驼牌香烟去远行，就能像罗伯特·金凯一样，拥有"古老的夜晚，远方的音乐"。《廊桥遗梦》中的女主角弗朗西斯卡一语道破了玄机。她说，人们听到"远行客"（peregrine）这个词语，最先想到的是游鹰。但是也还有别的意思，其中之一是"异乡客、外国人"，另一个意思是"流浪、迁移"。这个字的拉丁字根的含义是陌生人。所以说，远行很大程度上意味着，在熟悉与陌生的时空间游移不定的过程——就像这本关于远行客的畅销书当中那份若即若离的情愫。

不过，真正意义上的远行客，也许只属于那些试图在异地寻找不同生命与心灵体验的人，比如作家、学者、艺术家、思想家、外交家、僧侣等等。这也许正是美国女诗人伊丽莎白·毕晓普在自问自答的诗句背后暗藏的台词："是因为缺少想象力才使我们来远行／来到这梦一样的地方？"的确，优秀的远行者常常在丰富了自己头脑的同时，也以独特的体验，丰富着其他人的想象力。而文字的永恒，使得作家和诗人们关于远行的记述，最能获得人们长久的记忆与历史的喝彩。不论是拜伦的《恰尔德·哈洛尔德历险记》还是梁启超的《欧游心影录》，不论是《徐霞客游记》还是马克·吐温的《哈克贝里·费恩历险记》。反过来说，恰恰又是远行，从一个侧面见证了他们在文化史上特立独行的价值。司马迁在《史记》里自陈："二十而南游江、淮，上会稽，探禹穴，窥九疑，浮于沅、湘；北涉汶、泗，讲业齐鲁之都，观孔子之遗风，乡射邹、峄；厄困鄱、薛、彭城，过梁、楚以还。"后来，又"奉使西征巴、蜀以南，南略邛、笮、昆明，还报命"。可以说，如果没有这一连串"行走史学"的经历，大约不会有那卷忧世伤生的《史记》。而袁宏道的《徐文长传》则记叙了这位末代奇人"走齐、鲁、燕、赵之地，穷览朔漠。其所见山崩海立，沙起云行，雨鸣树偃，幽谷大都，人物鱼鸟"的经历，结果"一切可惊可愕之状，一一皆达于诗"。这似乎也印证了，假如徐文长没有这段"放浪曲蘖，恣情山水"的"行走文学"的体验，文学史上大概也就少了一个愤世嫉俗的诗人。

　　在去年夏天的旅途中，伴着车轮与铁轨有节奏的铿锵声，

⊙ 列维·斯特劳斯在热带雨林考察。

我开始阅读法国人类学家列维·斯特劳斯的大著《忧郁的热带》。这本三十八万字的著作，记录了作者亲访亚马逊河流域与南美丛林的经历，以及在丛林深处找到还原于最基本形态的人类社会的故事。论者颇爱引用该书封底上詹姆斯·布姆（James Boom）的评论："这是一部为所有游记敲响丧钟的游记。"其实更有个性的，要数全书开篇第一句话："我讨厌旅行，我恨探险家。"也许正是怀着这种"反游记"的野心，斯特劳斯跳出了依靠片段和残迹，徒劳地重建已消失的地方色彩的写作窠臼。全书纵横捭阖，但处处皆是个人性格和文化传统的倒影，理性的铺陈和感性的抒发恰到好处。舟车之中的阅读，无异于与列维·斯特劳斯一道，同走那段光怪陆离的旅程。

就像人类总是在自身的心理思想与历史脉络中行动一样，我们的一生也总是存在于好几个不同的世界里。也许远行最本质的意义，就在于为生命形态和生活模式，提供无限多的可能性，也让平庸琐碎的生命和单调的想象力，在短暂而逸出常态的旅途中，绽放出别样的美丽。如果的确如此的话，此时此刻，我们远行的脚步与视线，就正在把夏多布里昂所说的两个世界连接起来，凝结成个人生命之旅中最珍贵的纪念品。

音乐：
为什么是肖邦

　　长假无事，重温列维·斯特劳斯《忧郁的热带》，注意到
一节过去阅读时忽略了的文字。

　　在第九部《归返》中，斯特劳斯回忆起在马托格洛索西
部的高原上考察时的情景。他的脑海中如影随形地回荡着肖
邦作品第十号的曲调。他说："这支曲子，经过一种我当时已
深切意识到的辛酸嘲讽的扭曲，居然成为我所遗弃在背后的
一切的具体象征。"

　　其实，对于斯特劳斯来说，瓦格纳、德彪西乃至斯特拉
文斯基的《婚礼》所展示的世界，都要真实得多、丰富得多。
可是在这里，为什么是肖邦呢？对此，斯特劳斯给出了一个
重要的解释："原来使我更喜爱德彪西的那些快乐之感，现在
我可以在肖邦的作品里得到，但却是在一种异常涵盖、不确
定、容易接受的形式底下，以至于在开始的时候我根本注意
不到，而直接地去选择接近用最显而易见的表现方式表现出
来的作品。"

　　值得注意的是，斯特劳斯用了三个形容词来描述肖邦的
作品——"容易接受"导致了斯特劳斯理解肖邦作品时的艰

难与错位。"不确定"意味着从德彪西到肖邦，是一个从狭隘通往辽阔、从明晰走向混沌的过程。而"异常涵盖"则表明，对于斯特劳斯而言，肖邦并非对德彪西的全面颠覆，而代表一种让人惊喜错愕的超越。所以，斯特劳斯说，他已不需要全面性完整性的刺激，"只要一点提示，一点隐喻，某些形式上的一点预示，就足以引发某些情感"。

显而易见，"为什么是肖邦"的话题之所以令斯特劳斯深感不安，并非简单地涉及音乐趣味之间的冲突。否则，我们无法理解他接下来的自白："给这个问题找答案，比进行将会使我在专业上面更说得过去的人类学观察还令我关心。"斯特劳斯在这里以音乐设譬作喻，力图体现的正是他独特的哲学视角。James Boom 在评价《忧郁的热带》一书时曾说，作者在发现一种跨越文化、超越历史的"语言"，并在发现一种方法的过程中分解了"自我"。这的确是中肯之论。走进那些丛林、部落与宗教群体后，斯特劳斯意识到，在巨大的时空脉络之中，我们实际上处于一个无序的、增熵的世界之中。

在缅甸佛寺基荣之旅中，斯特劳斯谈到了佛教与马克思主义的同质性。他说："整个过程的各个部分都可以互相重叠。每一个完成过的阶段并没有摧毁先前的阶段所具有的意义；他们只是证实其意义。"这恰好印证了他聆听肖邦时内心的体验："一旦最后一个音符被听见之后，达致最后一个音符前面所有的音符都被映照明白，具有新意：那些前行的音符所在追寻的，再也不会被视为是随意而为了，而是一种准备工作替那个想象不到的结束方式做准备。"

然而，也正是在这样的情境之中，一个最为诡异的现象是，当我们在一步一步地理解一个事物的同时，事实上也正在一步一步地拆解被了解对象本身的意义。这就是说，意义的不断叠加，最终却导致了真实意义因不堪重荷而轰然坍塌，直至意义与无意义的界限完全消弭。那么，是否可以追问：如果引导行动的思想会导致发现意义不存在的话，那么行动又有什么作用呢？

James Boom 曾将《忧郁的热带》称为"为所有游记敲响丧钟的游记"。其实这一说法并不确切。斯特劳斯的丧钟并非为游记而鸣，它为人类制度、道德与习俗乃至整个理性秩序而响。两千多年前，孔子深情赞美"师挚之始，《关雎》之乱，洋洋乎盈耳哉"。这位轴心时代的东方哲学家试图在圆融和谐的音乐中，达致生命的至善至美。一百多年前，醉心酒神狄奥尼索斯的尼采，希望能在瓦格纳的乐曲里，找到交织着痛苦与矛盾的"原始太一"（original oneness）。如今，在肖邦对德彪西的覆盖中，一个"异常涵盖"、"不确定"而"容易接受"的时代，宿命一般不期而至。在《神曲》当中，引导但丁进入地狱的是罗马诗人维吉尔。维吉尔代表着世俗性，所以，当但丁升入天堂时，维吉尔悄然隐退了，取而代之的是象征着爱的贝亚德。可惜的是，斯特劳斯与我们一样，既没能握住维吉尔的手，也无法得到贝亚德之吻。此时此刻，呈现在我们眼前的，只是一个"没有命运，没有最终目标，只有残迹"的世界。

诗性：
地图的力量

　　1925 年 1 月，《京报副刊》登载启事，征求"青年必读书"。胡适、梁启超、周作人等均应命答卷。不过，鲁迅的回复却出人意表："从来没有留心过，所以现在说不出。"（《华盖集·青年必读书》）最近重读这段文坛故实，觉得"说不出"的态度，倒称得上是不易之论。扪心自问，古往今来浩如烟海的书卷当中，有哪一本是真正非读不可的呢？在我看来，世间真要有所谓的"必读书"的话，也只能是地图了。

　　可能，这种对地图的热爱，源于根植在阅读记忆中的一个偏见——地图应当是最佳的儿童读物，特别是在聪明人放弃为儿童写作的年代里。于我而言，那是倾慕过郑和、斯文赫定和哥伦布的童年，是指尖循着目光，兴致勃勃地在地图上寻找亚洲腹地、复活节岛与苏伊士运河的少年——虽然后来的日子，未必如永井荷风一样，"将蝙蝠伞当手杖，拖了日和下驮，在市中走路的时候，我总怀中藏着一册便于携带的嘉永年版的江户地图"（周作人译文）。

　　二十多年后，夜读玛丽安妮·韦伯为丈夫撰写的自传时，惊喜地找到了一位远年知音：马克斯·韦伯在十四岁那年，写信告诉外祖母，说他正忙于制作 1360 年的德国历史地图。"这张地图费了我好大的劲，因为我不得不到各种各样的族谱、地区史和百科全书里去搜集资料。我常常要花很多时间到百科全书中，去寻找最微不足道的村庄的情况。我终于快要完成这张地图了。我想，只要我在它的帮助下掌握了这段历史，我会非常非常喜欢它的。"这段沉迷于地图的生动自述，揭示了一位早熟的思想巨人的灵光乍现和理性觉醒。如果放宽历史与人性的视野，这也几乎成为地图演化初期的缩影。特别是对于那些习惯了马背和船舷的人而言，这种特殊的四色图画，以一种宁静的力量，牵引着假想与神话，一点点从身边隐遁。

从寻找圣杯和宝藏，到传播帝王的美德和教廷的福音，随着英雄们的步伐，地图的细节渐渐清晰起来。在奇形怪状的线条与符号的勾画下，地理景观慢慢成型。这张色彩斑斓的图纸背后，疆界悄然起了变化，海岸线被潮汐侵蚀，珊瑚岛上妖媚的塞壬之歌，最终被发现不过是行吟诗人纸上的玄想。在哥伦布以后的 15 到 17 世纪——这个大发现的时代也许不可能再发生——作为新世界的信息爆炸，使水手、历史学家到国王，都改变了他们对地球的看法。16 世纪的马洛，在《帖木儿》一书中呼喊着："给我一张地图，让我看看还有多少我将征服全世界！"

当新大陆的轮廓在船头浮现，由常识和理性奠基的心灵国度，也随着地图的缓缓摊开，悄然矗立。历史学家希罗多德曾周游世界，指出里海只是一个内陆海，从而纠正了过去认为它是"北方海洋"的传统说法。毕达哥拉斯则由月相盈缺，推测月球是圆的，并进一步推测地球也是圆的。直到1519年，麦哲伦率船队首次成功实现环球旅行——还好，他们并没有像人们所担忧的那样，从地球边缘掉下去——这才彻底证实了希腊人的圆形揣想。1584年，传教士利玛窦印制的《山海舆地全图》，成为中国第一幅按欧洲视野绘制的世界地图，受到万历皇帝的欣赏，并被当时的学者接受。对于生活在16世纪的中国人而言，"天圆地方"的地理观念开始坍塌，传统的"天人观念"在这个时代，遭遇了前所未有的挑战。

同样面对挑战的，自然还有隐伏在地图背后的文化意识、宗教信仰和政治态度。为什么绝大多数地图选择了北方朝上？经纬线在绘制地图的历史中，扮演着怎样的角色？这些今天看上去有些滑稽的问题，事实上却包含着古人严肃的思考。美国地理学家威廉·C·伯顿有过一个有趣然而可信的推测：因为地中海在赤道以北，当时的主要文明都集中在地中海沿岸，而南半球则被认为是怪物出没的区域。但是，世界上的地图也并非都是北方在上。例如在欧洲中世纪的若干世纪里，受基督教文化的影响，耶路撒冷成为地图圆盘的朝向，东方被要求放在上方，仰望着伊甸园。在大航海的时代，意大利的一位僧侣法·莫拉于1459年出版了一张圆形地图，第一次正确显示出印度洋和大西洋在非洲南端是相通的。但是，这张地图将南方设置在顶部，据说是受到了早先伊斯兰地图的影响。实际上，澳大利亚人也使用过南方在上的地图，中国古代也出现过上南下北、东西相反的地图，例如16世纪的《筹海图编》和《全海图注》就不是北上南下。

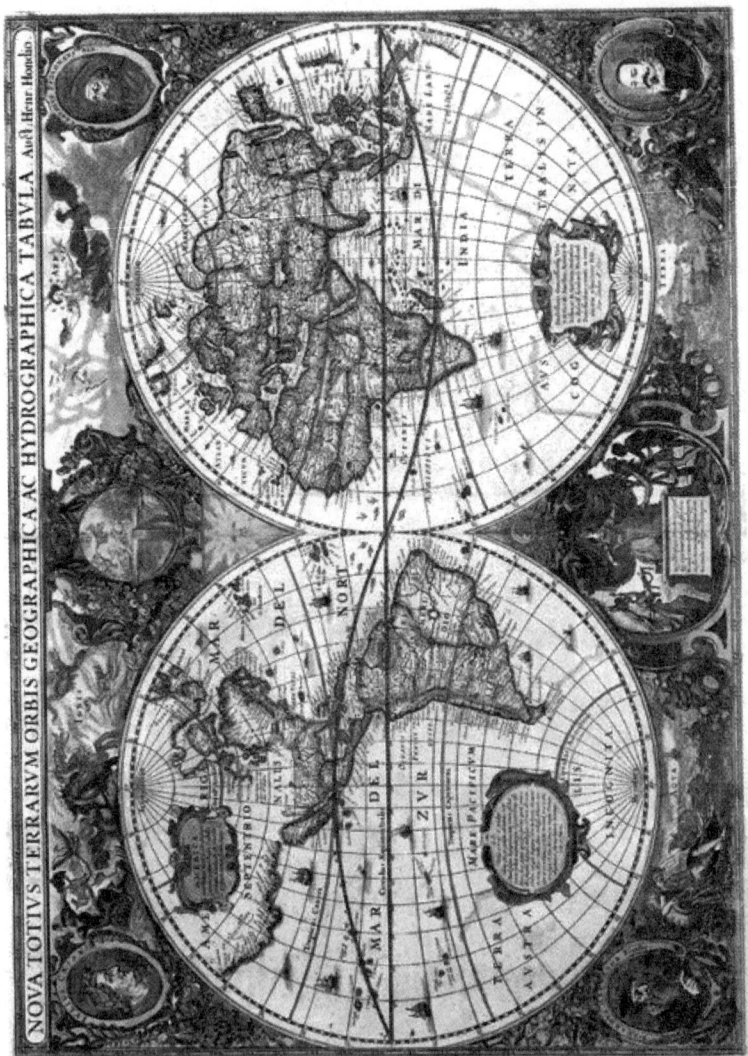

⊙ 世界地图的绘制与完善推动了西方的航海与地理大发现。

15 世纪，在印刷术的推动下，"北在上"的设计受到推广。尤其是荷兰的地图学家墨卡托 1569 年首次出版的以圆柱投影为基础的投影地图，受到海上水手的青睐，因为他们已经广泛使用中国人发明的指南针，它总是指向北方，两者可以说是相得益彰。这使得托勒密的经纬线配上指南针以后，就像扔出去的骰子已经落定。14 世纪，北上南下开始成为欧洲地图制作的一个标准。由于可以理解的原因，中国的古代地图可能是以"中国"居中，"蛮夷"靠边；托勒密则将亚历山大里亚作为地图的中心，东西横跨亚非欧大陆，更重要的是将顶部朝向北极星，因为这是古希腊航海者的指南星。

后来的历史为今天的人们所熟知。当意识形态、战争与阴谋，轻而易举地左右着地理格局时，来自地图的力量，也被有着家国之痛的人敏锐感知。1980 年，捷克作家米兰·昆德拉在接受采访时认为，从文化史的角度来看，东欧就是苏联，在拜占庭世界中有着根深蒂固的历史渊源。波希米亚、波兰、匈牙利，都跟奥地利一样，从来都不属于东欧。这些国家从一开始就隶属于西方文明，它们共同经历哥特时期、文艺复兴时期和宗教改革。中欧正是宗教改革运动的摇篮。现代文化最大的动力也起源于此——心理分析、结构主义、十二音体系、巴托克的音乐、卡夫卡和穆齐尔的小说新美学。战后，中欧被苏联兼并（至少大部分落入苏联手上），使得西方文化从此失去重心。他说："这是本世纪西方历史上最重大的事件，我们无法否认。中欧的消失揭示了整个欧洲有一天可能也会消失。"

米兰·昆德拉或许无法想到，他的陈词成了对维柯《新科学》中"诗性地理"逆向证实。当这位意大利人在书中提出，要清洗"诗性历史"的"另一只眼睛"——诗性地理的时候，他指出，人类的本性有一个特点，"使得人们在描绘未知的或辽远的事物时，自己对它们没有真正的了解，或者是想对旁人也不了解的事物做出说明，总是利用熟悉的或近在手边的事物的某些类似点"（朱光潜译文）。这是地理观念童蒙期里，人们接纳未知世界的一种知识本能。但到了20世纪中叶，在背井离乡的米兰·昆德拉那儿，在苏联坦克进驻的"布拉格之春"里，"诗性地理"却成了暴力对历史记忆的封存，政治独断对文化多元的抹杀，成了生命中不能承受之轻，被一张普通的欧洲地图所铭记。

眉批之一：
松树、《好逑传》与 Chen Yuan

　　转眼已经过了大雪节气，气温骤然降了好几度。睡前翻开最近买来的几本书，作眉批三则充作博客。都是些断章取义的文字，与整本书的评价无涉。

　　其一，刘衍文《寄庐杂笔》（上海书店，2000）收《〈洛神赋〉有比拟不伦处》一文。文章征引《世说新语》《己亥杂诗》《两般秋雨庵随笔》《苕溪渔隐丛话》《避斋闲览》诸书，力证"松与佳人之间，毕竟隔着一层，这与我们通常的思维习惯不合，人们不大会产生这样的移情作用"。他认为《洛神赋》中"荣耀秋菊，华茂春松"的"春松"之喻，"只可用来状风华正茂之高人或长身玉立的名士"，而不宜用来赞美佳人。

　　其实，曹雪芹在《红楼梦》中描写警幻仙姑出场时，就用到松树设喻："其素若何，春梅绽雪。其洁若何，秋菊被霜。其静若何，松生空谷。其艳若何，霞映澄塘。其文若何，龙游曲沼。其神若何，月射寒江。"可见，以松赞美佳人，虽然少见，但也算不上"不宜"。一是洛神与警幻都是琅嬛仙境中的佳人，不同于凡俗的世间美女，自然享有写作学上比拟规范的豁免权。二是"两曹"文字间一脉相承的联系（还应该包括宋玉的《高唐赋》与《神女赋》）一望可知。所以，修辞上偶有"逾矩"，读者正应以"移情"视之。

其二，Peter Burke 的《欧洲近代早期的大众文化》（中华书局，2005）11 页谈 18 世纪末欧洲知识阶层对"人民"的发现，谈及英国教士 Thomas Percy 出于对"未经雕琢的"旧诗的热爱，翻译过一部中国小说和中国诗歌的片段。"（他指出），这些小说和诗歌是中国人生活在'蛮荒'状态的时代写成的"。此处注解为"T.Percy（ed.），*Hau Kiou Choaan*，4，London，1761，p.200. 珀西亲自把这一卷从葡萄牙语翻译过来。"

Hau Kiou Choaan 即我国成于明代的小说《好逑传》，实在算不得是"蛮荒"时代的作品。歌德在与艾克曼的《谈话录》中，曾经特别谈到此书。歌德说，看了中国小说，就可以知道，中国人与西方人在思想与言行上，其实大致是一样的。他说，《好逑传》并非中国最好的小说，中国这样的小说很多。当西方人的祖先还是原始人时，中国人就开始有小说了云云。而且，此书翻译绍介到欧洲，与德国作家席勒也有密切关系。

有趣的是，本书作者 Burke 对 Percy 的评价似乎不太高。在谈到 Percy 编订的那本《英诗遗存》（*Reliques of English Poetry*）时，微讽"此人有些势利，把他的姓'珀西'改掉，以声称他是贵族的后裔"。在 Burke 看来，改名也就罢了，可 Percy 编订的明明是民谣，却"认为（这些）民谣与大众没有任何关系，而是中世纪宫廷中身居高位的游吟诗人编写而成"。Adam Smith 则更刻薄："在珀西的《英诗遗存》中……一大堆垃圾之中只有少数几篇勉强可以让人忍受的诗歌。"没有读过《英诗遗存》，将这些评论摘录于此。姑妄言之，姑妄听之。

其三，叶文心女士的 *The Alienated Academy* 第 302 页注解 62 说，"当 Chen Yuan 嘲弄鲁迅的《中国小说史略》抄袭了日本学者的作品时，不难理解，鲁迅的反应为何如此激烈。"不过，作者对"Chen Yuan"的介绍却是"1926 年任燕京大学教授，1927 年被任命为辅仁大学副校长，1928 年任哈佛 – 燕京学社导师，1929 年任辅仁大学校长。他是公认的元史、佛教以及中国其他宗教研究的权威，也是敦煌学研究的领军人物。"

显然，作者在这里把"陈源"和"陈垣"弄混了。声称鲁迅抄袭的是前者，而文字介绍的却是后者。翻到书后"Chen Yuan"的五条索引一一对照，发现作者果然把分别涉及两个人的事情，都放到了一个"Chen Yuan"身上。因此，书中时而"陈垣"登台（关于"语言学研究受张之洞影响"），时而"陈源"出阵（关于《现代评论》派。按，此处应为北大教授，非清华教授）。其实，在 307 页的注解 79 中，叶文心已经在辅仁大学校长"Chen Yuan"的后面注明了"（yuanan）"（援庵），可见她已经意识到这两个"Chen Yuan"是不同的人，不知道为什么最后还是搅到一块去了。好在书中的五处"Chen Yuan"，有四处的人与事居然都凑巧对上了，还算幸运。

眉批之二：
孟子、君子与《教子》

其一，《孟子》第一章《梁惠王章句上》写道："上下交征利而国危矣。万乘之国，弑其君者，必千乘之家；千乘之国，弑其君者，必百乘之家。万取千焉，千取百焉，不为不多矣。苟为后义而先利，不夺不餍。"这段文字谈的是孟子以上上下下交相牟利为例，与梁惠王谈"义利"，读者很熟悉，并不算难懂。

今天在图书馆翻书时，注意到梁实秋先生在一篇读书札记中，对"万取千焉，千取百焉，不为不多矣"这一句的理解，提出了不同的意见。梁援引了李辰冬先生的意见，根据《孟子引得》的归纳，认为此处的"取"当作"夺"讲。因此，"万取千"和"千取百"指的是"上"向"下"征利。这样，与前述两个由"下"向"上"征利的例子相结合，才能完整解释"上下交征利而国危矣"。

孟子的文章向来以词锋锐利、气势逼人著称，有时确实也不免失之粗疏。但在这句话上，孟子的论述并不存在梁和李所说的问题——虽然讲的是"上下交征利"，但侧重点在"下"对"上"，属于复词偏义。正好比《红楼梦》中说的"当心落了人家的褒贬"中"褒贬"二字，与"褒"无关，只是指"贬"。

其实，宋朝赵岐的注解很清楚。他引周制说明，"君食万钟，臣食千钟亦多，故不为不多矣"，近人杨伯峻也采此说。梁文根据李辰冬的文章，认为"宋朝孙奭的疏，朱熹的集注，清朝焦循的正义，皆未得要领"。这一说法并没有根据，至少朱熹就说得很明确："言臣之于君，每十分而取其一分，亦已多矣。若又以义为后，而以利为先，则不弑其君而尽夺之，其心未肯以为足也。"从文章结构上看，"万取千焉，千取百焉，不为不多矣"一句，显然也是补充说明"千乘之家"和"百乘之家"富庶的（因此句式有所不同），由此才能反衬他们"后义先利"的贪婪行为。大概梁实秋读的版本没有赵或朱的注解，如果看到这些文字，他也就不会在不疑处有疑了。

其二，前两天看余英时《儒家"君子"的理想》，文章考辨"君子"一词源流，引东汉《白虎通义》云："君子为言，群也；子者，丈夫之通称也。……《论语》曰：'君子哉若人。'"《白虎通义》要解释的是，为何"帝王"、"天子"也称"君子"的问题，但考察的结果是"君子"在当时已经成为男子的"通称"。

法国戏剧家莫里哀的喜剧《小丑吃醋记》中，有一个好掉书袋却又屡屡把事情办砸的博士，他的自称恰巧也叫"君子人"。印象中，此剧在莫里哀的作品里算不上精彩，但第二场中这段笑谈"君子人"的对话倒有意思，所以记住了。话说因为妻子与他人有染，小丑心绪不宁，找博士出点子："我很清楚，你是君子人。"博士问小丑，"你知道君子人是怎么

LES CONTRETEMPS

⊙ 莫里哀喜剧《冒失鬼》插图。

来的吗"，然后解释道："'君子人'这个词来自君子，君就是君，子就是子，合起来就是君子，再添上一个'人'字，就成了'君子人'。"

剧作家要表现的是博士炫才又一无所能，就像孔乙己说"茴"字有四种写法一样。这里对君子的微讽，让人想起李汝珍的《镜花缘》里，林之洋与多九公在"好让不争"的君子国，硬着头皮，听吴家兄弟把我盛产"君子"的"贵邦天朝"，从裹脚到奢华等种种恶俗挖苦讥刺一番。最末，多、林二人还只能配着笑脸"敬服良箴"。妙语解颐，过目难忘。《小丑吃醋记》中博士自称的"君子人"，大概也算得上是一种法国版的"君子哉若人"。

李健吾所译莫里哀为我所偏爱，曾消磨好些睡前夜读的时光。20世纪七八十年代，湖南和上海都印行过李译莫里哀的喜剧。上海版叫做《喜剧六种》，合为一编；湖南版名叫《莫里哀喜剧》（钱钟书题签），共分四册。上海版已藏，而湖南版却只买到了第一集。三、四两册曾经在旧书铺里见到，最终因品相甚劣而放弃，所以至今未能集成全帙。想必目前在坊间已经不容易找到了。

其三，昨日翻读郭沫若《出土文物二三事》（人民出版社，1972）。第一篇《卜天寿〈论语〉抄本后的诗词杂录》中，郭氏过录抄本《十二月三台词》一首。其中有句曰："李玄附灵（抚琴？）求学，树夏（下）乃条□珍（调[银]筝）。"

此句用干宝《搜神记》中李玄石事，"附灵"非郭氏所谓"抚琴"之讹，见文末附记。唯下句之"条"，殊不可解。细看书末附图，当作"夆"，为"逢"之讹。全句为："树下乃逢子珍"，恰与前句出处相合（用李玄石树下遇王子珍事）。卜氏年方十二，此《杂录》同音错讹甚多（如"树下"作"树夏"，"逢"作"夆"即是）。又"夆"与"条"字形相近，以致有过录之误。

同书第二篇《〈坎曼尔诗签〉试探》过录坎曼尔自作诗三首。其一为《教子》："小子读书不用心，不知书中有黄金。早知书中黄金贵，高招（照）明灯念五更。"郭氏谓："这首诗以心、金、更为韵，心、金二字古音收唇（尾声是 m），更字不收唇（尾声是 ng），足见在唐代中叶，中国北部地区，远至西域，显然已经把收唇音开始失掉了。"

依诗韵，更作去声，入韵部二十四敬（如更加之更）；作下平声，入韵部八庚（如更改之更），郭说无误。然五更三更之"更"，于北方口语中发"jing"音。如是，则《教子》诗中之"更"，不妨以收唇音视之（因全诗近乎打油），故郭说尚可斟酌。

洛杉矶行脚之一：
第一个月

　　从上海出发时遭遇的暴雨还历历在目，转眼间，已经在大洋彼岸享受了一个月的加州阳光。临行前因为晚点，坐在浦东机场的大厅里隔着玻璃看雨，脑海中浮现出陆游的那句"衣上征尘杂酒痕，远游无处不销魂"——这位喜好骑驴漫游的宋朝诗人，在出剑门的路上恰巧也遇到了霏霏细雨。不过，对我来说，签证前夕祖母的去世，让这次雨中远行激不起半点销魂的诗情，伤逝之感拂去还来。十多个小时的越洋之旅，从白天到黑夜再到另一个白天。明暗之间，衣上的征尘与酒痕似乎都两不分明了。邻座的台湾老太太宽厚体贴，邀我共享可口的素食与她在丝绸之路上的观感。一老一少的絮絮叨叨，让寂寞旅途平添了几分难得的温暖。可惜"东航"的空调实在开得太低，只得请空姐再添加两方毯子盖在腿上御寒。朦胧中一觉醒来，炫目的阳光之下，洛杉矶密密的楼群已经清晰可见了。

　　抵达洛城之后，临时借住在友人家的客厅中。除开长途旅行略显疲累以外，竟然没有特别大的时差反应。友人好客，一切随意。当晚洗漱完毕，躺在床上握着遥控器扫描一阵电视里的脱口秀和橄榄球，翻了几页书之后竟悠然入梦。第二天一早起来，精神抖擞地端着数码相机，跑到十字路口拍人来车往。起居作息和在上海时别无二致，连自己都不免奇怪。不过，随后的那些天则异常忙碌。和众多的国际学生一样，开始从无到有地在这个陌生国度，寻找新生活的影子。世界上的大城市都相似，而小城市各有各的不同。洛城和上海同属前者，这也让我有足够的信心，确信不至于拖着拉杆箱浪迹街头。在为未来奔波的那些天里，我攥着从 google map 上面下载的地图，爬上线路繁琐如同蛛网的洛杉矶公交车，开始用半生不熟的英语磕磕巴巴问路，壮起胆子敲开一扇扇陌生的大门。然后，小心翼翼地站在无数汤姆、艾米或者斯蒂文的面前，竖着耳朵捕捉对方话语中每一个貌似重要的信息。就像一个蹩脚的私家侦探，我孤身踏进对手设计好的全部圈套之中，全然不顾前方险象环生。唯一的期盼是三拳两脚打开生活的节奏。在 BBS 上联系住房、办理 SSN、去美国银行开账户填支票、在 T-mobile 大厅签手机协议、到学校附近的超市办会员卡、用信用卡缴纳医保……这一连串琐碎真切的个人经历，与阅读托克维尔、梁启超、马克斯·韦伯对新大陆的描述，构成了耐人寻味的时空互补和经验参照。我相信，它足以激活任何一个初来乍到者的潜力和智慧。至少，让懒惰无能胆怯畏缩如我者，从踏上舷梯的那一刻起，注定就要去面对那茫茫雨幕背后无穷无尽的未知世界——称这一过程为中国版《肖申克的救赎》，似不为过。

有两件小事值得一记。搬到新居的那天下午，我在路边问一位当地人何处可以购买床垫。他仔细想了想，非常抱歉地说不太清楚，不过他的同事或许可以帮助我。于是，我跟在他身后，来到旁边的大楼里。没有电梯，我们气喘吁吁地爬到他办公的那一层，眼看着这位热心人不厌其烦地代我向同事们一一询问。那种极自然的表情和神态，透露的不仅是客套，更多的是社会文明滋养出的对每一个人的关怀和热忱。还有一次，在抵达洛城的第二天傍晚，我第一次坐 big blue bus 的 1 号线去学校。一位中年男子热情地告诉我如何乘车，并取出自己的手机递给我，问我是否需要和学校的同学联系。他离开的时候风趣地说，不要像一个哲学家一样在站台上走来走去，司机可能会认为没人等车，一下子就开过去了。他走到在站牌下面，用力磕着脚后跟，做了一个士兵立正的姿势，示意我应该这样站着，然后横过马路。我看到他在对面一侧久久没有离去，而是用手搭凉棚，朝汽车开来的方向张望。过了好一阵，他伸出双臂，隔着马路，满面笑容地对我一边比划，一边高声说："嗨，车来了，上车吧。"我想大概永远无法忘记那个明亮的黄昏，以及马路对面挥动着的手臂。

就这样，我一点点地走近洛杉矶，洛杉矶也在一点点地走近我——从瞻之在前到忽焉在侧，从最初的迷惘到渐渐熟悉。一番摸爬滚打之后，生活的频率也开始与这个城市的步调共振。我推着小车在超市挑选蔬菜水果，周复一周地和老师同学讨论摩尔根、迪尔凯姆和马克思，外出聚餐时会根据账单迅速心算出小费额度，与肤色各异的学生一起收看奥巴马和麦凯恩的辩论赛，网上通过 paypal 在亚马逊网站购买图书。当然还有更多，比如，放学途中掰下一根刚买的香蕉，递给从墙角伸出的无助的手。在餐桌旁向外国朋友解释，西藏其实位于中国的西部而不是他们以为的东北。在校园里同时接到印有毛画像的共产主义传单和《新约》单行本，不再表示过分惊奇。在大学生活动中心看到不同性取向者的聚会活动室，也慢慢地学会了宽容对待。

来到洛城一个月，东奔西跑，鞋子磨坏了一双，行囊中的雨伞却始终没有用武之地。对于阳光充沛的加州而言，雨水真是这里的稀客。据学长说，洛城一年之中不过十来个下雨天。因此，校园里有数不清的学生，终日在绿草如茵的山坡上和图书馆的石阶前，或坐或卧，看书聊天听音乐，悠然享受着大自然的恩赐。站在由四幢古建筑围成的校园中心区西望，不远处层层叠叠的小山上的本科生公寓，正是1984年奥运会奥运村的一部分。那一年，因为中国队的首次参赛和众多"零的突破"，让洛杉矶这个美国地名，多次出现在我二年级的日记本上。不过那时，洛杉矶湖人队的科比·布莱恩特大概刚学会拍球，大陆读者还不熟悉的张爱玲，正在这座城市寂寞地度过余生。二十四年过去了，"小飞侠"的绰号在中国NBA的粉丝那里人尽皆知，毁誉交加的电影《色·戒》，则将小说作者的死魂灵，再度推到评论的风口浪尖。而当年写日记的小学生，也因为一份机缘来到这里，用他的想象与体验，匆匆记录下对于这座城市的点滴印象。可惜，他生命中最爱他的那位老人，已经永远无法和他一起，细细分享这些"漂洋过海"的新鲜感受。此刻，校园钟声缓缓响起，惊飞了建筑物尖顶上成群的鸽子，也一声声敲打着又一个黄昏的老去。远处暮色四合，洛杉矶正一寸寸地融入夕阳。

洛杉矶行脚之二：
一个人的双城记

　　岁末年初，在一望无际的茫茫中部穿行。时人谈到美国，常常瞩目于东西两岸灯红酒绿的繁华绮丽。其实，要深入理解美国国力、民情与文化特质，不妨去中西部的腹地看一看。圣诞节那天，从洛杉矶搭乘中午的航班，直奔密苏里州的圣路易斯。飞越落基山脉之后，放下手中的书卷，从舷窗里俯瞰广袤的中部沃野。目力所及，白雪皑皑，与暖阳高照的洛杉矶迥然不同的景致，令人心旷神怡。抵达圣路易斯已是入夜时分，虽然寒气逼人，宁静的街头依然洋溢着浓浓的节日气氛，心情越发舒畅起来。

　　在圣路易斯盘桓数日之后，即驱车前往杰弗逊国土扩张纪念园区（Jefferson National Expansion Memorial），参观圣路易斯的地标之一——巨型拱门。圣路易斯以法王路易九世的名称命名，为美国中西部交通枢纽，有"西行门户"（Gateway to the West）之美誉。因此，圣路易斯的巨拱，美国人称之为 Gateway Arch。一名之立，不难想象当年西进运动的万丈雄心。杰弗逊（Thomas Jefferson）是美国第三任总统，也是《独立宣言》起草者，彪炳史册。在他任内，美国从法国（其时法皇为拿破仑）手中，买下密西西比河到落基山脉之间广袤的路易斯安那地区，美国的疆域由此扩大一倍。印象中，丹尼尔·布尔斯廷在三卷本《美国人》中间，对该段历史曾有详述。去的那天恰好下雨，笼罩在一片迷蒙之中的圣路易斯显得格外洁净。还隔着几个街区，透过潮湿的车窗，远远就可以一睹巨拱风采。状如二次函数的简约结构以及光洁的不锈钢材质，赋予它清晰明快的视觉之美。192 米的身姿，足以使它在高度上当之无愧地位居美国纪念碑之首。

乘坐缆车，沿巨拱内空徐徐上行。缆车车厢逼仄，只能容纳五人，好在速度甚快，不多时即到达顶点，视野顿时开阔。那天天色阴霾，但圣路易斯的新老建筑却尽收眼底，让人惊喜不已。和洛杉矶的庞大躯体不同，圣路易斯给人以隽永之感。建筑布局的疏朗有致，宛如水墨小品，真是居家的好去处。宽阔的密西西比河从眼前缓缓流过。传记作家 R·特里尔在他那本有名的传记里记载，一生酷爱游泳的毛泽东，晚年亦曾期盼来此地"水击三千里"，但最终未能如愿。圣路易斯正位于密苏里河与密西西比河交汇之处，其独特气息自不待言。此时此刻，看着身边如织的游人和脚下滔滔江水，六十年前设计这巨拱的芬兰裔美国人 Eero Saarinen 可以不朽了。

从巨拱下来，时间尚早，遂转到一侧的圣路易斯艺术博物馆（Art Museum）参观。博物馆位于森林公园（Forest Park）里面，为一栋三层建筑，也是 1904 年世界博览会艺术品展厅，远看颇有巍峨气象。门口高台上立一尊圣路易铜像，一手持杖，一手勒马收缰，独对青天白云。单从外观上看，圣路易斯艺术博物馆规模似不甚大，但免费入内参观后方才知道，其展品之宏富、门类之齐全，令人惊异。以前去过的洛杉矶盖蒂博物馆（The J. Paul Getty Museum）是美国颇为新锐的艺术类博物馆。但就馆藏而言，圣路易斯艺术博物馆则更加包容古今。实在很难想象，如此之多的中西（包括埃及与中亚）服饰、瓷器、家具、绘画，乃至太平洋岛屿上的原始器具，竟能荟萃于美国中部的这座城市。这也是我数日后在同为中部城市的芝加哥美术博物馆（Fine Art Institute）参观时，感到更加震撼的原因。以至于后来与一位纽约的同学开玩笑说，到底要不要去参观更加宏伟的纽约大都会博物馆，已经成为心中的一个巨大阴影。

在圣路易斯艺术博物馆里，所藏的西洋艺术珍品不必多说。比如，莫奈的那幅占据整面墙的名作《睡莲》（组画之一），足以引人驻足良久。这是这位法国印象派大师晚年最后的成果。和馆藏莫奈的其余数幅作品（如极负盛名的《伦敦查令十字桥》Charing Cross Bridge）对比，他对光与色的判断更加精微，而对水的理解愈发博大。莫奈晚年是否经历过齐白石式的"衰年变法"，不敢遽断。但就个人观感而言，早年《日出》中那种对水和倒影的清晰表现，已经从他笔下退隐，代之而起的是池塘上一大片紫色氤氲。晚唐诗人李义山"留得残荷听雨声"的萧索意境，在莫奈的笔下似乎显得更加温暖，虽然他所用的那些色调也多是冷的。我拍摄了好些照片，但画布上的质感，永远无法在数码相机里还原。毕竟，不亲睹大师的画作，实在难以细致体察用笔的精微之处——从这个意义上看，这是生活在数码时代的我们的不幸，却是往昔大师的万幸。

给人印象颇深的还有来自中国的青铜器。如此多的商周时代的酒器、食器、祭器和饰品里，居然有相当一批器型在国内博物馆参观时未曾见过，真是大开眼界也大受补益。青铜器质量之高令人称奇。饕餮面具和酒器上的龙首甚至极为细微的纹饰，锈迹斑斑却没有丝毫伤痕。所见的一种西周方罍乃是结构精巧的酒器。虽然其身型严格对称，但纹饰和延伸而出的复杂龙首和狞厉的三面兽头，却试图超越这一平衡。那种跃跃欲试的冲动，给人很强的视觉冲击力。尤其难得的是，眉眼、环饰均惟妙惟肖，细节处也绝不苟且，整尊青铜酒器在庄严之中自有其内在的活力。

当圣路易斯的巨拱在汽车后视镜中越来越小，北上芝加哥的旅程也随之展开。在高速公路上放眼望去，两边平畴漠漠，杳无人迹，十足的中部地貌。途中有 Springfield 路标晃过，即林肯老家春田所在，可惜时间仓促，无法前往。现任总统奥巴马对林肯甚为推崇，在竞选演说中曾多次征引林肯的语句。近日收看新总统就职典礼时，才知道第一夫人双手托住的《圣经》，正是当年林肯使用过的旧物，可见民主党的奥巴马对于这位共和党的前贤仰慕甚深。

夜晚抵达芝加哥北端的 Vernon Hill 小住，此处距离芝加哥中心已不太远，但仍需要搭乘一小时城际铁路。次日早起，寒风凛冽，空气却异常清新。踏着路边残雪到小站候车，乘客言谈中，已掺杂少许与加州不同的口音。古意盎然的芝加哥火车也大大出人意料，竟然是由一台笨拙的机车，牵引一长列老旧的两层车厢组成，全无京沪等地轻轨的摩登气息。列车喘息而至，汽笛震耳，蒸汽弥漫。小站顿时铃声大作，人头攒动，令人不知此刻究竟是身处现代都市芝加哥，还是微山湖畔铁道游击队飞车夺枪的现场。上车坐稳，就有一名身材肥硕、络腮胡须的乘务员，打着响亮的招呼，走过来挨个售票。车票也颇为出奇，竟如飞机登机牌一般大小，或红或蓝，相当醒目。问明去向后，列车员从腰间取出一个小型打孔机，在票面上相应位置啪啪打孔，表明目的地、时间和票价，并高声告诉大家，车票须别在前排坐凳后背的夹子上，以备检查。想不到时代已经这样的新，芝加哥的心情却还是那样的旧。

在列车的铿锵声中东张西望，窗外是煤屑、尘土和略显低沉的天空。约一小时后，终于抵达芝加哥环区（Chicago Loop），即芝加哥的城中地带。和圣路易斯潮湿中的柔美相比，芝加哥是一个阳刚得多的钢筋混凝土城市。步出车站，寒风凛冽，利如刀割，不愧"风城"（The Windy City）美誉。铁桥下面是湍急的河水。举头望去，桥对岸密密的楼群，在抬头的一瞬间压迫着视线。作为美国最高的摩天大楼，一枝独秀的希尔斯塔（Sears Tower）成为芝加哥最醒目的地标，让每一位游人须仰视才见。我穿过高楼狭缝中的甬道，直接前往芝加哥美术馆（Art Institute of Chicago）。

在馆中，足以收获比在圣路易斯更大的惊异与喜悦。琳琅满目的展品，其价值无须辞费，可惜只能走马观花。最吸引人的是在此展出的从文艺复兴到巴洛克时代意大利画家的大小草稿百余幅。带翅膀的天使、呼告的手、柔韧的下巴和欢呼的背影，足以折射出画家创作时的踌躇不定与兴致勃勃。这些逸笔草草的纸片，是理解画家情怀的最佳标本。通常以为，中世纪等于基督教与禁欲，而文艺复兴则是异教与放纵，似乎生命礼赞与宗教意味是彼此冲突的。其实，贵铎·雷里（Guido

Reni）以及佩里诺·德尔·瓦加（Perino Del Vaga）笔下的作品，大都是典型的宗教画。就创作的笔法而论，与中世纪的差异其实也极其微小。从 13 世纪以来，绘画渐渐摆脱某种中世纪的僧侣气，开始走向活泼的自然与生活。但恰如思想史家布林顿所说，文艺复兴艺术家的大部分艺术生命，其实在于"使基督教信仰更为明白可见"。换句话说，后人或许夸大了中世纪的苦修精神，才显得文艺复兴艺术如此肉感和非基督教。

芝加哥当然不是一个肉感的城市。寒冷的空气使得街头的行人裹紧外套，一个个行色匆匆，像流水线上移动的一颗颗深色螺丝，全然看不到洛杉矶阳光下的慵懒。铁桥上，一名黑人戴着圣诞老人的红帽，斜倚栏杆，吹响了手中的萨克斯——那是一首我不知道名字的歌曲。他面前的帽子里面似乎还没有什么钱。隔着河水，他背后摩天大楼上的巨幅广告则印着"YES,WE CAN"的大字——那是一句连我都知道出处的口号。最后一天，当我从芝加哥大学游览完毕，乘车返回市区，已是傍晚。待会儿还要乘坐两小时火车，赶往更北部的小城卡拉马祖度过新年。距离发车尚有近一小时，我背着行囊，迎着晚风，独自在寂静的密歇根湖畔漫步，从白金汉喷泉走到自然博物馆。沿湖一路，是芝加哥风景绝佳之处，不时有成群的野鸭，嘎嘎叫着在草丛中出没，这热闹是它们的。凭栏远眺，横无际涯的密歇根湖和湖面的点点灯火，足以勾起对于前年深秋游览过的太湖的美好回忆。此刻，油然想到的是苏轼"何夜无月，何处无松柏，但少闲人如吾两人也"的句子。只是芝加哥今夜无月，四周也看不到松柏，只有闲人一个，缘湖行，忘路之远近。

洛杉矶笔记之三：
访书偶记

　　终于可以谈谈关于书的见闻了，真是高兴。去年刚到洛杉矶后，第一个学期就选修了一门社会学和人类学经典阅读的课程，准备借机重温摩尔根、迪尔凯姆、马克思和韦伯的著述。不过，从国内带来的几册书里，只有英文版《新教伦理与资本主义精神》在导师开列的课程书单上面，其余书籍都需要在洛杉矶寻觅。其实，学校图书馆馆藏丰富，借阅手续也极为方便。不过，我觉得这门课程涉及的经典特别重要，诸如《宗教生活的基本形式》《经济与社会》《家庭、私有制与国家的起源》等，都是人文研究的必备读物。于是，在缴完房租、押金、医保等乱七八糟的款项之后，发现银行卡上还略有结余的时候，当即决定去书店里把这些大师邀请回家。

　　校园里面最常去的是大学书店，因为每天从公寓到教室都要从此经过。书店共两层，楼下店面不大，铁制书架密密地排成十几行，分门别类地放满了教材和参考书。在学校的校园网上，课程页面都和大学书店的网页互相连接。选课时只需要点击课程表上方 textbook 图标，就会显示出书店中该门课程参考书的库存情况，并且可以在网上刷卡购买，相

⊙ 加州大学洛杉矶校区（UCLA）一角。

当便捷。虽然此处未必能找到所有教材（我上课需要的 Max Weber 的 *The religion of China* 即告售罄），但绝大多数都还可以购齐。新学期开始的那几天，书店里人来人往。红男绿女们人手一份书单，站在书架前按图索骥，令人想到圣诞节前家庭主妇超市采购年货的盛况。这个学期的几本必读书，像 Marcel Mauss 的 *The Gift*，Victor Turner 的 *The Ritual Process: Structure and Anti-Structure* 以及 Frederick Engels 的 *The Origin of The Family, Private Property and The State*，Anthony Giddens 的 *Capitalism & Modern Social Theory* 等等，都是在这里一次性买到的，少了好些东翻西找的麻烦。其中有几本著作，国内的一些出版机构早已推出中译，比如莫斯的那本小册子和恩格斯的大著，原本也可以不买。但是，英文原版后面巨细无遗的参考书目，在我看到的几种中译本里面，却大都被删落，实在可惜。另外，英文版学术书前边，多附有该领域执牛耳者撰写的导论一则，颇能起到开宗明义指点迷津之效。比如 Karl Marx 的 *Pre-Capitalist Economic Formations* 一书前面那篇 Introduction，即出自历史学大儒 E.Hobsbawm 之手。此文我课上课下细读多遍，在笔记本上也作了摘抄，在学理上确能给人拨云见日之感。结尾两段曲折幽微地谈马克思身前身后事，更令人叹服他驱遣英文的凝重雅致。后来，我索性利用课余时间，翻开其余几本书的导论，把类似段落慢慢熟记下来，希望能为自己干枯的英文写作进补。这些大概也是阅读中文译本难以享受到的愉悦。

大学书店还有回收旧教材的业务。这些二手书的书脊上都贴有"USED"的黄色标签，视其品相，价格低于新书若干元，颇受学生欢迎。不过，我一向不大喜欢旧书上的胡乱涂鸦，尤其那种只在前面几页乱画，后面完全不动笔墨的行径，更令人齿冷。所以，常常愿意多花点钱买本新书，以确保在欣赏印第安老照片的同时，不至于发现旁边赫然有一只荧光笔画出来的功夫熊猫（我看到过）。不过，旧书中也会有些意外之喜。像我所买的 Arnold Van Gennep 的 *The Rites of Passage*，就与新书并无二致，算是为我省下了一顿中餐的钱。说到书价，在国内常常听到"外国书贵"的抱怨。用人民币购买外国图书，书价之高当然难以接受。其实，就我所见到的人文社科类书籍而言，美国图书并不算特别昂贵。我在洛杉矶所买的人文图书，大体价格总在十到十五美元左右，相对较为均衡。其中价格最高的，要数 Max Weber 上下两巨册 *Economy and Society*，也不过四十美元。若不考虑货币汇率，同样的用纸和装帧，在中国大概四十元人民币只能买到其中的一册。美国人均收入远逾中国，图书消费对他们而言应非难事——反过来说，中国的书价倒确实是高得离谱。

我有一位室友在美国学习多年，专攻生物统计，对于网络之道颇为熟悉。他曾告诉我数个图书价格比较的网站，只需要输入关键词，即可搜寻出同一图书价位最低的网上书店。这类功能其实国内的卓越、当当以及"孔夫子"也都有，不过能够在美国亲身体验，还是觉得颇为新奇，于是决定一试。因为写作博士论文的关系，我一直想买回 Charles Taylor 的 *A Secular Age* 拜读。记得去年 6 月去香港开会时，从铜锣湾跑到轩尼诗道，逛遍大小书店，都没能找到此书，颇为不甘。想不到 9 月份抵达洛杉矶的第三天，就在大学书店里碰到了，有点得来全不费工夫的开心。不过，此书定价竟要三十九美元。于是，迅速上网去 Paypal 注册，然后到室友推荐的网站上搜寻比较。终于，在 Ebay 上找到某书店中有最便宜的一册，价格为二十三美元，居然还包括邮费。欣喜之余，匆匆用信用卡划款过去。不出两周，就收到了从亚特兰大寄来的厚厚一册精装 *A Secular Age*。捧在手中，让人喜不自胜。美国书商颇有些君子之风。我买此书时，因为 Paypal 的缘故，购书的短信息尚未发送出去。而我等了几天未收到书，遂以电子邮件催促。对方回信说并未收到我的汇款短信。这位仁兄风趣地说，我汇款那天正是他前妻生日，可能已被她半路截去。他告诉我不必着急，所订的书已经寄出，若三天后仍未收到可再与他联系。没过多久，我就在邮箱里拿到了这本书，同时也收到了一封 Paypal 的道歉信。

在洛杉矶校园附近住熟之后，也常常坐车去外面的书店闲逛。学校附近常去的书店有两家，都在 Westwood 大道上，皆是鼎鼎有名的大书店。近的一家叫 Border，位于 Rochester 路，从住处步行十五分钟；远的那家叫 Barnes & Noble，紧挨着 Pico 街，坐车也不过二十分钟的距离。两家书店的藏书琳琅满目，分类精细合理，营业员的态度更是和善可亲。推门进去，空气中常常回荡着悠扬和缓的乐声。有时我会选一个没有课的下午，吃过中饭，踱到这两家书店消磨时光。Barnes & Noble 书店较大，分为三层，楼顶还有小吃和咖啡，供有闲阶级购书之余慢慢享用（我从来没吃过）。我通常直奔三楼人文社科书架而去，但每次站在徐徐上升的电梯里，俯瞰整个一楼的小说柜台时，总要惊异于美国通俗文学作品的繁盛——

那样的规模，真是可以用铺天盖地来形容。Border 书店虽小，但人文社科类学术书之多，却出乎我的意料。连其余书店不多见的中国历史类图书，都放满了一个大大的书架，因此去得也格外频繁。我在这里看到史华慈《古代中国的思想世界》英文版，印得古意盎然，让人爱不释手。另外，由于众所周知的原因，一些国内不大能见到的英文版读物，这里也都可以看到。在冀朝铸的一本英文回忆录里，我第一次见到"往复"名人、余英时先生的高足"宰予"（冀小斌教授）在童年时代与基辛格的合影，格外有趣。不过，这两处书店的书籍都卖原价，没有折扣，所以学生们似乎大都不愿意光顾。好在 Border 书店的报刊颇为齐全，如果不是专门买书，来这里了解资讯也最是方便。像《时代》《纽约客》以及五花八门的书评周刊、副刊乃至左翼评论、体育画报、花边新闻，我都是坐在 Border 书店的地毯上翻完的。有一次，我在书店里看书时，见身旁一位白发老者，颤颤巍巍地拿高处的图书。征得其同意之后，顺手为她移来一张踏脚的矮凳。她十分感激，得知我是来自中国的历史系学生，微笑着询问我对她手里两种《道德经》译本的看法。我略述己见，并推荐她买其中的一种。这位女士年纪约在七十岁左右，脸上化着精致得体的妆容，语速甚慢却有一种端庄的风度。目送她挟着书缓缓走出大门，我在心中祝她健康。

在洛杉矶待了一段时间，朋友渐多，访书的门径也渐渐广阔。我有一位要好的台湾朋友，住处离我家不远，不时邀请一些华人学生去他家喝茶聊天，十分尽兴。他家二楼电梯拐角有一处读书厅，书架环绕，上面的书籍都是公寓楼中住户捐赠的二手书。其中多为通俗小说和杂志，但若仔细挑选的话，也可以找到很好的学术著作。有几次，我在这里陆续选到好几种精装的艺术史著述，出版年代都在1910和1920年代。不知拜哪位前辈读书人所赐，神秘的感觉油然而生。这些老书无一例外都是"尘满面，鬓如霜"，但书页用纸考究，虽早已泛黄，却依然触手如新，黑白图版尤其清晰。欢喜之余，不能不佩服美国人印刷装订工艺的成熟。另外一处得书的地方，要数人类学系和历史学系门前FREE BOOK的书架。隔三差五，总有人将系里图书室和教授们丢弃处理的旧书旧杂志，堆在上面，供人随意取阅。这儿的图书专业性最强，所以深受系里学生喜欢，不出三两天就被挑拣一空。我也曾在此找到过一些不错的中国研究和社会学的著作。比如张仲礼和费孝通关于中国士绅研究的英文版，E.Hobsbawm 的 *Primitive Rebels: Studies in Archaic Forms of Social Movement in the 19th and 20th Centuries*，备受甘阳推崇的 Franz Schurmann 的 *Ideology and Organization in Communist China* 以及 Karl Polanyi 的社会经济随笔集等等，内容相当丰赡。当然，也有我自己偏爱的考古和生物学的图册以及《国家地理》杂志若干。前些时候，我还曾在此取回几种老版本的英文词典和数本颇为严肃的女性主义研究著述。后来得知班上一位美国同学有收藏词典的雅好，于是慨然相赠。后者则因为我对于女性主义的态度和理念一直抱有偏见，恰好另一位澳大利亚籍女博士生从事这方面的研究，就把这些书清理出来全部送她。希望有缘者得之识之，不至于让它们在我这里明珠暗投了。

那位古道热肠的亚特兰大书商，至今还按时把他店子里的新书讯，发到我的邮箱里。购买《道德经》的美国老太太，我再也没有在学校附近的书店里见到。自己房间书架上那些厚厚薄薄的书，随着时间推移也在慢慢堆积，一点点销蚀着未来的生命。我赞赏罗素所讲的，"善的生活总是由爱来激励并由知识引导"——虽然这"善的社会"在今天这个多元化时代里，看上去是如此遥不可及。好在书和人都自有其命运，就像手头的这些旧书，经年累月，从一个个陌生人的床头桌上，带着他们夜读时孤灯的余辉，辗转汇集到我的窗前。我大概永远无从知道他们的姓名和散书时的心情了。而对我来说，手中这些书的下一个主人，如今又在哪里呢？